沖縄戦・渡嘉敷島「集団自決」の真実

日本軍の住民自決命令はなかった!

曽野綾子

まえがき

どの作家にとっても、多分一つ一つの作品には「それが生まれた必然か動機」のようなものが明瞭に記憶されているだろう。非常に初期のものは別として、私にも個々の作品にそれがはっきりしている。しょっているように聞こえると困るのだが、私は作品の中心に思想的な骨がないと出発できない。しかし骨が露《あらわ》になってしまうと、主題が明確になるより、小説としての豊満さが失われるので、骨など見えないほどの贅《ぜい》肉《にく》をつけることにいつも腐心《ふしん》している。

この『沖縄戦・渡嘉敷島「集団自決」の真実』の出発点は非常に素朴な二つの情熱が作用していた。

一つは、現存する人間に対する興味である。この作品の主要な登場人物である赤松《あかまつ》嘉次《よしつぐ》氏と彼が共に戦った人々は、戦後二十五年目の日本のマスコミに、無辜《むこ》の島民を集団自決による死に追いやり、自分たちは生き延びた卑怯《ひきょう》者、悪人として登場した。

ことに赤松氏に関しては、渡嘉敷島の集団自決の歴史の中では、悪の権化《ごんげ》のように描かれていた。そして本文中にも書いたように、私はそれまでの人生で、絵に描いたような悪人に出会ったことがなかったので、もし本当にそういう人物が現世にいるなら是非会ってみたい、と考えたのが作品の出発点である。火を噴く竜がいるという噂の洞窟は恐ろしいが、近づいて見てみたいと思う気持ちと似ている。

もう一つの情熱は、人間が他者を告発するという行為の必然性である。

私は決して深い信仰を持っているわけではないのだが、聖書の中に出てくる言葉と、現実の日本の生活との間に、深い刺激的な亀裂があることにしばしば心を揺り動かされた。例えば『ルカによる福音書』(6・37〜38)以下には、次のような明快な記述がある。

「人を裁くな。そうすれば、あなたがたも裁かれることがない。人を罪人だと決めつけるな。そうすれば、あなたがたも罪人だと決めつけられない。赦《ゆる》しなさい。そうすれば、あなたがたも赦される。与えなさい。そうすれば、あなたがたにも与えられる」

これは単純に殺人者を放置せよ、とか、詐欺《さぎ》師を避けるな、ということではない。また自分が欲しいから人に与えておく、という計算ずくでの処世術《しょせいじゅつ》を説《と》いているのでもない。ここで述べられているのは、もっと現実的で、もっと人間的な制約を確認することである。ウィリアム・バークレイによると、第一に我々は事実の全貌《ぜんぼう》、或《ある》いは人格の全体を知ることはできないからである。第二に、人間は他人を全く公平に裁くことはできないのである。そして第三に、イエスが繰り返して言ったことだが、人間には他人を裁くことができるほど善い人はいないからなのである。ゆえに現世の裁判と、神の裁きとは全く精度が違うものなのである。そしてこのことは、パウロの『ローマの信徒への手紙』(3・10)に決定的な簡潔さで述べられている。

「正しい者はいない。一人もいない」

戦後の日本では、告発することが市民の義務のように思われ出したが、告発ということは、自分が正しいことをしているという自信がある場合にのみ可能なことだろう。キリスト教徒は、他人を決定的に断罪することができないのである。むしろ厳密な答えは神に任せて来世まで持ち越すことを命じられている。ことに、この沖縄の人たちが体験した集団自決というような異常な空間と時間において、一人の人間の取った行動がどの程度、道徳的だったか、正義に基づいていたか、或いは彼らが自分の置かれた状況をどれくらいはっきり把握していたか、などということは、なかなか明確にはできないことだろう、と私は思っていたのである。

そもそも、正義（ディカイオシュネー）というギリシア語の聖書的概念は、神と人との折り目正しい関係を示す、と考えられている。つまり神と人との関係は、その瞬間瞬間、両者の間だけで測定されるもので、もし関係が折り目正しくなくなったら、その都度修正することだけが義務づけられている。従って正義という概念の中には、現在我々の社会が考えるような、少数民族が平等に扱われること、だの、裁判で冤罪《えんざい》がなくなること、などは考えられていない。人間は、一人ひとりが神と結ばれ、神と人間との関係は垂直に働く。しかし、私たちの社会が考える正義は、神不在でも成り立ち得る水平的な関係なのである。

従って――そこからが複雑なところなのだが――信仰を持つ者にとっては、人から称賛されても神との関係においては間違っているというものもあり、反対に世間からは徹底して糾弾《きゆうだん》されようとも神との関係においては正しく安らかなものもある、ということになる。

こうした二重性を私は非常に豊かなものだと心のどこかで感じていたから、単に当時の守備隊長が極悪人だったら会ってみたい、という子供じみた衝動以外に、私はこの事件を深く知りたいと思ったのであろう。

聖書は元々「まず自分を省《かえり》みずに、他者を裁くこと」を繰り返し厳しく戒《いまし》めているが、人間は誰もが、弱く不完全なものだという認識を、信仰は人間にたたき込む。ただ他者から裁かれるような人間でも、神は決して見捨てないことも明記されている。それどころか神がほんとうにその眼差しの中に捉《とら》えている対象は、善人や義人ではない、とさえ言われるのだ。『マルコによる福音書』(2・17)の中でイエスは言う。

「わたしが来たのは、正しい人を招くためではなく、罪人を招くためである」

この事件は、調査を進めるに従って、その多くの部分が推測の範囲で断罪され、しかも推測の部分ほど断罪の度合いも激しくなっている、という一種の因果関係が見られるようにも思う。繰り返すようだが、神と違って人間は、誰も完全な真相を知ることはできないのである。ましてや比類ない混乱と危険の中であった。一般に「そのことをした」という証明は物的にできる場合があるが、「そのことをしていない」という証明はなかなかできにくいと言われる。従って私ができたことにも大きな限界があった。私は、「直接の体験から『赤松氏が、自決命令を出した』と証言し、証明できた当事者に一人も出会わなかった」と言うより他はない。

沖縄の集団自決が悲劇だったことは言うまでもないが、決して歴史始まって以来、最初の特異で残酷な事件ではなかった。明確な、しかも遺物を伴う歴史として残っているのは、紀元六六年に起こったユダヤ人の対ローマ反乱の最後の拠点となったマサダの集団自決が最初である。

対ローマ反乱組織は、紀元七〇年になってたった一つの拠点を残すのみになった。彼らは、ヘロデ大王の作った死海西岸のマサダの要塞《ようさい》に立てこもっていた。

Y・ヤディンの『マサダ』によれば、ヨセフスがそこに残った九百六十人のユダヤ人の運命を書いている。逃亡の望みも全くなく、あるのは降伏か死かのいずれのみということになった時、人々は「栄光の死は屈辱の生に勝るものであり、自由を失ってなお生きながらえるという考えを軽蔑することこそ、最も偉大な決意である」と考えたのである。

彼らは辱《はずかし》めを受ける前に妻たちを死なせること、奴隷の体験をさせる前に子供たちを死なせることを選んだ。彼らはマサダの「要塞と金銭に火を放つが、糧食は残して行くことにした。それはローマ人たちに、彼らが必需品の欠乏のために負けたのではなく、我々の最初からの決意により、奴隷になるよりは死を選んだことを証明してくれるものだから」であった。

それから彼らは、まず籤《くじ》で十人の男たちを選び出した。この十人が、夫と妻が悲しみのうちに子供を擁して抱き合うあらゆる家族全員の命を絶っていった。その後この十人が再び籤をひき、当たった一人が残りの九人を殺害し、その後で自ら剣で自決した。こうしたことがすべて明るみに出たのは、二人の婦人たちと、五人の子供たちだけが、地下の洞窟に隠れて、この悲劇を生き延びたからであった。

日本人とユダヤ人の大きな違いは、マサダの自決をどう評価するか、において見ることができる。イスラエルでは、マサダの集団自決を、非人間性や好戦性の犠牲者として見るどころか、そこで自決した九百六十人の人々を、ユダヤ人の魂の強さと高貴さを表した人々として高く評価したのであった。

マサダは現在、イスラエルの国家の精神の発生の地として、一つの聖地になっている。新兵の誓約もここで行われ、国賓《こくひん》もここに案内される。

しかし沖縄では、集団自決の悲劇は軍や国家の誤った教育によって強制されたもので、死者たちがその死によって名誉を贖《あがな》ったとは全く考えてもらえなかった。そう考えるほうが死者たちが喜んだのかどうか、私には結論づける根拠はない。

この本を書いた当時、沖縄の島で行われた集団自決は、時と共に風化するだろう、と私は考えていたが、意外なことに少しもそうはならなかった。この事件は、多くの人たちに、多年にわたって多くの普遍的《ふへんてき》な日本人の精神構造の問題点をいくつも突きつけてきたからであろう。

曽野綾子

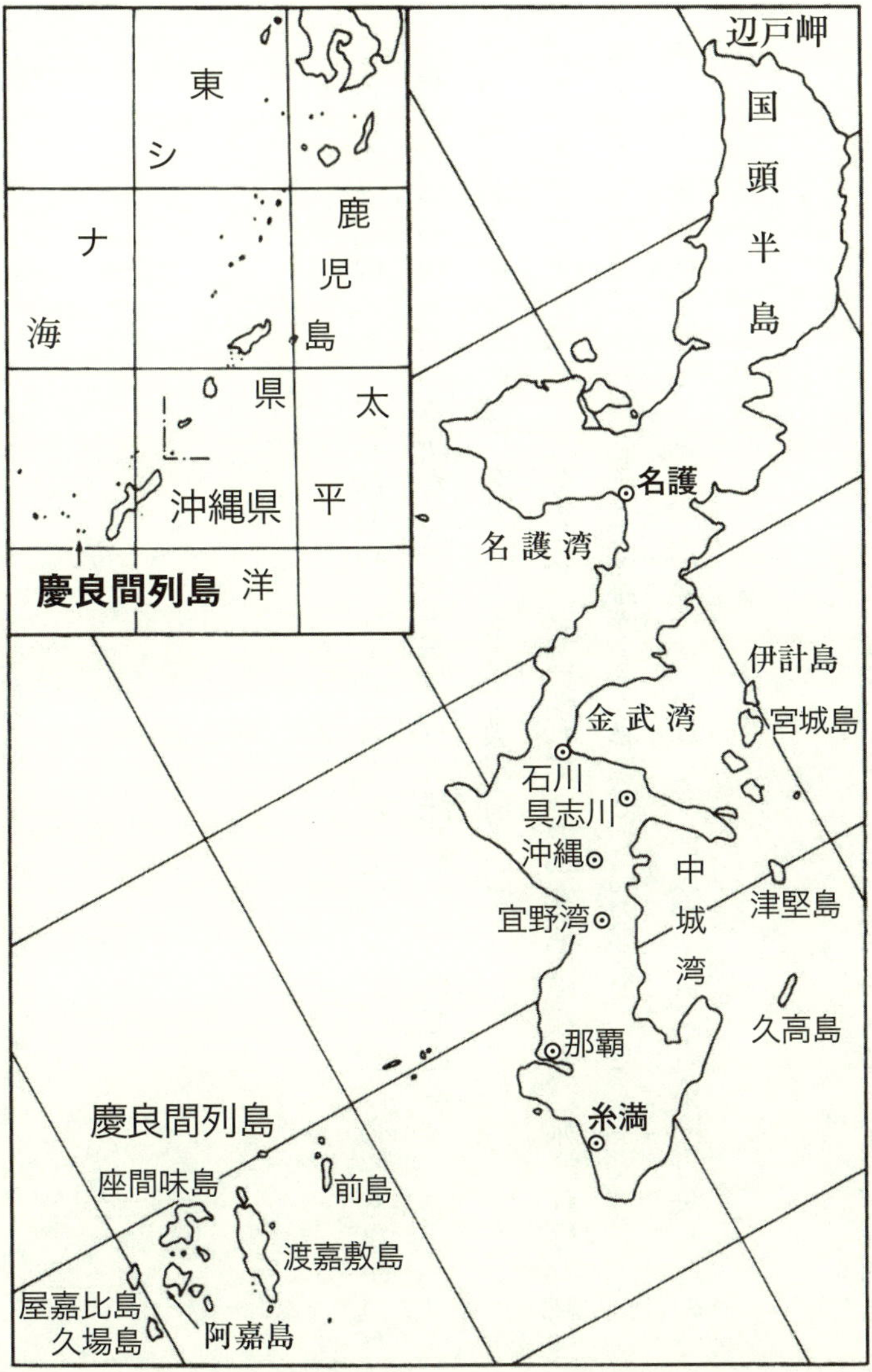
東
シ
ナ
海
鹿
児
島
県
太
平
洋
沖縄県
慶良間列島
辺戸岬
国頭半島
名護
名護湾
伊計島
宮城島
金武湾
石川
具志川
沖縄
中
城
湾
津堅島
宜野湾
久高島
那覇
糸満
慶良間列島
座間味島
前島
渡嘉敷島
屋嘉比島
久場島
阿嘉島

一

その小さな島のことを、私は初め、何も知らなかったし、又、知る必要もなかった。その島は、私の住んでいる所から一千六百キロも離れていたのである。

その島の名を聞いたのは、今から、もう十数年前になる。

沖縄・那覇《なは》であった。——その夜、私は疲れていた。体ではなく、旅疲れは、精神的な疲労として感じられた。そこで誰《だれ》かが、私にその島の話をした。

「何しろ、米軍が上陸して来て、追いつめられて、住民が三百人も集団自決したのですからね」

「どこでです?」

「慶良間《けらま》列島です。その中の渡嘉敷《とかしき》という島です。渡嘉敷ばかりじゃない、座間味《ざまみ》とか、阿嘉《あか》などという島でも、自決があったんですが、渡嘉敷が有名ですな」

特に珍しい話ではない、と私は思った。サイパンでもパラオでも、民間人の自決はあったと聞いている。私も昭和二十年の夏、満十四歳になろうとしていたが、やはりいざとなれば、自分も死ななければいけないような気がしていた。それは実際に、殺されること、或《ある》いは、自決をすることと、直接つながってはいないのかも知れなかったが、私の意識の中では、それはそんなに稀有《けう》のことではなかった。

その翌日だったか、私は初めて、慶良間の島影を、那覇から眺《なが》めた。

「『慶良間見ゆしが、まちげ見ぃらん』というのがあるのです」

又そう言って教えられた。

「どういう意味でしょう」

「慶良間はよく見えても、自分の睫毛《まつげ》の先は見えない、ということです。つまり、灯台もと暗しということですね」

「何キロメートルありますか？　あそこまで」

「約三十キロメートル。もう少し近いかも知れません。あそこに、赤松という特攻隊の隊長がいましてね。それが、住民に自決命令を出したのです」

「何のために？」

「さあ、民間人は軍の足手まといになったからと違いますか」

そういうこともあるだろう、と私は再び思った。戦争は恐らく、人間の想像し得る限りの、悪の表現をとった。

「自決といっても、どういうふうにして死んだのですか。サイパンのように崖《がけ》から飛び下りるとか……」

「手榴弾《しゆりゆうだん》でやったのです。死に切れないものは、親が子供をくびり殺し、子が年とった親を斧《おの》や鉈《なた》でやったりしましてね」

私は黙した。

その日も、慶良間周辺の海は、鮮《あざ》やかに澄んでいたとは思えない。それとも、それ以後、何度か同じ海を瞥見《べつけん》する度に、不思議と海はくすんだ表情をしていたので、私の記憶の中で、その色が定着してしまったのかも知れない。

私はその日、昼間聞いたことを忘れることにした。それが一番楽なことであった。私は平均値的な精神力と体力を持ち、それ故に今まで、辛《つら》いことはできるだけ避けようとする生き方を許されて来たように感じていた。英雄、勇者、革命家、指導者というような人々を見る度に、私は心ひそかに「ゴクロウサマに」と思った。みじんも羨《うらや》ましさを覚えなかった。なぜなら、彼らは楽ができないからであった。私にとって楽ができないということは――つまり、理屈ぬきに困るのである。

しかし、そうは思いながら、その夜、私が再びその場面に膠着《こうちゃく》したのは、私の中に、それだけは、やや人並み以上に激しい感情移入があったからであろう。

想像の中で、私は、死に切れなかった父と母の傍《そば》にいた。そして私は彼らを殺さねばならない、と感じていた。私はその行為の正当性をみじんも疑っていなかった。「生きて虜囚《りょしゅう》の辱《はずか》しめを受けず」という。私は日本人であった。骨の髄《ずい》まで。敵の手にかかるよりは、父母を殺さねばならぬ。それは殺人などという、甘ったるいものではない。絢爛《けんらん》たる愛そのものであった。国への愛と、父母への愛と。

数秒後、空想の中の私は、既に重傷を負っていた父母を「楽にしてやっていた」。次は私の番であった。

そこから先の空想がうまく続かなかった。とにかく、皮肉なことにそれから何年かが経って、生き延びてしまった自分が見えた。私は父母を殺しておいて、明るい陽の下を歩いていた。

死に場所を失って……というようなありふれた言葉は、何の説明にもならないことを私は知っている。私はさあらぬ顔をし続けるのだ。あの時、私が何を思いつつ彼らを殺し、彼らが何を思いつつ殺されたか。それは、当事者三人だけの知る秘密であった。私が二人を殺して生きているのは、私が自ら手を下した彼らから許されてあると信じることのできるものがあるからに違いない。なぜ、許されてあると思えるのか。死者は決して語らない。許されていると思うのも、私の一方的な、自己保存のための言い訳ではないか。証拠がないから……総《すべ》てに証拠がないから……それに、そんな昔のことは、「もう忘れた」！

私は眠れない儘《まま》に、電燈をつけて起き上がった。最後の一言はどうも芝居の落ちにしても安っぽすぎた、と思った。

それから暫《しばら》くすると、私は又、空想の中で自分が玉砕《ぎょくさい》命令を出した指揮官になっているのだった。こちらのほうの想像は、先刻ほどにもなめらかに行かなかった。空想の中の指揮官である私は、軍人らしい言葉遣《づか》いや動作がうまくできなかった。その上、私である将校は、偽物である証拠に、右の腰に指揮刀を吊《つる》していた。それでも、指揮官である私が、恐怖に駆《か》られ、発狂状態に近いことはわかった。

死ぬんだ、と私は自分に言いきかせていた。非戦闘員を敵の手に置いて行く訳にはいかん。とにかく皆死ぬんだ！　死んでみれば、大したことはない！　皆にそう伝えろ！

伝令が乾《かわ》き上がった眼で、私を見返しながら敬礼した。奴も、恐怖に感情を失っているぞ。それだから、奴の視線は冷静と見えるのだ、と指揮官である私は考えた。他人にはわかるまいが、自分も恐怖に硬直している。そのために両方の肩が盛り上がって、首が中にめり込んだようになっているではないか！

私はそこで、さすがに空想を中止した。指揮官篇の方は、紙芝居にしてもお粗末すぎる。莫迦《ばか》らしい、と私は思った。

私はこの夜のことを改めて努めて忘れることにした。只一つ残ったのは、もしも私がその島の指揮官であったなら、私は自分の身心を助けるために、あらゆる卑怯《ひきょう》なことをやったに違いない、という確信に似たものであった。

しかし、現実問題として、私が指揮官になる可能性は、既に、時間的にも、物理的にもある訳はないのだから、そのような危惧《きぐ》は、やはり荒唐無稽《こうとうむけい》であった。

私は改めて、私に関係のないことは考えないという、怠惰《たいだ》な姿勢に還《かえ》った。

慶良間列島の中には前述したように渡嘉敷、阿嘉、座間味などの島がある。覚えにくいという人のために、私はザレ歌を作った。

慶良間《けらま》ケラケラ、阿嘉《あか》んべ
座間味《ざまみ》やがれ、ま渡嘉敷《とかしき》

私が島について再び耳にしたのは、昭和四十三年のことであった。その年、沖縄は初めて仕事の上で、私の中に根を下ろすようになった。私は戦争中の女学生たちの証言を集めるために、取材班の人々と共に沖縄に半月ほど滞在して、かなり忙しく動き廻った。やはり体よりも神経の疲れる仕事であった。そしてその間に度々、「慶良間には行かないのですか」と尋ねられた。私のその時の調査の対象は、一応、女学生に限られていた。女学生たちだけがあの無残な戦いを生きた訳ではなかったが、それ以上手を拡《ひろ》げると、私たちの手に余ることになる。しかし、「慶良間には行かないのか」という問いが、私には一つの暗示を与えた。それは、あそこには、戦争の齎《もたら》した一つの典型があるらしい、ということだった。

慶良間には行きません、と初め私は答えていた。そのうちに私は次第に、慶良間は又、別の機会に、と言うようになった。社交辞令のように言っており、私もそこへ行くことを信じてはいなかったが、心は少し動いていた。

しかし、その調査の最中に、私は初めて慶良間の当時の指揮官に書物の中で対面した。

赤松嘉次《あかまつよしつぐ》大尉、海上挺進第三戦隊長、陸士五十三期卒、当時二十五歳。

赤松大尉に対する告発を、沖縄関係の本の中から探《さが》すのは、いともたやすいことであった。


「那覇港外に浮ぶ慶良間列島は、晴れた日には、琉球大学のある丘から一望のもとに見渡せる美しい島々で、戦前は野生の鹿の住み家として知られていた。この慶良間列島の渡嘉敷島には、赤松大尉を隊長とする海上特攻隊百三十名が駐屯していた。この部隊は船舶特攻隊で、小型の舟艇《しゅうてい》に大型爆弾二個を装備する人間魚雷であった。だが、赤松大尉は船の出撃を中止し、地上作戦をとると称して、これを自らの手で破壊した。そして住民約三百名に手榴弾を渡して集団自決を命じた。赤松大尉は、将校会議で『持久戦は必至である。軍としては最後の一兵まで闘いたい。まず非戦闘員をいさぎよく自決させ、われわれ軍人は島に残ったあらゆる食糧を確保して、持久体制をととのえ、上陸軍と一戦を交えねばならぬ。事態は、この島に住むすべての人間に死を要求している』と主張したという。

この隊からは、隊長の指揮下を離れて、数名ずつで斬込《きりこ》みに行った兵士たちがいた。しかし、隊としては一発の弾も射つことなく、壕《ごう》にひそみつづけ、最後には降服した。

赤松大尉は、日本のどこかで、平穏《へいおん》な生活を送っているはずである」(中野好夫・新崎盛暉《あらさきもりてる》著『沖縄問題二十年』岩波新書)

「渡嘉敷島の赤松大尉の指揮する部隊は、船舶特攻隊で、舟艇に大型爆弾二個を抱えた人間魚雷であった。そしてその任務はアメリカ船舶に突入することであったが、赤松大尉は舟艇の出撃を中止した。上陸したアメリカ軍を地上において撃滅する戦法に出る、と大尉は宣言、西山A高地に部隊を集結し、さらに住民にもそこに集合するよう命令を発した。

住民にとって、いまや赤松部隊は唯一無二の頼みであった。部隊の集結場所へ集合を命ぜられた住民はよろこんだ。日本軍が自分たちを守ってくれるものと信じ、西山A高地へ集合したのである。しかし、赤松大尉は住民を守ってはくれなかった。『部隊は、これから、米軍を迎えうつ。そして長期戦にはいる。だから住民は、部隊の行動をさまたげないため、また、食糧を部隊に提供するため、いさぎよく自決せよ』とはなはだ無慈悲な命令を与えたのである。

住民の間に動揺が起った。しかし、自分たちが死ぬことこそ国家に対する忠節であるなら、死ぬよりほか仕方がないではないか。あまりに従順な住民たちは、一家がひとかたまりになり、赤松大尉から与えられた手榴弾で集団自決を遂げた。なかには、カミソリや斧《おの》、鍬《くわ》、鎌《かま》などの鈍器で、愛する者をたおした者もいた。住民が集団自決をとげた場所は渡嘉敷島名物の慶良間鹿の水を飲む恩納河原《おんながわら》である。ここで三百二十九名の住民がその生命を断ったのである」(上地一史著『沖縄戦史』時事通信社)

「三月二十六日、米軍は水陸両用戦車で渡嘉志久《とかしく》、阿波連《あはれん》から上陸してきた。赤松隊はこれを迎撃することもなく無血占領された。

赤松隊は自己の待避《たいひ》にのみ汲々《きゅうきゅう》として、あれほど軍に協力した住民をかえりみようとしなかった。

三月二十七日――『住民は西山の軍陣地北方の盆地に集結せよ』との命令が赤松大尉から駐在巡査安里喜順を通じて発せられた。

安全地帯は、もはや軍の壕陣地しかない。盆地に集合することは死線に身をさらすことになる。だが所詮《しょせん》軍命なのだ。

その夜はすさまじい豪雨であった。一寸先もわからない暗闇《くらやみ》で、ふだんからハブで恐れられている山道を通らなければならなかった。雨具などあるはずはなく、濡《ぬ》れネズミとなって、親は子を背負い、手を引き、老人は助けられながら、砲弾のうなりの中を、泥濘《ぬかるみ》にころびながら互に励ましあって目的地に一歩一歩進んだ。見失った子供を呼ぶ親の叫び声も、一しお哀れであった。

死を意味する軍命になぜこうまで苦労して従わなければならないのだろうか。住民の胸には求むべき光は何もなかった。

西山の軍陣地に辿《たど》りついてホッとするいとまもなく赤松大尉から『住民は陣地外に去れ』との命令を受けて三月二十八日午前十時頃《ごろ》、泣くにも泣けない気持ちで北方の盆地に移動集結したのであった。その頃には米軍は既に日本軍陣地北方百米の高地に布陣、迫撃砲を撃ちだしていた。

敵の砲弾は的確にこの盆地にも炸裂《さくれつ》し始めた。友軍は住民を砲弾の餌食《えじき》にさせて、何ら保護の措置を講じようとしないばかりか『住民は集団自決せよ！』と赤松大尉から命令が発せられた。自信を失い、負け戦《いくさ》を覚悟した軍は、住民を道づれにして一戦を交え、花々しく玉砕するつもりだろうか。

この期《ご》に及んで部落民は誰も命は惜《お》しくはなかった。敵弾で倒れるよりいさぎよく自決した方がいいと皆思った。場所を求めて、友軍陣地から三百米の地点に約千五百名が集結した。

防衛隊員は二個ずつ手榴弾を持っていたので、それで死ぬことに決めた。

一個の手榴弾のまわりに、二、三十名が丸くなった。

『天皇陛下バンザーイ』『バンザ……』

叫びが手榴弾の炸裂《さくれつ》でかき消された。肉片がとび散り、谷間の流れが血で彩《いろど》られていった。中には、死にきれずに鍬や棍棒《こんぼう》で相手の頭を撲《なぐ》りつけ、剃刀《かみそり》で自分の喉《のど》をかき切って死んでゆくものもあった。

こうして三百二十九名が自決して果てた。(中略)

自決の際、手榴弾の不発で死ねなかった者は、一団となって軍陣地におしよせた。最後の保護を仰ぐ為であった。だがそれもにべなくはねつけられてしまった。

『死にそこないの貴様達にかまっておられるものか、さっさと帰れ!』

赤松大尉は壕の入口に立ちはだかり、恐ろしい形相で一団を睨《にら》みつけた。

一同は返す言葉もなく、すごすごと元の場所にひき返した。

敵砲弾は容赦なくこの盆地に射ちこまれ、二十九日には住民三十二名、防衛隊員数名がその犠牲となった」(山川泰邦著『秘録沖縄戦史』沖縄グラフ社)

ごく最近発行された権威ある書物の中にも、この問題は同様にとり上げられている。

「赤松隊長は、舟艇による水上の敵を攻撃せず、全舟艇を爆破させ、アメリカ軍の上陸を迎えた。これが、渡嘉敷村、座間味村の集団自殺事件その他スパイ容疑による住民虐殺事件の序幕である。

昭和二十年（一九四五年）三月二十七日夕刻、駐在巡査安里喜順を通じ、住民は一人残らず西山の友軍陣地北方の陣地へ集合するよう命じられた。その夜は物凄《ものすご》い豪雨で、住民たちは、ハブの棲《す》む真暗な山道を豪雨と戦いつつ、老幼婦女子の全員が西山にたどりついた。ところが赤松大尉は『住民は陣地外に立ち去れ』と命じアメリカ軍の迫撃砲弾の炸裂する中を、さらに北方盆地に移動集結しなければならなかった。いよいよ、敵の攻撃が熾烈《しれつ》となったところ、赤松大尉は『住民の集団自決』を命じた。約千五百人の住民は、二、三十人が一発の手榴弾を囲んで自決をはかった。互に、鍬や棍棒で殺し合ったりした。あるいは剃刀で喉を切った。ここに自決したもの、三百二十九人を数える。（中略）

赤松大尉は、その他にも、住民を惨殺《ざんさつ》している。戦闘中捕虜になって伊江《いえ》島から移住させられた住民の中から、青年男女六名の者が、赤松部隊への投降勧告の使者として派遣されたが、彼らは赤松大尉に斬り殺された。

集団自決のとき、傷を負っただけで死を免《まぬか》れた小嶺武則、金城幸二郎の十六歳になる二人の少年は、アメリカ軍の捕虜となって、手当を受けていたが、西山に避難している渡嘉敷住民に下山を勧告してくるようにいいつけられたが、途中で赤松隊に捕まり射殺されたし、渡嘉敷国民学校訓導大城徳安も『スパイ容疑』で斬殺《ざんさつ》された。八月十五日、アメリカ軍は降伏勧告のビラを飛行機から撒《ま》いた。古波蔵惟好《こはぐらのぶよし》村長は、意を決して、集団で投降することにし、住民たちは栄養失調で疲弊《ひへい》し切った体を励ましあって下山してきたが、赤松隊は依然として投降勧告に応じなかった。新《しん》垣重吉《がきじゅうきち》、古波蔵利雄《こはぐらとしお》、与那嶺《よなみね》徳、大城牛《おおしろうし》の四名は再びアメリカ軍の命令で投降勧告に行った。捕えられぬよう用心しながら勧告文を木の枝に結びつけて帰るつもりだったが、与那嶺、大城の二人は不幸にも捕えられて殺された」（嘉陽安男《かようやすお》執筆『沖縄県史8「沖縄戦通史」各論篇7』琉球政府）

もはや一人の本土人の残虐な指揮官の顔が、我々の前にありありと見えて来たことについては異議をさしはさむ人もないであろう。

当然、私は怒りにも直面する。怒りの表現を拾い出すことは、いともたやすい。私はたまたま、最も手近にある一つのエッセイによって、それを代表させようと思う。

「祖国防衛の決戦場となった沖縄で、二十数万同胞《どうほう》を失ったことは述べた通りであるが、ここで憤激《ふんげき》にたえないことは、日本軍によって住民の集団自決が強制され、その結果数百名の老幼男女が残忍目を蔽《おお》う自決を強《し》いられたのであった。広く世間に知られている慶良間《けらま》列島におけるA大尉によって強行された話であるが、これなどは日本自体の戦犯裁判によって極刑に処すべきであったと思う。

人道上の大罪という点では、戦争捕虜を虐待したとか、敵国に荷担した住民を殺害したなどと違って、同じ日本同胞に対する残酷な仕打ちとしてA大尉の如きは、国として当然処断すべきであったと考える。

もともと日本人には、残忍非道性が潜在していることを指摘する学者もいるが、その後のA大尉には自分の強行した残忍非道な行為に対する自省《じせい》も悔悟《かいご》も、まるでないと伝えられている。まったくもって人非人《にんぴにん》であり、人面獣心《じんめんじゅうしん》とはこのことだろう。彼の毒手にたおれた数百名の沖縄同胞のため、いくら憤激しても憤激し足らぬものである」（浦崎純著『悲劇の沖縄戦』「太陽」、昭和四十五年九月号、平凡社）

A大尉は、ところが、このような人々の憎しみの中をやって来たのだ。

昭和四十五年三月二十六日午後五時過ぎ、赤松元大尉と生き残りの旧軍人、遺族十数人は大阪から、二十八日に渡嘉敷島で行われる「二十五周年忌慰霊祭」に出席のためやって来た。

午後五時、赤松元大尉は、黒のレインコートにショルダーバッグをかけ、清酒一本を下げて軽々と日航機から下り立つ。彼が入域手続所でカメラマンに囲まれながら歩いている間に、空港エプロンに集まっていた抗議団は「渡嘉敷島の集団自決、虐殺の責任者、赤松来県反対」の横断幕をエプロンにはりつけた。

やがて赤松元大尉の耳にも、シュプレヒコールが聞こえる。

「赤松帰れ！」

「人殺し帰れ！」

聞こえて来るのはシュプレヒコールばかりではない。

「今ごろ沖縄に来て何になる！」

「県民に謝罪しろ！」

「おまえは沖縄人を何人殺したんだ！」

赤松氏は立ち止まる。直立不動の姿勢になり、彼は人々の怒号にさらされた。

那覇市職労の山田義時《よしとき》氏が、抗議団（平和を守る沖縄キリスト者の会、歴史・社会科教育者協議会、日本原水爆禁止協議会沖縄県支部、日本平和委員会沖縄県支部、日本科学者協議会沖縄県支部）を代表して「渡嘉敷島の集団自決と虐殺の責任者赤松元陸軍大尉の来県に抗議する」という抗議文を読み上げる間、元大尉はじっと無言で立ちつくす。

やがて朗読が終わり、抗議団から再び声があがる。

「三百人の住民を死においやった責任はどうする」

「罪のない住民をスパイ容疑で斬殺《ざんさつ》したのにオメオメと来島できるか」

そこでやっと赤松元大尉は口を開く。

「事実は違う。集団自決の命令は下さなかった。捕虜になった住民に死刑を言い渡した覚えもない」

ここら辺で、その場に居合わさなかった私は、沖縄の二つの新聞の、多少くい違った報道に当惑するが、勿論《もちろん》そのようなことは些細《ささい》なことでしかない。三月二十八日付琉球新報朝刊のリードの部分では、「あやまれ」の抗議に赤松元大尉は「申しわけありません」と頭を下げたことになっている。しかし、本文は、そのような雰囲気《ふんいき》を伝えてはいない。

人々は激昂《げっこう》し、詰問《きつもん》の声がとぶ。

「何しに来たんだよ！」

「二十五年にもなり、英霊を弔いに来ました」

「とむらってなんになるんだ。集団自決を命令しなかったというが、それはちがうと村人たちは言っている、どうか」

「申したくありません」

「言えない理由は――」

「総ての戦史に載っている通りです」

「チャンと言え。なんだ、その開き直った態度は……！　沖縄の人たちが自決したのは事実だ。自決を命令したあなたが生きているのも事実だ。それはいったい何か」

元大尉は無言で答えない。沖縄タイムスは「事実関係については一貫して否認した」と確認している。同紙によって、もう少し後の部分を追うと――

「伊江島の青年が降伏勧告に来たとき、殺せと命令したではないか」

「確かに命令した。三人だった」

追及の声がいよいよ急になる。元大尉は再び、重い口を開く。

「ああいう状況下では、やむを得ない面もあった。慰霊祭でそういう人たちも含めて亡くなった人の冥福《めいふく》を祈りたい」

再び琉球新報に戻る。

「要するにあなたが、来沖《らいおき》することは軍国主義につながるんだ。渡嘉敷のあるおばあさんは、赤松が来たら発狂するから来てくれるな、といっているんだ。帰れ」

「一晩考えさせてください」

「なぜあやまらんのか」

リードの部分で、あやまったと書いてある記事が、終わりまで読むと、元大尉はあやまらずに、そこを去ったことになる。それはあながち新聞記者の罪ではない。そこには混乱と、興奮があったことだけは確かなのだ。シュプレヒコールと怒号の中で、恐らく一人の男の声を正確に聞き分けることは誰にとっても困難なことであったろう。

だが間もなく、元大尉は出迎えた渡嘉敷の村の人々に連れられてその場を去る。その中の一人、当時の玉井喜八《きはち》・渡嘉敷村長は、記者団に語ったのであった。

「赤松氏は三年ほど前から、慰霊祭に出席したいと連絡していた。ことしも村から慰霊祭のスケジュールを送ったら、ぜひ行きたいという返事があり、喜んでいたところだ。赤松氏を呼ぶかどうかについては村内でも再三討論したが、戦闘で亡くなった人たちの冥福を祈りたいという純粋な気持ちなので、私たちも過去のことを深く考えないようにして迎えることにした。赤松氏に対する怒りの気持ちが村民にないわけでもないが、ああいう状況の中で、総《すべ》てを個人の責任として非難するのもいけないのではないかと思う。この問題はあまり触れなくてもいいと思う」

二十八日、正午前、赤松隊に所属していた谷本小次郎元候補生など生き残り将兵十三人と遺族三人は、渡嘉敷村遺族会のチャーター船「けらま丸」百五十トンで、那覇《なは》在住の遺族たちと、渡嘉敷島に着いた。

かつて、戦の最中の島にいた人々の眼に、島は思いがけぬ変貌《へんぼう》を見せている。山はひとたび米軍の激しい艦砲射撃を受けて焼き払われ、赤むけになった。しかし今、年月は、この地方でクバとよばれるビロウ樹の所々に目立つ、豊かな緑にこりかたまって繁茂《はんも》しているように見える。港から、赤間山《あかまやま》(海抜二百二十七・三メートル)の山頂までは、幅員《ふくいん》四メートルのアスファルト道路が白く輝いていた。昭和四十四年末まで、米軍のナイキホーク部隊が駐留していたので、この基地へ至る軍用道路である。

午後二時から島の東海岸の丘の上に建てられた慰霊碑の前で、慰霊祭が行われる。慰霊碑は、白玉之塔《しらたまのとう》という。夢をそそる青い海に、儀志布島《ぎしぶじま》、黒島、前島ほか、いくつもの島々が永遠の視線の中に浮かんでいる。

沖縄県護国神社の三好宮司の手で、祝詞《のりと》奏上、玉串奉奠《たまぐしほうてん》が行われる。人々はしめやかではなく、しらけたふんいきで、そこに立ち並んでいる、と琉球新報の友利記者は感じた。涙を浮かべ、ハンケチで目頭を押える人もわずかの年輩者だけで、人々はもっぱら、本土から来た、元隊員と遺族に関心を奪われているように見える。事実、人々の私語が記者の耳に伝わって来た。

「二番目に坐《すわ》っている人は誰だ?」

「昔のおもかげは少しもないな」

当時、まだ十代の終わりだった紅顔《こうがん》の若い兵隊たちが、四十半ばの中年になっているのだ。

弔辞《ちょうじ》が読み上げられる。

沖縄遺族連合会、渡嘉敷小中学校生徒代表と続き、元第二戦闘群群長・連下政市《れんげまさいち》氏が、赤松元隊長の弔辞を代読した。

「この白玉之塔の前で、みなさま方のみ霊《たま》を弔《とむら》わんとするに、すでに幽明境《ゆうめいさかい》を異《こと》にするといえども、一本一草に在《あ》りし日の御姿を偲《しの》び、波の音にも、そのおたけびを感じ、万感胸にせまりてただ感無量云わんとして言葉にならず、語らんとして涙にむせびひたすら皆さま方のご冥福をお祈り申し上げるのみでございます。願わくば在天のみ霊安らかに瞑《めい》し、われらの弔いを、お享《う》けください」

後は、風の音の中で、遺族や元隊員らが玉串を捧《ささ》げる。ついで玉井村長が挨拶《あいさつ》に立った。

「赤松隊長が、み霊を慰《なぐさ》めるために謙虚に懺悔《ざんげ》したいと、慰霊祭に参加する筈《はず》だったが、反戦団体などの阻止でこれなかった。彼は那覇で謹慎している。しかし、赤松隊長が、沖縄に足を踏み込んだことは、懺悔の気持ちの一端にもなろう」

連下政市元小隊長も挨拶する。

「二十五年ぶりに、なつかしい島の皆さんにお会いでき、涙のほとばしるのを禁じえない。赤松隊長は来島することができなかったが、十六人の部下が島のなくなられた方々と戦友の霊を弔うことができたのは、島の方々の理解と同情の賜物《たまもの》だ。この慰霊祭に参加したことだけで、懺悔の気持ちで一ぱいだ」

これらの言葉が、もし正しく記録されているとすれば、その場では、少なくとも、懺悔という言葉が使われたのであろう。

懺悔という単語は、重い言葉である。しかもその使用法が仏教とキリスト教でかなり違いそうである。仏教の懺悔はサンスクリットの Kṣama から来ており、その表現は師や同輩などの前に於てなされる、という。

つまり、懺悔をしているということが、他人にもわかるような行動をとることである。

しかし、キリスト教の懺悔は、他人には一切わからない。それは内心で神に向かって訴えられるだけである。人は罪を懺悔する時、広場で大声で叫ぶ必要はない。彼は、ひたすら心の中で神に許しを求める。すると、「わたしが来たのは、義人を招くためではなく、罪人を招くためである」という神と或る魂の町角で出会うことになるのである。

渡嘉敷の、今は平和な慰霊祭の午後、そこで使われた「懺悔」という言葉は、明らかに日本的、仏教的な意味に於てであったのだろう。この点について、私は章を改めて考えてみたいと思う。

慰霊祭は終わった。

それも静かに終わった。

三月二十九日付の琉球新報は伝えている。

「この日の渡嘉敷村は平日と変わらない静かなたたずまい。赤松元大尉が来島できなかったことや、その部下が初めて来島したことにも反応は少なく、報道陣が詰めかけたのが、異様にさえ感じているような冷静さ。赤松元隊長が本島まで来ていることを知らされても、『肉親を失ったことは忘れられないが、いまさら古傷にふれても仕方がない』と言った言葉が返ってくるだけ。本島でくり広げられた『赤松帰れ！』の騒ぎはウソのような『悲劇の島』二十五回忌の慰霊祭――」

元軍人たちは、村人の好意に迎えられた。

「五十年配の人たちは男女の別なく、生き残り将兵らと手をとりあった。炊事班にかり出され、赤松隊で働いていたという婦人などは、顔を覚えていた何人かをつかまえ、当時はお世話になりました、と涙を流さんばかりだった」（『沖縄タイムス』三月三十日付）

将兵たちは、ひとりひとりと手を握り合う。死線を越えた者同士にしかわからない苦しみと喜びが胸をしめつける。夜。甘い夜がやって来る。潮と風と花の匂いのこめられた夜のまなざしが、天空の星と瞬《またた》き交わす。生き残りの将兵たちは、かつて世話になった村人の家々に迎えられる。赤い灯《あかり》の下でいつ迄《まで》も続く思い出話。そしてその後、村役場ホールで、遺族会主催の歓迎会が開かれる。

総ての人々が、彼らを歓迎したのではなかった。

阿波連《あはれん》は渡嘉敷島の南海岸の村落である。手の染まりそうな鮮やかな珊瑚礁《さんごしょう》の海の色が、純白の砂浜の向こうに続いている。一人の漁師がその日も、平生《へいぜい》と同じように漁に出た。元隊員が来るなら、慰霊祭には出たくない、と彼は言う。彼は妻と二人の息子を、集団自決でなくした。

琉球新報の友利記者の眼には「歓迎」はかなり不快な表面だけの現象とうつる。「年老いた農民は『赤松はよくくる気になれたものだ』と吐き捨てるような口ぶり。(中略)『もう兵隊たちは来ないほうがいい』という意見が多く聞かれる」と結ぶ。それは個性的な報道だ。友利記者の文面には抑えた怒りが感じられる。

怒りもせず、歓迎もしなかった人もいた。

沖縄タイムスでは、七十四歳の老農夫の言葉が引きあいに出されている。阿波連の漁師と同じく彼は妻と子供二人を失った。

「とにかくひどいものだった。村民の悲惨さは言葉につくせないが、軍の仕打ちがどうこういうつもりはない。ただ村内が混乱状態で、本部を置いていた座間味からの命令も、充分届かないといったありさまで、いまから考えて、一番の誤りは、村民があんなふうに一カ所に集まったことだと言えるだろう」

さらに、

「軍が陸上戦に不馴《ふな》れなため、村民の指導、保護にじゅうぶん手が廻らなかったことが混乱に輪をかけた、と村民たちは説明する。そして『あの状況では、自決命令の必要はもうなかった……』というのである」(『沖縄タイムス』三月三十日付)

これは、怒りか悲しみを、自らの内部に向けた第三のグループと言うべきなのだろうか。

その間、赤松元大尉は、那覇にずっと留《とど》まっていた訳ではなかったのだ。

琉球新報の友利記者によれば、赤松元大尉は「米民間人のモーター・ボートをチャーター、那覇から当時の副官である知念朝睦氏と星条旗を掲げて渡嘉敷を訪れ、桟橋《さんばし》で中学生に頼み、花束を『白玉之塔』まで届けた」。

赤松元大尉が、自分が借りた船に、わざわざ星条旗を上げさせた訳ではないであろう。星条旗は、船の持ち主が常にあげていたものと思われる。しかし、この場合、星条旗は一つの象徴的なものとして一人の新聞記者の目に映じたのだ。それはこの場合は単純な論理である。沖縄民衆の敵は、当時、常に、星条旗をまとっていたのだ。それ故、沖縄の敵である赤松元大尉も、星条旗を掲げていて構わないのだ。星条旗は、国家としての米国の旗ではない。それは、裏切り、弾圧、殺意、厚顔《こうがん》など総てのまがしい情熱を代表するものとして友利記者の文章の中に現れる。

赤松元大尉は、明らかに自分から上陸を避けた。彼は既に上陸していた誰かに、手旗信号で船上から意志を伝える。受けたのは、手旗信号の読みとれる人であったに違いない。星条旗を上げたボートは、その儘、光の海に消えて見えなくなる。

島で慰霊祭に出席した人々も、那覇へ帰った。

二十九日、帰阪を前に、赤松元隊長とその部下たちは、宿舎で初めて記者会見をした。出席者は、赤松元隊長の他、知念朝睦元副官、連下政市元第二戦闘群群長、谷本小次郎元候補生である。

――来沖した時、抗議があったのに対し、理解できないと言ったが、今でもそうか。

赤松氏「私は知らないことは知らないと申し上げた。不祥事件で知らないこともあったが、当時、指揮官の部下統率がまずかったせいで、それは指揮官の責任であり、深くお詫《わ》びしたい」

――集団自決を命じたことはないというが、住民を守るべきあなたが生きていて、住民が死んでいる事実をどう思うか。

赤松氏「ちょっとむずかしい。只、冥福を祈るのみです。この問題は戦場という特殊な場のことであって、生きているからどう、死んだからどうということは言えないのではないか。どこから飛んで来るのかわからないタマに当たってすぐ傍で倒れるのに、自分にはタマが当たらなかったということと同じで、運としか言いようがない。生き残った者は日本の再建に努力する。これが人間の道だと思う。また自決の問題では、普通の状態でも自殺する人がいるように、同じような状態で戦場では強制されないのに自殺していったと考えられる」

連下氏「軍自体は島も住民も守らなければいけない任務を負っていた。雨が降っている中を、住民がいっぱい壕へやって来た。兵隊さんと一緒に死なせてくれ、と言って来た。悲壮感にかられて自殺したと思う。そういう心境だった」

——集団自決を知ったのはいつか。

赤松氏「翌二十九日朝聞いたが、早まったことをしてくれたと思った」

——その自決に追いやった責任をどうとったのか。

連下氏「こうやって隊長がやって来たではないか。責任というが、もし本当のことを言ったらどうなるのか。大変なことになるんですヨ。本当のことを発表しても、マスコミは取り上げないではないか」（興奮した口調）

——では真相を聞かせてほしい。

連下氏「いろんな人に迷惑がかかるんだ。言えない」

赤松氏「私は来た時にも言ったように、この問題はいろんなことを含んでいるので、ソッとしておいて欲しいと言った筈だ」

——あなたのとった態度は立派だったと思うか。

赤松氏「これでよかったと思う。しかし責任者だから命令をしたとかしなかったとかいうことは、いろんな事情があったにせよ、私の指導、作戦が悪かった。住民の犠牲もあるが、兵隊も死んでいる。戦場では本当に運だ」

一行が那覇から飛行機に乗り込もうとする時、再びちょっとした騒ぎがあった。沖縄教職員組合が「赤松元陸軍大尉の即時退島を要求する」抗議声明書を空港で赤松元大尉に手渡す際、警官六人が間に入ったのである。元大尉は「受けとります」と言ったのだが、警官が中に入ったので、小ぜりあいになった。

抗議文の内容は「私は巨大な機構の一つの歯車にしかすぎなかった、というような無責任な態度をとっているばかりでなく、約三百人の村民を自決させ、その慰霊にやって来るという恥知らずな無責任な行為は許されない。赤松氏は非戦闘員自決の責任をとって直ちに謝罪し、退島し、反戦平和の運動家として出直して来ることを要求する」というものであった。

赤松元大尉とその部下たちを乗せた飛行機は那覇空港を飛び立った。彼らは抗議文の内容通り「退島」したのだ。しかし問題は消えた訳ではなく、むしろそこから始まった。

赤松元大尉は、沖縄戦史における数少ない、神話的悪人の一人であった。私の目にふれる限り、彼は完璧《かんぺき》に悪玉であった。その実物を、今人々は見たのだ。それは面長で痩《や》せた、どこにでもいそうな市井《しせい》の一人の中年の男の姿をしていた。

神話は神話として、深く暗く遠いところに置かれている限り、そして実体が決して人々の目にふれない限り、安定した重い意味を持つのだった。しかしそれが明るみに取り出された場合、神話の本体を目撃して人々はたじろぐのが普通である。なぜなら、悪に於ても、善に於いても、それほどに完璧だというものは、この世にめったにあり得ないからだ。

赤松神話も、まさにその日、ふとしたことから深い暗い沖縄の記憶から取り出されたのである。

二

昭和四十五年九月十七日、赤松元隊員たちの沖縄訪問から約半年後に大阪千日前《せんにちまえ》の「ホテルちくば」で一つの会合が開かれた。かつての戦場であった渡嘉敷《とかしき》島へ行って来た隊員たちの、行かなかった隊員たちへの報告会であった。

そこで、私は初めて、事件の主人公たちを見たのである。会場の入口には、「第三戦隊様御席」と書かれていた。

私はそこへ、きわめて、あやふやな立場で出席したことを言わねばならない。私は集団自決の問題を小説(『切りとられた時間』という表題で中央公論社から昭和四十六年九月に出版された)に書こうとはしていたが、それは、宗教的な立場からであった。正直なところ、事実はどうでもよかった。ただ私のそのような意図を知って、赤松隊へ引き合わせてくれた親切な報道関係者があり、先方も私に来てもいいという許可を与えられたと聞いたので、私はでかけて行ったのである。私の初めの気持ちは、当事者の発言を子守唄のように聞きながら、私の小説を考えて行こうという、それだけの気持ちであった。

その日、大阪の、庶民的な雑踏《ざっとう》の町を、一人ずつ集まって来た人たちは、全部で十四、五人くらいだったろうか。

赤松嘉次《あかまつよしつぐ》元隊長は、背が高く、瓜実顔《うりざねがお》で五十年輩であった。家業が兵庫県の加古川で、肥料店だったので、戦後は仕事をついでいた。元隊長を初めとして、赤松隊は関西以西の出身者が多いので、私のような関東生まれからみると、誰《だれ》も柔らかいねっとりした訛《なまり》のある言葉を優《やさ》しく使っていた。

この人々が、かつての船舶陸軍特別幹部候補生の第一期生たちであった。当時、赤松隊長が二十五歳、隊員は総《すべ》てそれより若年であった。ということは彼らが今、四十代の半ばにさしかかっているということであった。

彼らは赤松氏を「隊長」とか「戦隊長」とか呼んでいた。このような呼び方は、聞く人にとっては、戦争愛好者の集まりのように受けとられるかも知れない。しかし、彼らにとって、その他の呼び方は、いずれも、不自然に見えるらしかった。今さら、「赤松さん」でもないのであろう。何故なら、彼らの人間関係は、「隊長」と「隊員」としてでき上がり、さまざまな運命や、人為的ななりゆきの結果、その関係は今まで続いてしまったのだから。

彼らは、昭和十九年七月、香川県小豆郡《しょうず》淵崎村《ふちざきそん》で教育を受け、八月、海上挺進戦隊を編成、小豆郡土庄町《とのしょう》豊島《てしま》訓練基地に於いて水上特攻の訓練を受けたのである。「神風」ばかりが特攻隊ではない。彼らも又飛行機ではない船の特攻隊員であった。

海上挺進隊とは、どんな目的を持っていたか。それは長さ五メートル、幅一・五メートル、深さ〇・八メートルのベニヤ製舟艇《しゅうてい》に七十五馬力の自動車用エンジンを載せ、速力二十ノットで、百二十キロ（三秒瞬発信管使用）の爆雷二個を装備し、夜間を狙《ねら》って敵艦船に体当たりし、爆破沈没させる目的で編成されたものであった。五メートル以内で、爆雷攻撃を実施すれば、巡洋艦大破、駆逐艦撃沈、輸送船大破沈没可能と推測されていた。

「三艇を一組として攻撃敵船腹にて爆破せしむるもので、隊員の生還は不可能である」

と記されている。

死ぬ筈《はず》だった人々は集まって来た。いつの間にか彼らは働きざかりの中年であった。彼らはあらゆる職業に従事していた。小企業主もあれば、土木の技師もいた。飲食店主もいれば、映画の制作者もおり、食肉業者もいた。忙しい人々であったが、隊長の命令一下、さっと集まるのだ、と説明してくれた人がいた。赤松元隊長は、トレード・マークにされているらしい長い顔で、のんびりと真ん中の席に坐《すわ》っていた。

沖縄報告は主に、第三戦隊の第二中隊第二戦闘群群長だった連下《れんげ》政市《まさいち》氏や、本部付警戒小隊の隊員だった谷本小次郎氏などからされていた。谷本氏は人々に戦後、初めてまとめたという「陣中日誌」（タイプ印刷したもの）を配った。これはもっと早くできているべきものなのに遅くなったというようなことを谷本氏は言い、片方では谷本氏のようなよき保管者がなければ、これらのものは、散逸《さんいつ》してしまったろう、というような声も聞こえた。

席の一隅《いちぐう》には、赤松隊を迎えた沖縄のその後を取材して来た、週刊朝日の中西昭雄記者もいた。彼と私にも、この日誌は一部ずつ与えられた。

那覇《なは》空港で抗議を受けたということがあったにも拘《かかわ》らず、報告の内容は穏やかなものであった。只、時々、連下政市元群長の声などには、隊長に代わって、憤慨しているらしい響きが流れたようにも思えたが、それは私の推測に過ぎなかったかも知れない。一行の語る問題の那覇空港到着の風景の中には、顔の長い別の隊員が隊長とまちがえられて、人々にわっと囲まれた、というような笑い話もあり、どさくさまぎれで、その間元隊長はどこで何をしていたかわからないらしい混乱の様子も伝えられた。初めて、真向こうから声をあげたのは函館から馳せ参じたという、一人の元隊員であった。

赤松隊長のことを、何故ああ、ジャーナリズムはまちがって書き、人々はそれをそのまま信じるのか。明らかには言わなかったが、その席には彼にとって仮想敵が眼前に二人もいたのである。中西記者と私であった。

こんな軍律厳しかった隊もないと思う。赤松隊長を信じていればこそ、戦後二十何年経っても、隊長が集まれと言えば皆こうして命令一下やって来る。それを、あらゆる卑怯者《ひきようもの》の代名詞のようにさせられて、自分には全く納得がいかない、と彼は激しい口調で言った。

「真実を書いて下さい」

と彼が言った時、私の中で苦しい叫びのようなものがあった。「真実」とは何なのか。私は物書きとしてそれを捉《とら》えることの不可能にいつも直面しているのであった。私はその時、その座にいた人々を決して満足させないような答えをした。真実は幾つもある、と私は言ったと思う。真実は、「神」の眼から見た真実でない限り、それは、そこにいた人々の数だけ少しずつ違ったものがある。そして人間は「神」ではないのだから、誰かの眼を神の如きものだと決める訳にはいかない。

只、私が意外だったのは、中西記者が、この問題について、戦後三番目に赤松氏を訪ねた記者だということであった。前の二人は、一人は『週刊新潮』、もう一人は沖縄の新聞記者、それから三番目が中西記者である。

それならばあの多くの沖縄関係の書物が赤松氏の行為を断定し、断罪したその証拠はどこから来たか。それについては、後で述べるが、私はまずその点を不思議に思った。

別の一隊員も口を開いた。

「中西さんの記事の中にも、『死にそこなった赤松隊の悲劇』という見出しがありますが、我々は決して怖《こわ》くなって、出撃を見合わせた訳じゃない。あの日たまたま、船舶団長の大町大佐という方が、阿嘉《あか》島から来ておられて、その方が出撃中止を命令されたんです。我々は既に舟艇を水際まで引き出していたんですが、そこで夜が明けて来てしまった。こんな速度の遅い舟を明るい所で攻撃に使ってうまく行くものじゃない。そこで、涙をのんで出なかった。今と違って、若いですからね、本当に死ぬつもりでいました。ですから出られないとわかった時は、何とも言えず口惜《くちお》しかったです」

しかし人々は、決して中西記者を非難している訳ではなかった。今までは調べもしないで書かれていた。せめて聞きに来てくれただけでもよかったという好意の眼は温かく中西記者に向けられていた。

話は自然にあの時と、今との違いにも触れられることになった。

あの時、——あの頃《ころ》、日本人は今とは全く違った心情の中にいたことを、私も認めなければならない。あの中で醒《さ》めていて、決して、戦争の勝利も日本の軍部も信じなかった人もいたではあろう、ということは想像にかたくない。しかし私は十三歳の平凡な少女として、あの頃、自分が全く別の価値判断、情熱の種類の中に生きていたことを知っている。

「今の方たちには想像もつかれんでしょうが、我々は、昭和二十年八月二十三日に降伏したのです。今の人たちは、いずれ敵の軍門に下ったんだ。いつお手あげしたって同じことじゃないか、と思われるでしょう。

しかし、我々にとっては大きな違いです。終戦の御詔勅《ごしょうちょく》が下された八月十五日以前に敵の軍門に下ることは降伏です。しかし八月十五日以後のは、命令に従ったのです。陛下の御命令によって、戦いをやめた。ですから、我々は、皇居を拝し、兵器訣別式《けつべつしき》をし、遺骨も記録もきちんと持って、隊伍《たいご》を整えて、山を下りて来て武装解除を受けたんです。同じことでしょうが、その時は大きな違いでした」

その夜、他に私の記憶に残った隊員たちの、さまざまな言葉をあげよう。

「なぜ、終戦まで、生き残っていたかというと、我々が受けた命令は、死守せよ、ということだったんです。死守という言葉の解釈には、いろいろありますが、敵が来たから一せいに波打際《なみうちぎわ》に並んで、機関銃で一ぺんになぎ倒されるのも死守です。しかし、普通の考え方なら、相手にこちらの人数や装備をわからせないようにして、できるだけたくさんの敵を、できるだけ長い期間引きつけて、沖縄本島や本土へ向かう筈の相手の戦力を裂《さ》く、ということになるんじゃないでしょうか」

「正直言って、初め村の人たちをどうするかなどということは、頭にありませんでした。何故かとおっしゃるんですか。我々は特攻隊です。死ぬんですから、後のことは、誰かが何とかやるだろうと思ってました。少なくとも、我々の任務ではない、という感じですね」（赤松元隊長）

「初めにボクも、世間があんまりいろいろ言うから、隊長、ほんとのとこは何かやったんじゃないかな、と思う時もあったですよ。ボクは阿波連《あはれん》という遠くの部落にいましたからね。しかしああいう騒ぎの中で、命令の伝達なんていうものは、正確に伝わる筈はないでしょうね。人間は今みたいな静かな状態で命令を出したとか、それが伝わらなかったとか想像するんです。しかしあの時は、敵に上陸されて、あらゆるものがひどい混乱の中にあった。我々は稜線《りようせん》上にやっとタコ壺《つぼ》らしきもの掘って中で一センチでも体を低くしようとしているだけです。整然と人間を集めて、ちゃんと自決命令を出すなんてことは、できなかったしする気にもならなかったんじゃないかな」

「私は隊長のお嬢さんが気の毒です。うちのお父さんはそんなひどいことをしたのだろうか、と言われましてね。一時は大分《だいぶ》、悩まれたようです。我々が行って、いろいろ話をするうちに、少しわかって来られたようですが」

「私はもう、うちの隊について書かれたものは読まんことにしてます。いつもめちゃくちゃですからね。読めば腹も立つし、ばかばかしくなりますからね」

「一つ、言っときましょうか。あの時、死ぬのは辛《つら》かったかというと、辛くなかったんですよ。僕は少なくとも、死ぬほうが楽だった。僕は自決した人の気持ちわかるね」

「イモリという奴を食べてみましたがね、あれだけはまずくて食えませんでしたね」

私はイモリの話の時は気持ちよく笑った。彼らがどんなに飢えていようと、それは今笑ってもかまわない話だと思った。しかし、その他の話は、どれも深い淵《ふち》を秘めていた。人間の心理の、軍隊の機構の、日本人の精神の……。それらは未だに解決されていない、暗い、湿った危険な匂《にお》いを含んでいる。

しかし中でも、とりわけ私の心をうったのは、赤松氏の令嬢のことであった。娘はもともと、父親を理解しにくい立場にいる、ましてや、悪玉呼ばわりされている父であったら、なおさらであろう。そして、その父は、いったい、その島で何をしていたのか。

私は知りたいような気がし始めた。ただ、その場合、赤松令嬢に対する同情から或ることをことさらに好意的に見ないように、自戒しなければならないと思った。

赤松隊長の命令によって集団自決が行われたと断定した第一の資料は沖縄タイムス社によって刊行された『沖縄戦記・鉄の暴風』であり、初版は昭和二十五年八月十五日である。

その一部を引用してみよう。

「三月二十五日、未明、阿波連岬《あはれん》、渡嘉敷《とかしき》の西海岸、座間味《ざまみ》島方面に、はじめて艦砲がうち込まれ、同日、慶良間《けらま》列島中の阿嘉《あか》島に、米軍が上陸した。これが沖縄戦における最初の上陸であった。

渡嘉敷島の入江や谷深くに舟艇をかくして、待機していた日本軍の船舶特攻隊は急《きゆう》遽《きよ》出撃準備をした。米軍の斥候《せっこう》らしいものが、トカシク山の阿波連山に、みとめられた日の朝まだき、艦砲の音をききつつ、午前四時、防衛隊員協力の下に、渡嘉敷から五十隻、阿波連から三十隻の舟艇がおろされた。それにエンジンを取りつけ、大型爆弾を二発宛抱えた人間魚雷の特攻隊員が一人ずつ乗り込んだ。赤松隊長もこの特攻隊を指揮して、米艦に突入することになっていた。ところが、隊長は陣地の壕《ごう》深く潜んで動こうともしなかった。出撃時間は、刻々に経過していく。赤松の陣地に連絡兵がさし向けられたが、彼は『もう遅い、かえって企図《きと》が暴露するばかりだ』という理由で出撃中止を命じた。舟艇は彼の命令で爆破された。明らかにこの『行きて帰らざる』決死行を拒否したのである。特攻隊員たちは出撃の機会を失い、切歯扼腕《せっしやくわん》したが、中には、ひそかに出撃の希望をつなごうとして舟艇を残したのもいた。それも夜明けと共に空襲されて全滅し、完全に彼らは本来の任務をとかれてしまった。翌二十六日の午前六時頃、米軍の一部が渡嘉敷島の阿波連、トカシク、渡嘉敷の各海岸に上陸した。住民はいち早く各部落の待避壕に避難し、守備軍は、渡嘉敷島の西北端、恩納河原《おんながわら》附近の西山A高地に移動したが、移動完了とともに、赤松大尉は、島の駐在巡査を通じて、部落民に対し、『住民は捕虜になる怖《おそ》れがある。軍が保護してやるから、すぐ西山A高地の軍陣地に避難集結せよ』と命令を発した。さらに、住民に対する赤松大尉の伝言として『米軍が来たら、軍民ともに戦って玉砕しよう』ということも駐在巡査から伝えられた。

軍が避難しろという、西山A高地の一帯、恩納河原附近は、いざという時に最も安全だと折紙をつけられた要害《ようがい》の地で、住民もそれを知っていた。

住民は喜んで軍の指示にしたがい、その日の夕刻までに、大半は避難を終え軍陣地附近に集結した。ところが赤松大尉は、軍の壕入口に立ちはだかって『住民はこの壕に入るべからず』と厳しく身を構え、住民達をにらみつけていた。(中略)

二十八日には、恩納河原に避難中の住民に対して、思い掛けぬ自決命令が赤松からもたらされた。

『こと、ここに至っては、全島民、皇国の万歳と、日本の必勝を祈って、自決せよ。

軍は最後の一兵まで戦い、米軍に出血を強《し》いてから、全員玉砕する』というのである。

（中略）

住民たちは死場所を選んで、各親族同志が一塊《ひとかたま》りになって集った。手榴弾《しゆりゆうだん》を手にした族長や、家長が『みんな、笑って死のう』と悲壮な声を絞《しぼ》って叫んだ。一発の手榴弾の周囲に、二、三十人が集った。

住民には自決用として、三十二発の手榴弾が渡されていたが、更にこのときのために、二十発増加された。

手榴弾はあちこちで爆発した。轟然たる不気味な響音は、次々と谷間に、こだました。瞬時にして――男、女、老人、子供、嬰児――の肉四散し、阿修羅の如き、阿鼻叫喚の光景が、くりひろげられた。死にそこなった者は互いに棍棒で、うち合ったり、剃刀で自らの頸部を切ったり、鍬で親しいものの頭を叩き割ったりして、世にも恐ろしい情景が、あっちの集団でも、こっちの集団でも同時に起り、恩納河原の谷川の水は、ために血にそまっていた。（中略）

この恨みの地、恩納河原を、今でも島の人たちは玉砕場と称している。（中略）

恩納河原の自決のとき、島の駐在巡査も一緒だったが、彼は、『自分は住民の最期を見とどけて軍に報告してから死ぬ』と言って遂に自決しなかった。日本軍が降伏してから解ったことだが、彼らが西山A高地に陣地を移した翌二十七日、地下壕内において将校会議を開いたが、そのとき赤松大尉は『持久戦は必至である。軍としては最後の一兵まで戦いたい、まず非戦闘員をいさぎよく自決させ、われわれ軍人は島に残った凡《あら》ゆる食糧を確保して、持久態勢をととのえ、上陸軍と一戦交えねばならぬ。事態はこの島に住むすべての人間の死を要求している』ということを主張した。これを聞いた副官の知念少尉（沖縄出身）は悲憤のあまり、慟哭《どうこく》し、軍籍にある身を痛嘆《つうたん》した」（傍点筆者）

週刊朝日の中西記者は「ホテルちくば」の席上で私にコピイを一部くれた。

「何ですか、これは」

「赤松氏の自決命令について書かれているものです」

それは第二の資料ともいうべきもので、『慶良間列島・渡嘉敷島の戦闘概要』という表題で、渡嘉敷村遺族会が編纂《へんさん》したものであった。編纂《へんさん》の時期は昭和二十八年三月二十八日、終戦から八年後に書かれたものである。

中西記者は、一つの核心になる記録をくれた訳なのだが、私にはまだ何もわかっていなかった。

私はそのコピイの中の問題の日のところに目を通した。大町大佐の命令によって、一旦、特攻艇を水際まで引き下ろしながら、遂に出撃命令を受けられなかったあたりからが、事件の核心になるであろう。

「舟艇を失った特幹隊員は、本来の任務を完《まっと》うすることが出来ない為、兼ねて予定された西山の奥深く待避し、赤松隊の持久戦が始ったのであるが、陸士出身の赤松隊長は、卑怯者《ひきようもの》の汚名を着せられても致し方ない状況である。（中略）

昭和二十年三月二十六日、敵は海兵援護の下に、渡嘉志久《とかしく》、阿波連《あはれん》より上陸を開始したが、赤松隊は応戦の意志は勿論《もちろん》なく、武器弾薬を放棄したまま、隊長以下、全将兵が西山陣地に引込んだ為、敵は完全にこの島を無血占領することになった。

昭和二十年三月二十七日、夕刻、駐在巡査、安里《あざと》喜順を通じ、住民は一人残らず西山の友軍陣地北方の盆地へ集合命令が伝えられた。その夜は、物凄《ものすご》い豪雨である。米軍の上陸は、住民に生きのびる場所を失わしめ、ひたすら頼るは赤松隊の手であると信じ、ハブの棲《す》む真暗な山道を、豪雨と戦いつつ、子を持つ親は嬰児《えいじ》を背に負い、三ツ子の手を引きずりながら、合羽《かっぱ》の代りに叺《かます》や莚《むしろ》をまとい、老人の足を助けながら、弾雨の中を、統制もなく西山へたどり着いた。

暗闇《くらやみ》の谷間は、親兄弟を見失った人々の叫び声がこだまし、全く生地獄《いきじごく》の感である。間もなく、兵事主任、新城真順をして住民の集結場所を連絡せしめたのであるが、赤松隊長は意外にも、住民は友軍陣地外へ撤退せよとの命令である、何の為に、住民に集結命令したのか、その意図は全く知らないままに、恐怖の一夜を明かすことができた。

昭和二十年三月二十八日、午前十時頃、住民は軍の指示に従い、友軍陣地北方の盆地へ集ったが、島を占領した米軍は、友軍陣地北方の約二、三百米の高地に陣地を構え、完全に包囲態勢を整え、迫撃砲をもって赤松陣地に迫り、住民の集結場も砲撃を受けるに至った。時に赤松隊長から防衛隊員を通じて、自決命令が下された。

危機は刻々と迫りつつあり、事ここに至っては、如何ともし難く、全住民は陛下の万歳と皇国の必勝を祈り、笑って死のうと悲壮の決意を固めた。かねて防衛隊員に所持せしめられた手榴弾《しゅりゅうだん》、各々《おのおの》二個が唯一の頼りとなった。

各々親族が一かたまりになり、一発の手榴弾に、二、三十名が集った。瞬間、手榴弾がそこここに爆発したかと思うと、轟然たる無気味な音は、谷間を埋め、瞬時にして老幼男女の肉は四散し、阿修羅の如き阿鼻叫喚の地獄が展開された。

死にそこなった者は棍棒《こんぼう》で頭を打ち合い、剃刀で自らの頸部を切り、鍬や刀で親しい者の頭をたたき割るなど、世にもおそろしい情景がくり拡げられた。谷川の清水は、またたく間に血の流れと化し、寸時にして三百九十四人の生命が奪い去られた。

その憎しみの盆地を、村民は今なお玉砕場と呼んでいる。手榴弾不発で死をまぬがれた者は、友軍陣地へ救いを求めて押しよせた時、赤松隊長は壕の入口に立ちはだかり、軍の壕へは一歩も入ってはいけない、ただちに軍陣地近郊を去れと厳しく構え、住民を睨《にら》みつけた。住民は致し方なく、すごすごと友軍陣地東方盆地に集い、無意識の一夜を過した。(中略)

赤松隊も持久態勢に入るために、食糧確保に奔走《ほんそう》した。間もなく、赤松隊長から命令が伝達された。『我々軍隊は島に残ったすべての食糧を確保し、持久戦の準備を整え、上陸軍と一戦を交えねばならない。事態はこの島に住む人々に死を要求している』と主張し住民に家畜屠殺《とさつ》禁止の命が出され、違反者は銃殺という厳しい示達《じたつ》である。

（後略）」（傍点筆者）

村の遺族会の手になる「戦闘概要」と「鉄の暴風」を比べれば、傍点の部分は酷似している。偶然の一致で、文体から、用語までこれほど似ることはありえないから、これはどちらかが、どちらかを、部分的にもせよ、ひきうつしている、と見るべきである。そして、どちらが先かというと、これは発表の年代が明記されているところから見て「鉄の暴風」が、村の「戦闘概要」のもととなったと見てもよいであろう。

ここで更に、もう一つの文献がある。私が第三の資料の存在を知ったのは、昭和四十五年四月三日付の沖縄タイムスに発表された、那覇市在住の作家・星雅彦氏のエッセイによってであった。

星氏は次のように述べている。

「集団自決の記録は、私の知る限りで次の三つがある。

一、慶良間戦況、報告書『渡嘉敷島における戦争の様相』渡嘉敷村、座間味村共編。それは琉大図書館にあるガリ版刷りの資料で、起筆した年月日が不明確である。しかもその中には『全住民は、皇国の万歳と日本の必勝を祈り、笑って死のうと悲壮な決意を固めた』としか書かれてなくて、赤松が自決命令したとは記録されてない。

二、『鉄の暴風』沖縄タイムス社編の〈集団自決〉の章。この本は、米軍のヒューマニズムをうたい、日本軍への怨念（？一字不明）をこめた古い硬質な文体でつらぬかれ、昭和二十五年八月の印刷物である。それには慶良間戦況報告書より簡単にまとめられてあり、日付けなど若干《じゃっかん》の誤謬《ごびゅう》もあるが、『自決命令が赤松からもたらされた』と漠然《ばくぜん》と明記されてある。

三、『慶良間列島、渡嘉敷島の戦闘概要』昭和二十八年（一九五三年）三月、渡嘉敷村遺族会。それは当時の村長米田惟好（旧姓古波蔵《こはぐら》）、元防衛隊長屋比久孟祥、役所職員の協力を得てまとめたとなっている。幾らか細事にわたって記録されてあり、その中には『赤松隊長から、防衛隊員を通じて、自決命令が下された』とある。

不思議なことには、一、二、三、はどれか（一か二）を模写したような文章の酷似が随所にあるのである」

ここに第三の資料が登場する。恐らく初めて星氏によってジャーナリズムの明るみに出されたこの「渡嘉敷島における戦争の様相」は内容を読めば一応、資料提供者がはっきりとしている。

「この記録は米軍上陸から、赤松隊降伏までの沖縄戦の一端、渡嘉敷島の一部を記録しましたが、本島と切り離された孤島の戦線は、幾多様相を異にするものが多々あった。

当時、村長古波蔵惟好氏、役所吏員《りいん》防衛隊長屋比久孟祥（現生存者）等の記憶を辿《たど》ってその概要を纏《まと》めたものでありますが……（中略）

同三月二十六日、敵は海空援護射撃の下に渡嘉志久、阿波連より上陸を開始した。が赤松隊は応戦の意志は勿論、武器弾薬を放棄し隊長以下全将兵の生き延び作戦が西山陣地に於て始められ敵は完全にこの島を無血占領した。

同三月二十七日夕刻、駐在巡査安里喜順を通じ住民は一人残らず西山の軍陣地北方の盆地に集合せよとの赤松隊長の命令が伝達された。その夜は物凄い豪雨であった。米軍の上陸は住民に生きるに安全な場所を失わしめ、ひたすらに頼るは赤松隊のみである。ハブの棲む真暗な山道を猛雨と戦いつつ、子を持つ親は背に嬰児を負い、三つ児の手を引き、合羽の代りに叺や莚を覆い、老人の足を助けながら、砲弾の中を統制もなく西山へたどりついた。

雨の谷間は親子兄弟を見失った人々の叫声がこだまし、全く生地獄の感である。西山の軍陣地へたどりついた住民は、兵事主任新城真順をして集結場所を連絡せしめた。

赤松隊長は意外にも住民は軍陣地外へ撤退せよとの命令である。同三月二十八日、午前十時、住民は涙を呑んで軍の指示に従い、軍陣地北方の盆地へ集った。その頃、島を占領した米軍は友軍陣地北方百米の高地に陣地を構え、完全に包囲体型を整え、迫撃砲を以て赤松陣地に迫り、遂に住民の待避する盆地も砲撃を受けるに至った。危機は刻々に迫った。事ここに至っては、如何ともし難く、全住民は皇国の万才と日本の必勝を祈り、笑って死のうと悲壮な決意を固めた。かねて防衛隊員に所持せしめられた手榴弾各々二個が唯一の頼りとなった。各々親族が一かたまりになり、一発の手榴弾に二、三十名が集った。手榴弾がそこ、ここで発火したかと思うと、轟然たる無気味な音は谷間を埋め、瞬時にして老幼男女の肉は四散し、阿修羅の如き阿鼻叫喚の地獄が展開された。死にそこなったものは、棍棒で頭を打ち合い、剃刀で自らの頸部を切り、鍬で親しい者の頭をたたき割る等世にもおそろしい情景が繰り拡げられ、谷川の清水は血の流れと化した。一瞬にして三二九人の生命を奪った。その憎みの盆地を村民は今なお玉砕場と呼んでいる。

手榴弾の不発で死をまぬがれた者は軍陣地へと押しよせた。赤松隊長は壕の入口に立ちはだかり軍の壕へ入ってはいけない、速に軍陣地を去れと厳しく構え住民を睨み

つけた」（傍点筆者）

同じ文面を二度読まされたのではない。傍点は村の遺族会の書いた「戦闘概要」とこの琉大図書館から出た第三の資料が全く同一の表現を持つ部分だけを示したものである。これほど完璧《かんぺき》な同一性は普通、偶然とは考えられないから、これも明らかにどちらかが、どちらかを引き写したと考えるべきである。

それを断定するのは、むずかしいのだが、ここに興味深い手がかりが多少なくもない。

それはこの二つの資料が、いずれも手書きのままであり、従って筆蹟《ひっせき》その他から或る推測をすることができるのである。

この二つの資料は、いずれも一応、新かなづかいで書かれているが、遺族会のまとめた「渡嘉敷島の戦闘概要」の方がやや、旧かなのまじっている率が多い。それから、数カ所に、何とでも読めるくずし字がある。星氏によって発見された琉大図書館の資料にはそのくずし字がいかにもそういうふうにも読めるだろう、というようなふうに文章がなおされたあとが歴然としている。

ということは、琉大にあった資料の方は、遺族会が作った「渡嘉敷島の戦闘概要」

をもとに書いた可能性がきわめて強い、ということになる。そして、琉大にあった資料と遺族会の作った資料とのいちじるしい相違は、遺族会側では、「赤松隊長から防衛隊員を通じて自決命令が出された」とはっきり書かれているのに対して琉大資料ではその部分がなくなっていることである。ということは、当時の古波蔵村長、屋比久孟祥防衛隊長は赤松命令を確認しなかったことになる。この記録の中には、他のもっと些細《ささい》な部分で、かなりはっきりした赤松隊長に対する悪意のこめられた記述の部分もあるので、そのように大切な事柄を、書き落とすとは考えられないのである。

従って三つの資料の発生順は、沖縄タイムス社による「鉄の暴風」→遺族会の手になる「渡嘉敷島の戦闘概要」→琉大図書館にある「渡嘉敷島における戦争の様相」と考えられるのである。

これらはその文章上の類似点から、決して独立して個々に調査されたものではなく、むしろ第一のものが第二のものの種本になり、第二が第三の資料になったという形で少しずつ、整理されたり書き加えられたりしたものだということになる。

それを証拠づけるもう一つの明確なポイントがある。

それは問題の渡嘉敷島に対する米軍上陸の日をこれら三つの資料は一致して、三月二十六日、とまちがって記録していることである。

米軍上陸は琉球政府発行の『沖縄県史』の年表においても、赤松隊側の「陣中日誌」においても、防衛庁防衛研修所戦史室による『沖縄方面陸軍作戦』においても、Chas. S. Nichols, Jr. とHenry I. Shaw, Jr. 共著による『Okinawa: Victory in the Pacific』においても、三月二十七日の、正確には午前九時八分から九時四十三分の間となっている。米軍上陸というかなり重大な記録的事実が、まちがったままこのように記載されているということは、この三つの資料が引き写しによって伝えられて行ったことを示すものであろう。もっとはっきり言えば、最初に書かれた『鉄の暴風』にまちがいがあったのを、他の二つが、そのまま、うっかり書き写したものと思われる。

それならば、すべての資料のもととなった『鉄の暴風』はどのような経過で出版されたのであろうか。

『鉄の暴風』は、まだ戦傷いえぬ、昭和二十五年に沖縄タイムス社によって企画出版されたものであった。沖縄タイムス社自身が創立されたのは、昭和二十三年であった。当時、政府に勤めていた太田良博《おおたりようはく》氏は、或る日、沖縄タイムス社理事・豊平良顕《とよひらりようけん》氏から、その手伝いをしないかと乞《こ》われたのであった。戦史を書こうなどということを思いつくのは、当時まだ新聞社くらいのものであった。そこには新聞人の使命感があった。

取材に歩くと言っても、太田氏が当時使えたのは、トラックを改造したものだけであった。バスさえもまだなかった時代である。

「そんな時に渡嘉敷島へは、どうしていらっしゃいました」

私は驚いて尋ねた。

「漁船でもお使いになりましたんですか？　でも、漁船もろくにありませんでしたでしょう」

「いや、とても考えられませんでしたね。定期便もないし」

「どうしていらっしゃいました？」

「いや、向こうから来てもらったんですよ」

「何に乗って来ておもらいになったんですか」

「何に乗って来ましたかねえ」

困難な時代であった。直接生きるために必要なもの以外のことに、既にこうして働き始めていた人があるということは、私には信じられないくらいであった。

太田氏が辛《かろ》うじて那覇で《捕えた》証言者は二人であった。二人は、当時の座間味村の助役であり現在の沖縄テレビ社長である山城安次郎《やましろやすじろう》氏と、南方から復員して島に帰って来ていた宮平栄治《みやひらえいじ》氏であった。宮平氏は事件当時、南方にあり、山城氏は同じような集団自決の目撃者ではあったが、それは渡嘉敷島で起こった事件ではなく、隣の座間味という島での体験であった。勿論、二人共、渡嘉敷の話は人から詳しく聞いてはいたが、直接の経験者ではなかった。しかし当時の状況では、その程度でも、事件に近い人を探し出すのがやっとだった。太田氏は僅《わず》か三人のスタッフと共に全沖縄戦の状態を三カ月で調べ、三カ月で執筆したのである(もっとも、宮平氏はそのような取材を受けた記憶はないと言う)。

太田氏は、この戦記について、まことに、玄人《くろうと》らしい分析を試みている。太田氏によれば、この戦記は、当時の空気を反映しているという。当時の社会事情は、アメリカ側をヒューマニスティックに扱い、日本軍側の旧悪をあばくという空気が濃厚であった。太田氏は、それを私情をまじえずに書き留める側にあった。「述べて作らず」である。とすれば、当時のそのような空気を、そっくりその儘《まま》、記録することもまた、筆者としての当然の義務の一つであったと思われる。

「時代が違うと見方が違う」

と太田氏はいう。最近、沖縄県史の編集をしている史料編集所あたりでは、又見方が違うと思うという。違うのはまちがいなのか自然なのか。

いずれにせよ、恐らく、渡嘉敷島に関する最初の資料と思われるものは、このように、新聞社によって、やっと捕えられた直接体験者ではない二人から、むしろ伝聞証拠という形で、固定されたのであった。


私が、大阪、千日前の会合の時、手渡された赤松隊側の資料は、「陣中日誌」と題されており、そこには日誌の編集者である、谷本小次郎氏の言葉も記されていた。

「（前略）私、本部付として、戦闘詳報、命令会報を記録し、甚《はなは》だもって僅かの戦闘のみしか参加せず、誠に汗顔《かんがん》の至りでございますが幸いに、基地勤務隊辻政弘中尉殿が克明に書き綴《つづ》られた本部陣中日誌と第三中隊陣中日誌（中隊指揮班記録による四月十五日より七月二十四日迄の記録、第三中隊長所有）を資料に取りまとめ、聊《いささ》かの追記誇張、削除をも行わず、正確な史実を世代に残し、歴史は再び巡《めぐ》りて精強第三戦隊たりと誇

れることを念願します。（中略）

戦死の概況は記述調整官により、復員時援護局へ提出済のものであります。以上の如く沖縄現地に在る渡嘉敷戦闘概要は、全く史実に反し記述してあることを、現地の村民の方々からも聞き及んでおります。

昭和四十五年八月十五日

元海上挺進第三戦隊本部付谷本小次郎」

これは唯一の、「手袋は投げられた」という感じの文章ではないだろうか。

「陣中日誌」によって、集団自決の当日を再現しようとしても、そこには民の影はまことに稀薄《きはく》である。

三月二十八日。すでに激しい艦砲射撃と空襲のあと敵は上陸して来ていた。特攻舟艇は出撃に失敗し、特攻隊の若い兵たちもやむなく島の守備のために、ろくろく武装もなしに山中に後退して混乱のうちに態勢をたてなおそうとしていた。小雨から晴、夜、再び小雨であった。

夜明けと共に昨夜出した各部隊は帰って来た。米軍は既に海岸稜線《りようせん》上と北側の高地に布陣している。

数日来、ろくろく眠るヒマもなくこの非常事態に立ち向かって、思考能力も弱くなりかかるほど疲れ切って帰って来た部隊が、道案内の現地防衛召集兵（島民であり、正規兵であった）の一部が、支給してあった手榴弾で家族と共に自殺した、という報告を持って来た。

「本朝、二、三件の模様なり」

兵たちはひたすら何もない陣地稜線上に目を落ちくぼませてタコ壺を掘り続けた。スコップも足りなかった。鉄帽や木切れを使っていた。

午後二時、陣地の谷に避難していた住民が陣地内になだれ込んだ。その異様な阿鼻《あび》叫喚《きょうかん》の中に、北方の敵陣地から迫撃砲がうち込まれた。まだ年若い一人の上等兵は、女子供の泣き叫ぶ声を聞いた時、心ひそかに「いやだなあ」と思ったと私に語った。

「戦隊長防召兵を以《もっ》て之を鎮《しず》めしむ」

と陣中日誌にはある。

すでに前日未明、通信隊は、五号無線機一を残し、三号無線機一、五号無線機二を破壊していた。勤務隊の辻中尉は負傷し、田所中尉が副官業務をついだ。第三小隊長高塚少尉も戦死した。

夜が訪れた。二十五日の夜、出撃準備のために特攻舟艇をおろし、その出撃が不可能になって、艇を自らの手で沈めて以来、長い長い悪夢の連続だったような日が再び暮れる。夜八時、突如として、二中隊正面軽機関銃座に敵襲を受ける。そしてその頃、稜線にへばりついた儘の兵たちの一部は、小雨に濡《ぬ》れ、弾の中に身をすくめながら、或る叫びを聞いていた。その物音の意味するものを、彼らは察してはいた。

そのような物音を誰かがアビキョウカンと名づけたのだ。あまりにも無感動になってしまった死が、その叫び声の彼方《かなた》で起こっているのを彼らは聞いていた。弾の中を動けなかったし、動く必要もなかった。

死が、どうしたというのだ。兵たちもまた死ぬためにこの島に来た。一度死の機会を逸したが、いずれは死ぬのだ。「陣中日誌」はそのことについて翌日の部分でほんの数行を記録するのみである。

「三月二十九日、曇雨。悪夢の如き様相が白日眼前に晒《さら》された。昨夜より自決したるもの約二百名(阿波連方面に於ても、百数十名自決、後判明)、首を縛った者、手榴弾で一団となって爆死したる者、棒で頭を打ち合った者、刃物で頸部《けいぶ》を切断したる者、戦いとは言え、言葉に表し尽し得ない情景であった」

玉砕場に行くには、今、米軍基地の中を通してもらうほかはない。昭和三十七年、米軍のホーク・ミサイルの基地ができたのである。もっとも基地そのものは、昭和四十四年六月、米軍引上げと共に、無人の美しい岡になった。と言っても未だに、管理は、米軍の手で、行われているらしい。

その米軍の軍用地内に含まれる赤間山と呼ばれる小高い岡の頂《いただ》きに立つと、そこからは見る者の胸をしめつけるような清浄で晴ればれとした沖縄の海と島々が見えた。

「むかし、はじまりや

でだこ、大ぬしや

きょらや、てりよわれ」

という言葉に始まる琉球の古い神歌さながらの海である。「大昔、日の大神が、きよらかに照っておられ……」というほどの意味であろうか。沖縄の人々は、東の海のはるか彼方に、神々の住むというニライ・カナイの世界があることを信じていた。沖に泛《うか》ぶ島々も海も、今なおニライ・カナイの世界の瑞々《みずみず》しさを保っている。しかしこの小高い岡は、尚賢王《しょうけんおう》の時代(正保《しょうほう》年間)あたりから支那《しな》からやって来る唐船を見つけた場合ののろし台として使われていた。ここでのろしを上げれば、那覇や、泊の人々に知らせることができたという。本島はもとより久米《くめ》、粟国《あぐに》、渡名喜《となき》、伊江《いえ》などの島々も見える。

案内してくれる人が「米軍用地の裏門を開けてもらって」と言ったように聞こえる。勿論、開けてくれるのも日本人であるが、私たちが、長い二重の柵《さく》の外に出ると、鍵《かぎ》は再び閉められた。三十分後に、又開けてもらう約束なのである。

私は、村の若者たちの後について、金網にそった小さな空間を歩く。草いきれが暑い。金網ごしに見えている地点なのに、ぐるりと遠廻りをしなければならない。

米軍の基地を、最高地点として、まわりは総《すべ》て、小さな谷に落ち込んでいるのだが、十分近く歩いて、案内役は、一見何の変哲もない、小さな沢の上で立ち停《どま》った。

「あの松の木のあたりなんですがね」

松までは、ほんの、二十メートルほどであろうか。小さな雑木がびっしりと、谷を埋めている向こうに、一本の松が頭を出している。案内役は、それから先をさらに行ったものかどうか、私のことを考えているらしい。まず、二メートル近くあるコンクリートの土留《どど》めをとび下りなければならない。そんなことは何とかなる。私はどうしても、そこまで行きたかったのだ。

運動神経のない私は、ハンドバッグを持って貰《もら》い、やっこらさ、と、下までとび下りる。それから、距離にして、ほんの十数メートルのジャングルを私は歩いた。下草をかきわけ、木の枝をくぐり、足許を踏みしめ踏みしめ、行く。四分の一世紀前のその日は雨であった。いくら健脚の村人たちとは言え、老人も子供もいた。自分たちの行ったことのない森だから、地形が全然わからなかった、という当時幼い子供だった主婦の話も聞いている。どんなにここ迄辿《たど》り着くには、苦しかったろう。

そして、ふと、何気なく、私たちは隠されているような水のほとりに出た。まるで、この森の中に、酔狂《すいきょう》な人が、人為的に作ったのではないかと思うような、一種の滝壺《たきつぼ》、一種の小さな泉のほとりに出たのである。つまりそれは、今しがた私たちが下って来た、米軍の高地の方から流れて来る水道《みずみち》を自然に塞《せ》き止めるようにできた水溜《みずたま》りであった。面積は一坪あるかないか。

水には枯葉が浮かんでいる。そこにはもはや血の色はない。しかしかつては鹿《しか》が遊びに来た谷川の水が、一度だけ人間の血に染められた、というのは、ここのところなのだ。

私は玉砕場というからには、多少とも開けた地形を想像していた。しかしそこは狭い谷の途中である。

「当時は木が繁っていて、空も見えませんでしたよ」

と一人が言う。私たち一行、五、六人も、ゆっくりと並んで立っている訳ではない。めいめいが、岩の上や、木の根などに、僅かな足場を見つけてひっかかっているのである。

「僕は、あそこの木のあたりにいた」

と一人が言う。私は頭《こうべ》を垂《た》れる。死が一人の老婆の姿になって、そこに蹲《うずくま》っているような気がしたのである。その老婆は、小さく、きょとんとした眼つきをしている。怨《うら》みの表情もない。私は老婆の手を取る。手は意外と温かい。私はその手を握りながら「死」に或る親しさを覚える。死は、それほど遠いものではない……。

そうだ、あれは、誰からだったろう。人づてに聞いた話だ。

やはり一人の少女がいた。

手榴弾が爆発して、彼女の一族は傷つくか死ぬかした。彼女一人が無傷で生き残った。あたりの死に切れなかった人々も「水！　水！」と叫んでいる。

少女は、たまたま小さな薬罐《やかん》を持っていた。それで夢中で、水を汲《く》みに走った。傷ついている家族に飲ませたかったのだ。

しかし、彼女は、泉のすぐ傍に転がっていた人が、「水！」と叫んでいるのをみると、思わずそれを飲ませてしまった。この次こそ、母に、父に、伯父《おじ》に、伯母《おば》に、と思いながら、水を汲んだ。しかし、その水も、先刻の人よりもう少しだけ遠くに殪《たお》れている人の、絶望的な要求に会うと、与えずに通り過ぎることは不可能だった。

何度、彼女は泉と、負傷者の間を往復しただろう。遂に彼女は泣き出してしまった。父母のところまで、とても水を運び切れないのだ！

それは、この泉での話だったか。私は、その谷間に、泣きながらぴょんぴょんと兎《うさぎ》のようにはねて水を運んでいる少女の姿を想っていた。

この谷に、死んで行った人々の怨霊《おんりょう》が凝《こ》り塊《かた》まっているか、と私は思った。もしそれらの霊がまだ浮かばれずにあるのなら出て来て欲しい。私は泉のほとりに坐りながら、怨霊と相向かい、谷川の水を汲み交わしながら夜っぴて語り明かしてもいい。しかし、そこは、明るい惨劇の地であった。それは純粋に物理的な理由による。砲撃で、大きな木は殆《ほとん》ど吹きとばされたのだ。今生《は》えている木は、殆どが、僅か樹齢二十数年である。

青い空が見える。小鳥の声が聞こえる。死者は過去を許しているようにさえ感じられる。これは勿論、私の甘い一人合点《がてん》だ。しかし、かりに許されるとなると、その優しい視線が却《かえ》って生きている者の胸を苦しめる。

そこで死ぬべかりし若者たち何人かも、久しぶりにここを訪れたようだった。沖縄では「ここが私の死んだ所です」という人によく会う。そこにもやはり亡霊が立っている。生きている人は、自分の亡霊と一瞬向かい合う。

この小さな谷川の窪《くぼ》にいた人たちは、その時、何を思っていたのだろう。

三

沖縄・渡嘉敷《とかしき》島の集団自決の長い日を掘り起こす前に、それより約半年前の昭和十九年九月のことを想起してみたい。この記録は、昭和二十一年三月、赤松嘉次《あかまつよしつぐ》元海上挺進第三戦隊長が、戦後間もなく沖縄本島・石川収容所において、恐らく米軍より与えられたものと覚しきフィリピン製のノートにしたためたものから再構成し、時に抜《ばっ》粋《すい》したものである。

昭和十九年九月十日夜十時、四隻の船団が暗い宇品《うじな》の港を秘《ひそ》かに出航した。大興丸、第十一鉄山丸、香椎《かしい》丸、宝来丸の四隻の輸送船である。船には海上挺進第三戦隊の百四名と舟艇《しゅうてい》、兵器などが分散して積まれていた。彼らは門司《もじ》で丸一日以上停泊した。香椎丸に乗っていた第二中隊は咸興《かんこう》丸に乗り換えた。もっともこの船だけは速力が遅く船団航行ができなかったので、約一カ月鹿児島に待機後、沖縄におくれて到着したのである。

九月十二日夜、門司発。十三日天草湾到着。その夜もやはり夜陰《やいん》に乗じて出航した。九月十四日、鹿児島湾に到着。二十一日迄《まで》、彼らは、宙ぶらりんな時間を鹿児島で過ごすことになる。

そして九月二十一日、午前八時。出航と同時に、彼らは沖縄へ向かうことを知らされた。

赤松大尉は大興丸に乗っていた。七千トンの輸送船に、三千五百人の兵と、兵器資材を詰めこんでいて、体を伸ばして寝ることもできない。既に宇品を出てから二週間が過ぎている。

九月二十六日、しかし船は遂《つい》に那覇《なは》湾沖に到着した！　水に浮かぶ竜宮城《りゅうぐうじょう》のような波の上神社を望んで、彼らは生き返った。長い旅の後に、遂に陸に着いたのだ。

大方の兵は那覇で下船する。その中で連絡の将校がやって来て、やっと海上挺進第三戦隊は、慶良間《けらま》列島へ向かうことを知らせた。兵隊の興奮は隠せない。どんなところか、彼らは地図を見て話し合っている。

翌九月二十七日、船は島をぐるりと廻って、慶良間海峡に入り、静かに停泊した。午後、慶良間列島内の渡嘉敷島のトカシクの浜に到着、兵員と荷物を揚げる。赤松大尉は、眼前に無人島のような島影を見た。ここが戦いの場所なのか。海岸に僅《わず》かな壕《ごう》が見える。基地隊が掘った穴だな、と大尉は考える。以上はその日記から——

「船員が予に語る『赤松さん、家は一軒もありませんね。あの壕の中に寝るんでしょう。御苦労ですね』しかし戦争に来たる身の、苦労はもとより覚悟の前なり。(中略)いよいよ卸下《しやか》を開始し、我等の特攻艇は一隻一隻と静かなる海に漂《ただよ》う。忽《たちま》ち轟然《ごうぜん》たる爆音を立て、白波を蹴立《けた》て島に向い行く姿は勇まし。最後に船の人に別れを告げ、愛艇に乗る。帽子を振りつつ、艇を岸に走らす。船橋では船員が国旗を振りあう。(中略)」

彼らは島に着いたことが嬉《うれ》しかったのだ。観念の中で、特攻の任務はあったろうが、死の実感はまだ遠い。

「南海に沈む夕陽は、不気味な迄に赤く、海底には、赤や青の珊瑚《さんご》輝きて美し、熱帯魚その間を泳ぎ、全く夢の国に居るが如し。(中略)

既に任地に至れり、いよいよ戦闘準備なり。松や蘇鉄《そてつ》の一面に茂れる山を見つつ、島の生活につき想像を廻《めぐ》らす」

基地大隊の大隊長・鈴木大尉と副官の辻中尉がやって来る。二人は島について赤松隊長に説明する。

「この島にも住民あり」

赤松大尉は確認する。彼らは鹿児島を出る迄、行先も知らされず、島についての何の予備知識も与えられていなかった。

「当分の間、予等も民家に宿泊すると。忽《たちま》ち一同、内地の舎営を思い出し、希望に満つ。楽を求むる。これ人間の本能なるべし。

二人に案内され、渡嘉敷部落に赴《おもむ》く。日の落ちし山道は遠く、重き装具を持ちし候補生は馴《な》れぬ山道と狭き船内生活の疲労のため、忽ち汗をかく。途中赤い蘇鉄の実よく認めらる。聞けば焼いて食うと美味なるも、猛毒の由。

細き畔道《あぜみち》を部落に入る。一種特有の臭《にお》いあり。家屋の恰好《かっこう》など、何かしら様子の異なる感あり。後にて聞けば、民家にては、何処《どこ》の家でも、二、三頭の豚を飼いある為、その臭いの由。基地大隊の本部として借用中の小学校に行き、部隊の梱包《こんぽう》、其の他を整理す。

種々の注意事項の連絡を受け、宿舎割りをなして、民家に行く。既に十二時近くなり、行きて見れば、寝てしまい、誰の返事もなし。漸《ようや》く一人の男が、睡眠不足の如き顔して出で来り、長い間待ちしも、あまりに遅き故、先に失礼せし旨告ぐ。六畳の間には、暗きランプのみにして、そこはかとなく淋《さび》し。折角喜びて来たりしに、御茶の御馳走《ごちそう》にもありつかず、同宿の五人落胆す。戦争に来たりしに、歓迎など期待するは、所謂《いわゆる》虫の好《よ》すぎる話なるも、しかし幸いに、他の民家にては、相当の歓迎を受けたらしく、翌日は皆、その話にて賑《にぎわ》いありたり」

五人その儘《まま》、寝についた。ランプの光をたよりに、携行して来た毛布を拡《ひろ》げて横になる。長旅の疲れが出て、すぐにもぐっすり眠れそうであった。ところが蚊が多くて、とても眠れない。誰《だれ》か起き出して、蚊帳《かや》を出し、頭から被《かぶ》る。皆それに倣《なら》って、蚊帳にもぐり込む。輾転《てんてん》としながらそれでも彼らは島の第一夜を眠った。

「六時起床。家人に便所を尋ぬれば、豚小屋に案内す。見れば豚箱と並び、便所の如きもの造られあり。止《や》むなくそれにてやって見るも豚傍に来り、尻《しり》をなめんとす。我慢しきれず、飛び出し、附近の山に入り、野糞《のぐそ》をす。此処《ここ》では、人糞《じんぷん》を豚の飼料とし、小便なども豚箱の豚の頭からかけあり。従ひ大便にても始むれば、御馳走にありつかんとて傍に来るものの如し」

赤松大尉はこれには閉口だと思う。ついに豚小屋とはなれた露天に、豚共のやって来ない便所を作る。戦前の沖縄ばかりでない。人糞で豚を飼う国は今でも南方に多い。

大尉は改めて、村の家々の姿を見る。二階建ての家は一軒くらいしか見当たらない。家の屋根は赤瓦で、一枚一枚の間は白い漆喰《しっくい》でかためてある。家は石垣《いしがき》の中に埋まったように見える。入口のところには煉瓦《れんが》で衝立《ついたて》のようなものが作ってあるが、これはヒンプンと呼ばれるものであることを、大尉はまだ教えられていない。

大尉は道へ出てみる。家々のまわりには風よけの木が植えてあり、その緑が夏の陽に濃い。村は東方のみ海に面し、三方は急斜面の山に囲まれている。

「恰《あたか》もすり鉢《ばち》の中にいるが如し」

と大尉は日記にしるす。

大尉はそれから、基地大隊の本部に連絡に行く。そこで大尉は多少の違和感を覚える。話が通じないというのでもない。しかしどことなく冷たい。基地隊と戦隊とはお互いに相手の仕事を助け合う、夫婦のようなものなのだから、とは思うが、白《しら》けた気持ちをどうしようもない。

更に大尉は役場に挨拶《あいさつ》に行く。村長不在で、そこにいた職員も、無愛想である。それはかまわぬとしてもとにかく仕事をしなければならない。

「取《と》り敢《あ》えず、本部に養蚕室を借り業務を開始せんとするも、なかなか気持よく貸し与えず。勿論《もちろん》、そこを仮校舎として小学校が使用しありて、村当局とすれば、小学校は基地大隊に追出され、いままた養蚕室も借上げらるれば、児童の教育に困却致しありたるは、想像に難《かた》からず。また一般に軍に対する感情に、どことなく冷淡たる所が見受けらる。こは先発たりし基地大隊の兵が、種々のこともやり、宿舎も強制借上の故《ゆえ》、若干《じゃっかん》反感に似たる物ありたるが如し。後に聞けば、最初先発の者の着いた時は、大歓迎を受けし由」

赤松隊は不運な隊であった。

通常このような乗り込みの場合、兵からたたき上げの下級将校が先発して、相手の隊との同じようなポジションの人間に話をつけるのが普通である。これが設営である。気のきいた下士官と上等兵ぐらいを連れて、挨拶に行き、酒を飲み、相手をおだて、馬鹿話の一つもすれば、そこで、できない無理も通るようになることは、いつの時代の如何《いか》なる組織においても変わらない。

隊長が、自ら最初に公式訪問をしてしまったから、しかも赤松隊は独立した部隊なのだから、基地大隊としたら、「ああそうですか、どうぞ御勝手に」というほかはなかったのであろう。

赤松隊には、その間の人間的な心理の裂《さ》け目を埋めようとする苦労人が誰もいなかったように見える。誰もが二十五歳の隊長より年若い。赤松隊は、白虎隊《びゃっこたい》のようにもろいところがあった。

南方（フィリピン）作戦にこそ参加したが、独立部隊の経験のない陸士出の青年隊長には、一向に理由がつかめない。只彼は指揮官として暗い気分になる。基地大隊の大隊長は、自分と同じ騎兵出身だから、このようなことは杞憂《きゆう》に過ぎないのだと思おうとしたりする。しかし部下からは、村の受け入れの冷たさに不満の声が起きている。

しかし、とにかく生活は、始まったのだ。

大尉は島を見て歩く。彼らが着いた所は中央基地と呼ばれ、海岸の山腹には、基地大隊の兵が、すでに特攻艇を入れるための穴を掘りかけていた。爆破の音は、山に轟《とどろ》く。蘇鉄やアダンの密生した山を越えて行く時、峠《とうげ》のような所で大尉は山の青さが目にしみるように感じ、小鳥の声に耳を傾ける時もあった。汗びっしょりになりながら、

大尉は、

「慶良間《けらま》海峡を通じ、座間味《ざまみ》、阿嘉《あか》の両島を望見す。彼処にも、我等と同じ部隊ある由」

と考える。

繋船地《けいせんち》に来ると、基地大隊の伍長が、五、六人の兵と共に、機関の分解手入れをしている。彼らは機関にも詳しいらしいが、とにかく赤松大尉をみても、むっつりしている。そうだ、今、目の前にある艇は、基地大隊と、戦隊との間に生まれた子供のようなものだ。両隊は協力しなければ、と大尉は思う。

「無言の中にも、かかる空気感ぜられ、目頭の熱くなるを覚ゆ」

愛想の悪いことくらい、我慢しなきゃあ、である。しかし心中、淋《さび》しくないことはない。


十月初旬、一応仕事も緒についたところで、赤松大尉は、十トンばかりの漁船で、軍司令部まで、申告に行くことになった。那覇までは二時間半の行程である。知念少尉と、太田候補生が同行する。

彼らは朝早く出発した。波は高いが、前島を過ぎたあたりから、誰の発案か、鰹《かつお》を釣《つ》りながら行くことにした。「ホロ」という鳥の毛のついた針を、船尾から流しておけばいいのである。

「一尺二、三寸の鰹が、銀鱗《ぎんりん》を光らせ、しぶきをあげて釣れる様は見事なり。那覇につき、基地大隊の作りし連絡所に行き、朝食、N軍曹以下、五、六名の兵在りて親切なり。途中で釣りし鰹の刺身また旨《うま》し」

大尉はそれからトラックで、軍司令部に行く。軍司令官は不在で、大尉は長《ちよう》参謀長に会うことになった。宇品でもいろいろ噂《うわさ》に聞いていた人物だが、部屋の中に入ると、形容しがたい威厳が感じられて、青年隊長はこちこちになる。しかし長の物腰は優《やさ》しい。

「恰《あたか》も大親分の如き感あり」

更に大尉は参謀室に行き、海上特攻の主任だという某参謀に会う。ひどく威張った男であった。赤松大尉は、留利加波《るりかは》基地は荒波が立っているので、舟艇の上げ下ろしには不向きだというと、参謀は烈火の如く怒った。

「それでは貴様、敵が来る迄に、基地を変更して完成できるか」

これらの会話は、私のように軍隊の実態を知らぬ者には極めて奇異に感じられる。特攻舟艇を最もよく扱ってその癖《くせ》を知っているのは、赤松隊である。当然、艇庫の構築には、艇の操縦者の意見が加えられるものと素人《しろうと》は考える。しかし赤松大尉は、船が鹿児島を離れるまで、目的地が沖縄だということを知らなかった。渡嘉敷島に家があるのを見た時、「この島にも住人あり」と思わずほっとするほど、彼らは目的地について何の知識も持っていない。ということは実際に艇を動かす赤松隊側の意見は、何一つ、基地構築の参考にされていなかった、ということになる。

赤松大尉は更に、艇の試運転をやりたいと申し入れる。すると参謀は「陸上のみでやれ」と言う。若い大尉は、なおも、それではダメであることを説明する。参謀の怒りは、いよいよ激しくなった。

「貴様は機関を知っているか」

機関のキの字も知らないのは参謀の方ではないか、と大尉は思う。しかし、ここまで来ればもう、引き下がるほかはないのだ。

不愉快さが、べっとりと大尉の胸の中にしみついている。大尉はしかし軍司令部を出ると自分の戦隊の一人の中尉と一人の見習士官に会う。大尉は彼らを誘って山形屋へ行き、黒砂糖のアイスクリームを食べる。それで、心が慰《なぐさ》められるというのではない。ここでは何を食べても黒砂糖だ。色は汚く、味はしつこい。しかし、本土のことを思えば――砂糖があるだけでも、どれだけありがたいか、と大尉は思う。

十月八日は大詔奉戴日《たいしょうほうたいび》であった。

渡嘉敷村では、村民が慰問《いもん》の演芸会をしてくれた。うるわしい南国の十月である。風の香がよかった。場所は海岸の記念運動場である。赤松大尉も、兵たちと肩を並べて見入る。民謡がおもしろい。それより目を見張ったのは、島の乙女たちであった。濡羽色《ぬればいろ》の黒髪と黒いカスリの着物の胸許《むなもと》につつましく見える純白の襟《えり》が、匂《にお》うようであった。中に一人、小柄で、勝ち気そうな娘が、いろいろと指図をしている。大尉も二十五歳の青年に還《かえ》っている。芋《いも》と豆とお茶が出た。そんなことも嬉《うれ》しい。嘉《よ》き日であった。

翌十月九日、再び兵棋《へいき》教育のために、知念少尉、太田候補生と共に那覇へ出張である。

大尉は前回に味をしめ、釣をしながら行こうと思う。果たして今日もよく釣れる。

だんだん気分爽快《そうかい》になって来るうちに、一際《ひときわ》強い引きが来た。手応えは充分だ。放すまいとして頑張《がんば》るうちに、波のために船がぐっと傾いた。

赤松大尉は、あっと言う間もなく、海に抛《ほう》り出される。浮き上がって船を見ると、早くも流されて五十メートルも離れている。しかし手にはまだ、しっかりと糸を握《にぎ》っていた。

船は大慌《おおあわ》てである。「靴《くつ》を脱《ぬ》げ!」「糸を離せ!」と声が飛ぶ。船は大きく水尾をひいて廻り、ロープが投げられる。船からも人が飛び込む。

全くひどい目に遭った。鰹の怨念《おんねん》かも知れない。船に這《は》い上がってみると時計は停《と》まっている。財布もべとべとだ。大尉はそこで、素っ裸になる。濡れた着物は部下が満《まん》艦飾《かんしょく》のように干してくれる。着換えはないのだ。しかし誰もいない爽快な海の上だ。

うまいことに、ようやく那覇に着く迄には、衣類はどうにか着られるようになった。

その夜は基地大隊の西村という大尉を加えて四人、那覇港から五百メートルほどの所にある、蓬莱館《ほうらいかん》という旅館に泊まった。翌朝八時からの兵棋教育に出席すればいいのだ。

明日もし早く終わったら、映画を見よう、と誰かが言った。

翌十月十日。大尉は六時半に起床した。朝食を食べていると、屋根をかすめるような爆音と激しい機銃の音が耳についた。

「朝から凄《すご》い演習だな」

知念少尉は屋根に上った。とたんに彼の声がきびきびと叫んだ。

「隊長殿！　敵機です」

空襲警報が、枉々《まがまが》しく鳴った。爆音は次第に執拗《しつよう》になる。急降下の音が狂ったように襲って来る。家が揺れると、天井から埃《ほこり》がぱっと散った。

大尉は食事を飲み込むようにして済ませた。軍服に着替える。しかし、今すぐ足許《あしもと》に火がつきそうな気配もない。大尉は便所へ行くことにする。しかしこの只ならぬ騒音が、精神力の集中を妨《さまた》げた。

「女中に防空壕はどこかと聞くと、無いと答う。兵隊さん、どうしたらよいかと泣顔なり。防空壕なければ、詮方《せんかた》なし。勿論、逃げる所も不明。女中には、蒲団《ふとん》を被《かぶ》って、大きな部屋で伏せている様教えて、玄関に出てみれば、将官や佐官が、五、六名立っていられる」

彼らはなすすべもなく、只空を仰いでいた。それは可能性が一つの現実になっただけだったのだが、そこにいる人々にとっては、やはり悪夢が、現実にのさばり出て来た、という感じだったかも知れない。友軍の高射砲がしきりに撃たれた。大尉はふと、同期の高射砲隊の男の言葉を思い出した。

「飛んでいる蠅《はえ》を下から針で突っつくと、数が多ければ、どれかが当たるのさ」

一時間ほどで空襲はやんだ。大尉は予定の通りの行動に移らねば、と思う。折りよく軍曹がトラックを廻して来たのでそれに乗って那覇ホテルに行くと、教育は中止とのことであった。

「船舶司令官も来て居《お》られるとの事にて、挨拶に行く。宇品を出てから丁度二か月ぶりにて御会いし、種々状況を説明する。一時間足らずの後、引続き空襲が始まり、司令官閣下と波の上神社の下の壕に入る。壕は港の正面にて、空襲状況がよく分り、同じ船団にて来た、三、四千噸《トン》の宝来丸は既に沈み、また三等巡洋艦（日本海軍には三等巡洋艦は保有されていなかった。赤松氏の誤記か。――曽野註）は、艦尾の火薬庫が盛に自爆を続けあり。港は真黒い煙に包まれ、ドラム罐《かん》や爆薬が盛んに誘爆し、凄い爆音が一粁《キロ》以上も離れしこの壕にも吹き込み、壕内の誰もが唇を噛《か》みしめ、黙って様子を見あり。逃げ出す機帆船を、恰《あたか》も鷲《わし》が兎《うさぎ》でも追駆《おいか》ける如くにして次々と沈め行く。

陸よりこの様を見て居れば、全く船の人が気の毒なり。海の上で、かくれる所もなく、いくら全速を出しても、飛行機から見れば停止しあるも同じなり。次から次へと船は沈みゆく。夕方までに、この日大小百数十隻をやられ、残りしは、僅《わず》か小さき木造船十数隻のみなり。（中略）しかし爆撃の波の間が、二、三十分あり、その間を利用して海岸に出て見れば、魚が沢山《たくさん》浮いており、中には呑気《のんき》にそれを拾っている人たちもあり」

なすところなく火に追われて一日が過ぎた。機銃の恐ろしさも経験した。芋畑に隠れると、機銃弾が、ぶすぶすと土につきささる。夕闇と共に空襲は終わった。那覇は巨大な焔《ほのお》に包まれて燃えている。自動車は芋畑に入れて偽装した。急に空腹感が襲って来た。畑の芋を掘って、近くの家へことわりに行ったが、誰もいない。仕方なく、ついでに釜《かま》も借りて、芋をふかした。知念少尉と太田候補生と三人で、芋をザルに山盛りにして食べた。

その前を避難民が通り過ぎる。

「食べなさい」

というとあっという間になくなった。

今夜は、どこに寝たらいいか。橋の下などということも思う。まさに芸無しの「河《か》原乞食《わらこじき》」である。しかしそこも水があって適当ではない。

彼らはやがて墓を見つける。沖縄の墓は大きい。南方の中国系の墓と同じ、亀甲《きっこう》の形をしている。骨は死後、何年か経って洗骨したものを、大きな厨子《ずし》ガメに入れてある。墓は戦局の激化につれて、空襲時の避難用に、入口を開けさせられていた。

三人の軍人は、民間人に歓迎される。軍人さんと一緒なら何となく心強いのだ。しかし三人は心辛い。ことに大尉は間もなくどこかの部隊の将校が負傷者を訪ねて来た時には、とくに肩身の狭い思いをする。出張先とは言え、何の戦闘もできず、只避難ばかりする他はなかったのだ。

墓の中は、湿った独特の匂いを含んでいる。中の方が安全とは思うが、気が滅入《めい》って、とても死と向かい合いで寝る気にならない。墓の前で野宿を決める。不寝番を決め、空襲があれば叩き起こすことにする。

十月の夜は肌寒《はだざむ》かった。どこかからボソボソと話し声が聞こえる。御先祖様と一緒にこの墓で死ねたらいい、などという意味のことを、ぽつりぽつりと誰かが話している。寒くてよく眠れない。

赤松大尉が、牛島軍司令官に会ったのは、十月十二日のことであった。空襲から二日後である。兵棋教育は延期になったのだが、司令部に行ってみると師団長始めお偉方がずらりと並んでいた。

「一昨日は残念なことでごわした」

牛島は一言《ひとこと》言う。温顔《おんがん》で、柔らかな言葉だと大尉は思う。この人の許《もと》で戦えるのは仕合わせだと感じた。

赤松大尉は二、三日後にようやく渡嘉敷に帰った。あの惨劇《さんげき》の興奮がまだおさまらぬかのように、海は暗く荒れていた。那覇港には屍体《したい》も浮いていた。

島はいつの間にか大尉にとって帰るべき土地になっていたのだ。島も空襲を受けはしたが、避難中の船がやられただけで、陸には被害がなかった。

帰って来た方も、迎えた方も、無事を喜び合う。あの空襲は只事ではないと思ったが、敵はフィリピンに上陸したのだ。

「島が大きいと言うも、補給の続かざる戦の前途は明瞭《めいりよう》なり、何《いず》れ今度は沖縄ならんと予想し、取急ぎ艇の整備並に、夜間を利用して試運転を行う。海浜は、訓練をやりし瀬戸内海と異り、波も高く、艇が波の間を跳《と》ぶ様に走るは爽快《そうかい》なるも、艇の壊れるが如き不気味な音を放つ。ベニヤ板の艇にて外海を走るは困難なり。物が無ければ致し方なし、我々は与えられたる物を十二分に活用するのみなり、しかし反面、内地で生産に従事する人には、更に奮闘を望む気持で一ぱいなり。この艇では特攻の成功も困難ならん」

その頃《ころ》、赤松大尉は、役場の近くで、よく小柄な娘に会った。会うと必ず向こうから会釈するので、大尉も会釈を返した。事務室でひとの噂から、大尉はその娘の名を知った。古波蔵蓉子《こはぐらようこ》というのであった。女学校を出て、那覇か首里《しゅり》で看護婦をしていたという。島では珍しいインテリであった。

しかし現実は、重く粘りつくように、まだ年若い隊長の上におおいかぶさって来る。

「多忙なる毎日が続く。協力大隊との協力関係良好ならず。島の生活不愉快なること多し。総《すべ》て今日まで、上官ありて何かにつけ指導され、援助され、実に順調に思いの儘《まま》、全精力をかりて軍務に専念し得たるも、今、独立隊長として複雑なる関係にある部隊に、業務の実権握られ、全く業務遂行困難なり。監督官の如き立場をとられ、特に留利加波基地の問題にからみて、(留利加波は特攻舟艇を泛水《はんすい》するために地形上不適であり、また工事も難工事であった。——曽野註)意識的に総てのことにつき衝突させられ、修行の未だ至らざる予は、憤慨措《お》く能《あた》わず。遂に神経衰弱の如き状態となれり。嗚呼《ああ》、殉国の至情に燃え、特攻を志願せしに、現地に於て、予の至らざる為かかる状態となる。何たる様ぞ。憂鬱《ゆううつ》を海で晴らすべく、演習を計画するも、これまた資材関係で、同大隊の反対に会い、実践不可能となれり。折りしも㋹(海上挺進隊の使用する特攻舟艇の通称。——曽野註)普及教育とて、宇品よりなじみの甲斐大尉、座間味に来り、一週間普及教育を実施す。不快の儘それにも出席せず、寝ありし所、甲斐大尉一夜訪ね来たり、種々慰めくれたり」

その夜甲斐大尉は、心沈んでいる赤松大尉のために、島に泊まることになる。池上見習士官が、蒲団の工面に行った。すると、あのきびきびした古波蔵蓉子が持って来た。赤松大尉は初めて、闇《やみ》の中で、ぼそぼそと礼を言う。

しかし、その日を契機にして、事はいくらかずつ好転のきざしを見せる。理由はよくわからない。ともかく表面上は基地大隊と隊長の間には、雪溶けがやって来る。友軍同士というものは、どの戦場に於ても、決して仲のよいものでないというから、この程度の感情の齟齬《そご》も決して特に悲しむべきことでもないのであろう。

幸いにも阿波連《あはれん》で演習の計画もある。あの染まりそうな阿波連の緑の海で思い切り鍛えれば、内外のもやもやは、吹っとぶかも知れぬ。

赤松大尉は、演習に行くなら、少し甘いものを欲しいと思う。戦隊の中には十七歳もいる。オネショをしたのがいる、という話も伝わって来た。多くが、二十歳前後である。甘いものは、何とかして与えてやりたい。

大尉は大隊の方に甘味品を分けてもらうように頼む。しかし、これはシノゴノ言われてうまく行かない。

池上見習士官が「こうなったら、あの古波蔵蓉子さんに頼んでみたらどうでしょうか、隊長から頼んで下さい」という。赤松大尉は蓉子に来てもらう。澱粉《でんぷん》、いも、何でもいいのである。少しでも甘いものはないでしょうか、と大尉は頼む。

古波蔵蓉子はきっと顔を上げる。銃後《じゅうご》の乙女であった。兵隊さんの頼みを拒絶することはできない。女子青年団で何とかします、皆少しずつ持ち寄ります、という温かい返事が返って来た。蓉子は女子青年団長である。こんなにうまく事が運んで、大尉は少し悪いような気がする。

その年、沖縄は平年以下の寒さであった。村人たちが「兵隊さんが寒さを持って来た」と言う。その中を阿波連まで四キロの道のりを出発した。演習は一週間の予定である。

演習は夜に限られている。秘密保持上、やむを得ない。

艇は海岸ぞいの洞窟《どうくつ》に秘匿《ひとく》してある。それを暗がりの中で、人力で下ろす。一隻約一トンもの重量である。これを三十人で上げ下ろしするのである。演習開始直後は、なかなか鮮《あざや》かに扱えた。しかし疲れて来ると、そうはいかない。泛水し演習した後、再び又、秘匿壕まで運び上げる頃には押しても引いても動かなくなる。

それにも増して辛《つら》いのは、海に飛び込んだ後、濡れて寒いことであった。風が氷の矢のように肌をさす。沖縄とはこんな寒いところであったか。海は結構荒くしぶとい。その海に仮想の米船団泊地を設定する。荒波に身をもだえながら、ベニヤ板製の特攻艇は、それを目がけて突っ込む。うまく角度を保って入れば、敵艦轟沈《ごうちん》である。

若い兵たちは、身をかがめ、体中を緊張させて突っこむ。彼らは孤独だった。死へ向かう最後の数分、彼らは一人で運命を辿《たど》らねばならない。その予行演習をくり返す。

一艇一人。彼らは夜の海を、艇一面にしぶきを浴びながら、歯を喰いしばって進む。彼らは何も疑わない。自分の行為が何を意味するのか、崇高《すうこう》なことなのか、愚かな所業なのか考える隙《すき》を持たない。赤松大尉は、それを数百の輝ける夜の飛魚の群と思う。演習はうまく行った。必勝の確信が、兵たちの顔に表れる。極度の疲労——しかし反面、快い充実感。兵たちは軍歌を歌って、気を引き立たせる。それは船舶特別幹部候補生隊の歌であった。

不壊《ふえ》神州に妖雲《よううん》の　かげりて暗き時ぞ今
父祖伝来の血はたぎり　馳《か》けりて参《さん》ず小豆島《しょうどしま》
嗚呼《ああ》尽忠の香に匂ふ　清き誠の若桜
我等船舶特幹隊

昔門出の若武者は　香たきしめしならはしに
吾は小島の塩の香を　腕にしませつ舵《かじ》をとる
躍《おど》るしぶきに敵追ふて　海原遠く往《ゆ》かん哉《かな》
我等船舶特幹隊

「その頃何かと部隊のことを蓉子さんに頼むため、比較的うちとけ、会いもし、よく話しもしたり。時には池上見習士官と共に、予の宿舎に遊びに来たり、当番と共にトランプに興じたる事、また数回なり。

一月中旬頃、蓉子さん、かねての婚約者にして予の宿舎の一人息子にして、中支に出征しある与那嶺《よなみね》曹長と写真結婚をなす。なかなか盛大なりしも、予は業務のため参列せず。

それより蓉子さん、予等と同じ家に住むようになったる為、接触も多く、おばあさん、蓉子さん、当番と五人で、夕食後、たのしき一時を過せしこと屢々《しばしば》なりき」

そのようなことが、大尉にとって、唯一の息抜きであった。毎日の生活はいよいよ厳しくなる。あらゆる位置における、あらゆる攻撃態勢に馴《な》れねばならない。そのため慣海訓練と言って、連絡船を利用して、予想作戦海面を、昼夜をわかたず走り廻らせる。ひたすら海を知るためである。

しかし、この訓練は、思わぬ副産物をもたらした。海の上を走り廻るついでに、沖縄本島との連絡も楽になる。島ではママッ子扱いで物に不自由していたのが、多少潤《うるお》って来る。逃《のが》れようのない島を出て、時々外の空気にふれるのもいい。

そこへもって来て、これも結果的には（外部から見て）赤松隊に息抜きのできる事件が起きた。

二月十七日、基地大隊の大半が、沖縄本島の兵員不足を補うために、（レイテ作戦のため兵力がフィリピンに転用されその補充をしなければならなかった。——曽野註）転出して行ったのである。残りの部隊は赤松隊の指揮下に入ることになった。ここに、死ぬべかりし部隊が生き残った時、住民対策など何も考えていなかった、という事態が起こるのである。つまり初めから島での残留・戦闘を考えていた部隊の主力がいなくなってしまったのだ。

仲が悪かったとはいえ、やはり別れは淋しいと赤松大尉は思う。両部隊の幹部たちは別れを惜しみ合った。しかし現実は又も苛酷《かこく》だった。赤松隊側から見ると、基地大隊は転出に際して、必要以上の資材を持ち出していた！

「戦局緊迫の度を加えあるに、工事半ばにして、部隊の転進は確かに痛手なりしも、却《かえっ》て残留部隊は、此処《ここ》、渡嘉敷を死場所と定め、団結は鞏固《きょうこ》なり。若輩の予を押し立て、速《すみやか》に工事其の他、戦闘準備の完成を計らんとする気運濃厚なりき。予は責任の重大なるを痛感し、村有力者を招き、総てを披瀝《ひれき》し、理解を求め、茲《ここ》に軍民一体となって、戦うべきを約し、工事の完成に専念す」

事件の発端の芽は、実にここらあたりから見出《みいだ》せるような気もする。大尉は島の特殊事情を思い、軍民一致ということを、極めて無邪気に考えていた。それは赤松隊のみの犯した誤りではないであろう。日本人は常に自分の守備範囲をはっきりとさせたがらないのである。言葉のついでに安うけ合いをし、それくらいのことを引き受けなければ角が立つような気がする。

誰がどこ迄、何を手伝うか、彼らは決めなかったのだ。責任は只、好意という微光にほのぼのと照らされて霞《かす》んでしまった。しかしもし、その時、責任が霞まなかったら、彼らは、むしろ気まずい思いをしたことだろう。

彼らは死を微《かす》かに予期した。そのことで彼らは寛大にもなり許されるとも信じたのかも知れない。

赤松大尉はまず本部を渡嘉志久の三角兵舎に移して、戦闘態勢を立てなおそうとした。基地大隊は資材は持って行ってしまったが、代わりに、「朝鮮人軍夫」と呼ばれる一団の人々を置いて行った。彼らを使って舟艇の秘匿壕を一日も早く完成させねばならない。

軍民一致協力の美しい光景が出現した。村の男たちは山へ坑木用の木材を切りに出る。女たちは偽装用の木を採りに行った。赤松大尉は胸が熱くなる。谷間には鶯《うぐいす》が鳴いていた。大尉は「感謝のほか何事もなし」と思う。住民たちの期待にそおうと思う。出撃への覚悟に身を引き締めながら山を下りると、谷間のせせらぎと共に、娘たちが掛け声をかけて作業をしているのが聞こえて来る。

「戦争という物がなければ、平和の別天地なり。否また戦争なければ、かかる美しき光景もなきか」

第三中隊長皆本義博少尉は、三月十日、那覇の県立第一高女で行われた陸海の海上特攻作戦会議に出席した。不時の作戦に備えるため、慶良間所在部隊は、戦隊長クラスを島に残留させ、中隊長を参加させるべしとの無電命令があったのである。皆本元少尉はその日のことを次のように書いている（『修親』昭和四十七年六月号）。

「生まれてはじめての作戦会議であり、かつ陸海の高官の居並ぶ前での報告は、何をどう説明したか記憶に残らないほどの緊張振りであった。足掛け三日に及ぶ会議が終り、軍司令官の訓示と参謀長のあいさつがあった。

司令官は、各部隊に対する謝辞と重大任務達成への期待とをのべられたあと、師団長、太田司令官に会釈《えしやく》ののち、『やや私情にわたるが』と前置きし、『私が士官学校長を拝命していたころ、学生・生徒であったかたは立って下さい』と言われた。私共は、その場に直立した。司令官は、一人一人の顔をうなずきながら見つめられ、『不肖《ふしよう》牛島は、学校長として、陛下の御為に死んでもらいたいとお願いしつづけて参りましたが、この戦場であなたがたが祖国のため、牛島の下においで下さったことを拝見し、何とお礼申してよいかわかりません』とあとは声が詰まって聞きとれなく、ポケットからハンカチを出され、目がしらをふいておられた。居並ぶかたがたも、慈愛に満ち、決意を披瀝《ひれき》された将軍の暖かい思いやりに眼をうるませて、もらい泣きしておられた。

この後、壇上に上った真新しい陸軍中将の階級をつけた長勇《ちよういさむ》参謀長は、『きさまらは全部死んでくれ、長ももちろん死ぬ』と、これまで例を見ない簡明なあいさつであって、将軍の面目躍如《やくじよ》たるものがあり、き然たる決意のほどがしのばれた。

われわれは、この訓示で、重大使命をにない得る恵まれた身の幸いを痛感した」

一ヵ月後には、激しい作業の後に、水上戦闘にそなえる準備はほぼ完成された。島はともかく武装したのだ。

それは人々の善意の結晶であった。どうして戦うかはまだ人々の意識になかった。「嗚呼《ああ》、苦しかりしも希望に満ちたる一か月、後にて偲《しの》ぶも沖縄時代を通じ、最も愉快なる時なりき。特攻艇は総て整備も終り、燃料も積み、船底も光る許《ばか》りに磨《みが》かれ、快速を利用する出撃の命令を暗い壕の中で待ちあり」

赤松大尉は思う。壕から海へ通じる泛水路も出来た。命令一下で、百隻の艇は、舳《へ》先《さき》を並べ、若駒のように出陣するであろう。

三月二十一日、二十二日の両日は、久しぶりの休暇をとることになった。完成祝いの意味も含まれている。酒も配給された。厳しい作業の後だけに、只愉快、愉快であった。

二十一日夜は、軍民合同の宴会である。誰もが心ゆく迄酔った。

二十二日には、基地大隊の鈴木少佐が来訪した。もはや、あの不愉快な日々も遠くなった。総てを水に流して又、大いに酒を汲《く》み交わす。船舶団長の大町大佐が、慶良間列島視察のため、すでに座間味島まで来ていることが話に出た。赤松大尉は、渡嘉敷も見て貰《もら》えるだろうな、と思う。宿題をきちんと終えた子供が、先生に見てもらうのを待っているような、さばさばした誇らしげな気分。

平和な酒であった。敵機動部隊が既に音もなく近づいていたが、かりそめの静寂が、すっぽりと島を覆《おお》っていた。

島には澄み切った夜が爽《さわや》かに流れていた。クバも松もアダンも囁《ささや》き交わしている。海は白い砂にたわむれながら、深いすこやかな呼吸を続けていた。北斗七星が瑞々《みずみず》しい黒い山肌に、電球のような大きさで、突き刺さるように光っている。それは無慙《むざん》な光景であった。人間が何も知らずに生きることを、嘲笑《ちようしよう》するような、潮騒《しおさい》の音が高かった。

四

島における「敵」の最初のきざしは、昭和二十年三月二十一日の昼頃に現れた。島は既に夏の気配であった。

たった一機のB29が、高度約二千メートルで島の北東より南西に抜けて行ったのである。

翌二十二日は、渡嘉敷島《とかしき》にいたすべての兵たちは第二次戦闘配備についた。これは新たに稜線《りようせん》上に陣地を築くことと、特攻訓練が含まれていた。十センチ加農砲《カノン》をもらいに、勤務隊が隣の座間味《ざまみ》村へ連絡船を出した。

その日は午前十時頃と午後二時三十分頃と、二度にわたってB29が、高々度で飛び去って行った。

米軍はまだ無言だった。一発の銃声も、爆発の音もなかった。しかし、人々は「敵」に「想い」をかけられていることを感じた。

三月二十三日もまだ、兵たちは、陣地構築を続けていた。

午前十時頃、突如として島の上空は、熊蜂《くまばち》の羽音のような爆音に包まれた。数十機の米軍の編隊であった。彼らは前日までのように、高い空を、呼吸音も変えずに飛び去るような冷淡なことはしなかった。

悪意ある怪鳥は飛び下って来た。その急降下の音は、島を覆《おお》い、死の接吻《せっぷん》で羽がいじめにした。焼夷弾《しょういだん》、爆弾が、人間の手で建てられた地上のあらゆる建造物めがけて投下され、機銃掃射《きじゅうそうしゃ》がその上をなめて行った。

村と山は燃え始めた。

各基地間の有線通信は沈黙した。無気味な沈黙であった。昼少し過ぎ、第三中隊の小松原少尉が、防衛召集兵や女子青年団員を引率して、住民の避難や消火を手伝うために村に向かった。煙は全島を屍衣《しい》のように覆い、太陽は光を失って、病的に黄色くただれて浮かんでいた。峠《とうげ》一つ離れた南の阿波連《あはれん》では何が起きているか、渡嘉志久《とかしく》基地にいた赤松嘉次《あかまつよしつぐ》隊長は知る方法がなかった。

日暮れになって、ようやく敵機が去ると、兵たちはまず、切られた通信線の復旧作業を始め、赤松隊長は、知念少尉、太田候補生の二人を連れて阿波連に向かった。車がある訳ではない。ほじくり返された道や山肌《やまはだ》を這《は》うように歩くのである。阿波連の部隊に入ると、赤松隊長は自分の眼を疑った。ここでは、兵隊たちは、民家に分宿していたのである。それらの家が、ほとんど一軒もない。

煙がたなびいていた。幽霊のような老婆が、魂を抜かれたような足どりで頭に物をのせて歩いて来る。脚があるのかないのか。ぞっとするような声で、

「兵隊さん、どうなりますか」

ときく。

赤松隊長は答えるどころではない。不気味なのは、家も村民の影もない、ということだけではなかった。第一、兵隊の姿が全く見えないのである。赤松隊長は藍色《あいいろ》の海に向かって立ち尽くした。あたりには死の匂《にお》いが立ちこめている。これは現実なのか。夢を見ているのではないか。

その時、煙ったい藍色の夕暮の中から、突如として、微《かす》かな音が伝わって来た。赤松隊長も他の二人もぴくりと体をたてなおした。

それは集合ラッパだった！　その音は東の山麓《さんろく》から聞こえて来る。恐らく、特攻舟《しゅう》艇《てい》用の秘匿壕《ひとくごう》にみんな集まっているに違いない。

赤松隊長はやっと壕まで辿《たど》りつく。潮の音ばかりが高い。負傷兵は、壕の奥に収容してあるという報告を受ける。何しろ、二メートル間隔くらいで絨毯《じゆうたん》爆撃をやられた。昼飯の最中であった。

「海軍の飛行機が来たんだ、と思いました」

と誰《だれ》かが説明してくれる。現実は常に信じがたい齟齬《そご》によってつづられている。午前十時頃には始まっていた空襲が、少し離れた阿波連では全くわかっていなかったのだろうか。

赤松隊長は壕の中に入ろうとして、それからはっと立ち停《どま》った。入口近くに死者が寝かされていた。対空射撃の陣地にも至近弾が落ちたのだ。戦死者は、防衛隊員を入れると十一人だった。

衛生兵がどこからか、ローソクを持って来る。その弱々しい灯で、赤松隊長は、足《あし》許《もと》の死者と対面した。いや、それは正確な言い方ではなかった。対面しようにも、死者には顔がなかった。

「頭がありませんが、それは××伍長であります」

と衛生兵が言う。まだ十九歳の童顔はどこへ行ったか。

もう一人、頭部のないのがいる。脚のないのもあった。赤松隊長は無言のまま、ローソクの光に導かれて、壕の奥に進んだ。隊長は微かな嘔吐感《おうとかん》を覚える。死体が気味悪いのではない。出撃以前に隊員を失った実感が、体中につき刺さるように感じられる。

壕の奥には負傷者が寝かされていた。頑張《がんば》ってくれ、という意味の言葉をかけて隊長は壕外へ出た。

兵隊が散らばってしまって、どこへ行ったかわからないので、敵がいなくなったところを見はからって、ああして集合ラッパを吹いたのだと誰かが耳許《みみもと》で説明している。とにかく、空襲は寝耳に水だった。逃げようとしたら、仲間にゴボウ剣をつかまれて、私も連れて行ってくれ、と言われた。ゲートルを巻いていたら射たれたという兵隊の声がどこからか聞こえて来る。連れて行ってくれと頼んだ相手は負傷したか、埋まったか、腰が抜けたか。

そうだ、生きている者たちに、何か食べさせなければ、と赤松隊長は思った。二中隊に炊《た》き出しをさせて、握り飯を渡嘉志久から運ばせよう。

赤松隊長は壕の入口まで戻っていた。第一中隊長、中村彰少尉が、タバコをくれた。赤松隊長は一服することにした。一息、煙草《たばこ》を吸い込んだ途端、先刻の嘔吐がよみがえって来て、フラフラした。体の芯《しん》がなくなったみたいだった。

赤松隊長は、そんなことを外部の人間に悟られたくないと思いながら、思わず、へたへたと腰を下ろした。本当は将校はこのような休息の仕方は許されない。腰を下ろすにしても、その前に、幾つかの、余裕を見せる手順がいった。今はそれどころではなかった。みっともない、と思う。しかし――彼はその儘《まま》、わざと休んでいるふりをした。わざと息づかいの聞こえる場所で、第一中隊長と相談をしているふりをし続けた。

兵たちはその夜、異常な乾《かわ》いた眠りを、ほんの僅《わず》かな時間とったであろう。山は夜を徹して燃え続けた。

三月二十四日は、夜明けと共に、再び人々は叩き起こされた。艦載機五十機が、上空にあった。B29が蜂《はち》なら、こちらは蠅《はえ》という感じだつたが、蠅の方がしつこくうるさいのは、この場合でも同じことだった。渓谷の陣地、人家、軍の基地設備などおよそこの小さな島で、自然の姿をしているもの以外は、あらゆる物がその目標に選ばれた。山は再び新たな力で燃え始めた。午前十時、無線は軍司令部からの情報を受けとった。米機動部隊は首里《しゅり》起点一六〇度五〇カイリの地点に接近しつつあると思われていた。

赤松隊長は二つの命令を出した。

一つは渡嘉敷村落に関する警備の問題であった。もう一つは、日没と共に退去するであろう「敵」がいなくなった後の作業命令であった。舟艇の整備、器材修理、弾薬糧秣《りょうまつ》の集積、通信線の復旧、消火など、全員夜を徹して行うことになった。敵の襲撃と、挺進隊の出撃は間近であることが予感されたのである。

三月二十五日も夜明けと共に空は爆音で震え始めた。しかしそれよりも激しい興奮にとらわれたのは、阿波連の村から先に長く伸びた岬《みさき》の高所に設けられた第一監視哨《かんししょう》の兵隊たちであったろう。

彼らは午前六時に明らかに船影と覚しきものを南方洋上に見た。午前八時、それは待ちこがれている「敵機動部隊」と確認された。間もなく、艦砲射撃の第一弾が、久《く》場島《ばじま》(古場島)に向けて発射された。

それから一時間半後には、駆逐艦、砲艦、潜水艦など、十五隻の米艦船の船影が、艦砲射撃の火を吹きながら、慶良間《けらま》海峡に入った。

それは、世にも幸福な機動部隊であった。日本軍には、何一つとして反撃のための火器がなかったのである。勤務隊の加農砲はさまざまな事情で、手に入らなかったし、入ったところで、機動部隊に致命傷を与えるような力はなかった。米軍側は演習のように、気楽に撃ち続けた。日本軍は只、水際陣地や、防空壕の中に身をひそめて、夜の来るのをひたすら待ち続けるだけだった。

ところが夕方、五時頃になって、小さな異変が起こった。米機動部隊は、監視艦を一隻残しただけで、再び海峡を出て行ってしまったのである。といっても彼らは、全く立ち去った訳ではなかった。彼らは海峡のすぐ外にたむろしていた。

誰もが、敵の上陸は間近だと本能的に感じた。多分、明日の朝はやって来るだろう。とにかく敵はすぐそこにいるのだ。今夜が出撃の最後のチャンスではなかろうか。何しろ速力二十ノットのベニヤ板ばりの特攻舟艇である。暗夜に乗じて、敵がまだ全くその存在に気づいていないうちに先手をうって攻撃に出なければ、白昼堂々と戦えるしろものではない。

重苦しい空気が本部を包んだ。決断の時が迫っていた。

午後八時になって、赤松隊長は、独断で三分の一の特攻舟艇を泛水《はんすい》することを命じた。と同時に、彼は、沖縄本島の船舶団本部に、「敵情判断如何」と打電した。

各中隊は、勇躍、泛水作業を始めた。演習の時と同様、村民も舟艇にとりついて助けた。兵たちにとって待つことは辛いものであった。いよいよ出撃になったのだ。興奮が体中を駆けめぐっていた。それが死の恐怖が心にしみ通るのを防いでいた。

赤松隊長は、あれこれとさまざまな場合のことを考え続けた。舟艇を全部でなく三分の一だけ泛水して出撃にそなえたのは、出撃の許可が下りない場合、揚陸が比較的容易に行われ得ると考えたからであった。㋹は秘密兵器で、九個戦隊中、七個戦隊が沖縄本島地区に配置されていたが、軍司令部は秘密保持のため独断使用を禁止していたのである。使うなら、効果的に、一せいに出撃させるという計画であった。

夜九時半、世にも不思議な返電が船舶団本部から返って来た。

「敵情判断不明。慶良間の各戦隊は、状況有利ならざる時は、所在の艦船を撃破しつつ、那覇《なは》に転進すべし、那覇港到着の際は、懐中電燈を丸く振れ。船舶工兵これを誘導収容す」

この命令は、那覇の軍司令部が、同二十五日午前、米軍が慶良間列島に上陸したとの誤報を受けたからだという。いずれにせよ条件づき命令というのは赤松隊長にしても全く初めての経験である。厳密に言えば、これは命令とは言い難い。しかし、そこ迄《まで》考えることなく、二十五歳の隊長は電文を前に苦悩した。彼はすぐに渡嘉志久にいた各隊長を呼び集めた。

果たして、現在の状況を、有利ならざる時と判断すべきかどうか。第一、転進という言葉は退却と同義語であることは、誰もが承知しているところである。ところが目下の状況ではとうてい転進などできっこない、と見るべきであろう。

しかし若い隊長たちは、その間にあって、ようやく一筋の光明を見出した。

今日が恐らく攻撃の最後のチャンスであろうことは、誰もが、本能的に感じている。とすれば、転進を名目に、途中、もし気取られた場合は体当たりで敵を撃破しつつ行けばいいではないか。それならそれで出撃したと同じ目的を果たせる。

もし奇蹟《きせき》的に百隻の特攻舟艇が、全く気づかれずに本島へ辿り着けば、それはそれで、百隻が充分な援護のもとに次の有効な作戦に使われ得るのである。今の儘で行くと、もし敵が島に上陸してしまえば、迎撃用の兵力も火器も持たない部隊は、とうてい百隻の虎の子を守り切れないことはわかり切っている。

赤松隊長は「転進」を決意した。言葉はどうでもいい、それが現在のところ、もっとも積極的な攻撃の姿勢と思えた。三分の一ではなく残り総《すべ》ての舟艇が下されることになった。それを妨げるものは、一つだけ、阿波連にいた第一中隊から、湾のすぐ外に駆逐艦が一隻入り込んで来て、それに見つからぬように泛水作業を行うことは不可能という報告が入っただけであった。

その頃《ころ》、「例の命令の如くにして、しかし命令とは言い難い命令」を出した船舶団本部の団長・大町茂大佐（陸士二十八期）とその一行は、慶良間列島内の阿嘉《あか》島を発って渡嘉敷島へ向かっていた。彼ら一行は、追われるように、艦砲と空襲に傷ついた島を後に、不安の海に乗り出したのであった。

艇は、海上挺進第二戦隊の宮下力少尉の指揮する特攻二隻である。第十一船舶団副官・山口栄中尉、第五海上挺進基地隊長・三池明少佐（陸士四十六期）などがいっしょだった。彼らが作戦指導のために那覇を出たのは、三月二十二日である。彼らはまず座間味島に向かい、二十三日には舟艇秘匿壕や、訓練状況などを視察した。正午ごろ大町大佐が、海上挺進第一戦隊本部で訓示を行っている最中に、最初の空襲があったのである。

大町大佐一行は二十四日の未明、座間味島から阿嘉島に移った。しかし阿嘉島では、視察らしい視察もできなかった。二十四、二十五の両日はべっとりと空襲であった。二十五日には艦砲射撃まで始まっていた。

出発の時とは、何という違いであったろう。彼らは決して阿嘉島を逃げ出して来たのではなかった。慶良間列島は、どこも同じような運命に晒《さら》されている。

彼らは阿波連西方の、夜目にも白い清浄な浜に着いた。二十三日の空襲で、村が廃《はい》墟《きょ》に化したことも、一目ではわからない。村には死の匂いがする。時間が停止したような恐怖が凝《こ》り固まっている。

それにしても、渡嘉敷へ、何事もなく着けたということは、事態がまだ、それほどにさし迫っているのではない、というような印象を与える。夜十時頃、彼らは峠を越えて、海上挺進第三戦隊の本部に到着した。

大町大佐は、赤松隊長が、転進のための準備に、全舟艇の泛水命令を出したと聞いて烈火の如く怒った。

「貴様、逃げる気か」

と大佐はどなった。

逃げるというような印象に真っ先に抵抗を覚えたのは赤松隊長たちであった。ぐずぐずしているとやられると思い、出撃命令を許可して貰《もら》う要請をしたところ、「有利ならざる時は転進しろ」と、当の大町大佐を団長とする船舶団本部が答えて来たのである。

善意に考えれば、慶良間視察中だった大町大佐はツンボ桟敷《さじき》におかれていて、何の内情も知らなかったのだとも言える。しかし大佐は、泛水は赤松隊長の独断でなされたと考えたのであった。軍隊としての組織上から考えれば、赤松隊長は、初めから、大町大佐の直接の指揮下にあるのである。

とにかく、赤松大尉は、その間の事情を説明しようとする。しかし大町大佐は、不《ふ》機嫌《きげん》そうにまず泛水中止命令を出す。それからようやく、前後の経緯《いきさつ》を聞く。赤松隊長は、今夜しか敵に近づき得る機会はないと思うと説明する。しかし大佐の機嫌は容易にならない。まだ急ぐことはない、と大佐は固執する。とにかく、赤松大尉が勝手にやったことだ、という最初の印象は抜けない様子である。

それよりさし当たり、大町大佐は本島へ帰らねばならぬ。逃げ出すのではない。任務として帰らねばならぬのだ。

「どうしたら、帰れるか」

まさにこれこそ、何と答えていいかわからぬ質問だ。赤松大尉は、つい先刻、自分たちの特攻舟艇も九〇パーセント本島には着けぬと思ったばかりである。

しかしそうは答えられない。可能性はなくとも、可能性に最も近いと思われることを、考えて返答するほかはない。

一個中隊、三十パイの舟艇で、団長の船をとり囲むようにし、一隻ずつ、体当たりしながら行ってみたら、もしかすると、敵の船団を突破できるかも知れない、と答える。よし、それで行こう。策の良なるもの、ではないが、方針は決まった。

赤松隊長は、つい先刻まで一緒に協議した第三中隊長・皆本義博少尉を呼ぶ。護衛中隊を指揮して本島へ行ってもらいたい、という意思を伝える。赤松隊長は、皆本少尉に死に場所を与えるつもりであった。しかし皆本少尉は大町大佐の面前でそれを断った。

「皆と一緒に死ぬつもりで来たのでありますから」

と皆本少尉は言う。

護衛任務というのは、どうしても生き残る可能性を匂わせる。それは今のような場合、麻薬の匂いのように胸をむかむかさせる。

口には出さないが、上官のお守りに来たのじゃあない、という気もあったろう。同じ死ぬなら、大町大佐に突破口を作ってやるためではなく、本当に攻撃のために死にたい、と皆本少尉は思ったかも知れない。しかし誰も余計なことは一言も口にしない。

結局、皆本少尉が断ったので、赤松隊長は、全舟艇をひきいて出ることになる。第三戦隊をあげて、大町大佐を那覇に送り返すために働くのだと思えば心にひっかかるが、攻撃の中にたまたま大町大佐もいると思えば何でもない。

皆本少尉も、全員が行くなら、と同意した。

命令は再び変更された。

再び、全舟艇の泛水が命じられる。その頃第一中隊から、阿波連の状況説明のために、高取少尉が本部に着いた。

ちょうど次のような命令の出たところだった。

「一、敵情、略
二、戦隊は主力をもって、途中の敵を撃破しつつ、船舶団長と共に沖縄本島へ転進せんとす。
三、渡嘉志久基地の戦隊各中隊は、直ちに全舟艇を泛水出撃すべし、出撃の時期は別に示す。
四、整備中隊は、舟艇に一名ずつ、整備兵を附し、戦隊と共に行動すべし。
五、第一中隊は機を見て出撃、沖縄本島に転進、本隊に合流すべし。
六、戦隊出撃後、勤務隊西村大尉は、勤務隊及び水上勤務隊を指揮し、敵を迎撃すべし。
七、余は現在地にあり、爾後《じご》、本部舟艇附近に至る」
最後の第七項目は、指揮官がどこにあるかを明確にするために必ずつけられる文章だと言う。

ここで再び、転進という言葉が、人々の心に重くのしかかって来る。冷静に見れば、転進は凡《およ》そ不可能なことだと誰もが考えている。しかし、結果はまだ既成事実とはなっていないから、人間は常に自分が手にしていない運命の方を明るく考える。皆本少尉が護衛任務を拒否したのは、生き残る可能性があると思われそうなほうを辞退したのであった。軍人のエチケットとは当時、そういうものであった。

しかし外の人々は皆本少尉のようにはとらない。赤松隊は、いよいよ逃げ出すのだ、という風評は瞬《またた》く間に拡《ひろ》がった。百隻も束になって行けば脱出も可能であろう。それにひき比べ、島に残されるものはどうなるのだ。オレたちを見殺しにする気か。

基地隊の西村大尉は当時既に五十歳を過ぎた召集の予備士官である。いわば軍人としてプロではない。西村大尉を指揮官とする人々は、不安になる。

第一中隊に至ってはどうなるのだ。阿波連の湾外に駆逐艦が一隻いるおかげで、舟艇が下ろせないまま息をひそめている第一中隊は、出発に間に合わないから置いて行かれるというのだ。しかも、後から、適当に自力で脱出して来い、という。要するに見捨てて行くという訳だ。

もっとも、総ての兵たちが、状況をこんなによく知っている訳ではなかった。

高取少尉の当番兵であった木村幸雄候補生も、長い間何も事情を知らされていなかった。彼は長い時間ひとりでぽつんと壕内で留守番をしていた。

少尉が本部から帰って来て暫《しばら》く経《た》ってから、彼はようやく事情を知らされた。

「戦隊長が、逃げ出すようなら、オレはぶった切ってやる」

高取少尉は激昂《げっこう》していた。高取少尉は、勇壮な九州人である。それで初めて木村候補生は、自分たちは置いて行かれる予定の哀れなグループの中にいることを知った。

既に三月二十六日になっていた。悪夢のような時間が過ぎて行く。山はまだ激しく燃えていた。

時々、湾外から艦砲が飛んで来て、瞬発信管による散弾がぱっと黒い水面で飛び散るのが見えた。それは花火よりも美しかった。それはノロシに似ていた。海面が一瞬光とも煙ともつかぬもので覆われ、その中に白い糸が輝きながら散った。

午前零時、出撃準備命令が発令されていた。恐怖と疲労とが、次第次第に兵隊の上に険悪にたまり始めた。

赤松隊は逃げるのだ。基地隊を危険の中において、脚のある自分たちだけ、逃げるのだ。

それならやるな。

それは一種のゼネストであった。ふと気がつくと、泛水に力を貸してくれていた基地隊の兵の姿が消えていた。小銃が隠されてなくなっているのに気がついた戦隊員もいた。

何しろ自重《じじゅう》一トン、それに百二十キロの爆雷二個を載せてある。人手が減れば、てきめんに秘匿壕から海面まで艇を引き下ろす力は失われる。普通の場合でもそれを三十人で下ろすという無謀を訓練で補っていたのである。

それに加えて、潮が引き始めた。持ち運びの距離もそれにつれて長くなったのだ。珊瑚礁《さんごしよう》が、白骨の山のように長々と泛《うか》び上がる。爆撃で泛水路が破壊されているのもいたかった。

唸《うな》りながら艦砲が飛んで来る度に、兵たちは本能的に身を伏せる。するとはからずも珊瑚礁の上に抛《ほう》り出される恰好《かつこう》になったベニヤ板の木っ葉船の船底には、たちまちにして穴があいた。狂気のようなエネルギーで泛水しても、船底の穴に木栓を詰める仕事が待っていた。

赤松隊長は、昨日の朝五時以来、疲れ切ってろくろく食事もとっていない兵のために、甘味品を支給する。パイン缶《かん》もあった。しかし兵たちは既に中身のパインを食べる力を失っていた。彼らがジュースしか飲めないのを見た時、隊長は慄然《りつぜん》とする。

夜明け前、慶良間海峡には再び駆逐艦が入って来た。その面前で、突然、秘匿壕の一つが燃え上がった。バッテリーの火花がガソリンに燃え移ったのである。

これで、日本軍が何かをたくらみつつあることは明らかになった。

既に東雲《しののめ》は、柔らかに夜明けのきざしを告げている。甘い南国の黎明《れいめい》であった。が、誰も自分が何をしているかさえ明確には意識できないほど疲れ切っている。

夜が明けてしまえば、ベニヤ板の船が、飛行機に狙《ねら》いうちされながら本島まで辿り着けるものではなかった。大町大佐は再び艇の揚陸を命じた。

もう一度、それをやれ、というのか！

もはや、体の動ける限界に来ている。下ろすのに五時間かかったのだ。あげる時には、とうてい同じ時間では済まない。

それよりは、ここ一時間ほどの間に、最後の出撃のチャンスがあるのではないか。

赤松隊長は、出撃を申し出る。しかし、それは蹴《け》られてしまった。Ⓛはどうしても単独で使う訳にはいかない。

兵隊は再び艇を引き上げにかかった。もはや気力も体力も思うように動かない。陣地に引き揚げてしまった勤務隊は、もともとささやかな悪意をもって帰ってしまったのだから、今さら、手伝いに戻って来てくれるなどということも期待できない。

夜は明け放たれた。第二中隊の舟艇秘匿壕にロケット弾が命中した。待避中の藤田伍長が負傷する。第二中隊基地小隊の江崎伍長もグラマンの機銃掃射にたおれる。

誰もが既に時間切れを感じた。人間の体力、意志力、ささやかな善意、闘志、それらの総てのものが、だしがらのようになる限界がある。もう只、目をつぶりたい気持ち。現実が次第に薄れて来た。

遂《つい》に大町大佐は、揚げ切らず残っていた六十余隻の舟艇を、自沈させる命令を出す。

「舟を沈めるには、どうするのですか」

私は赤松隊長に尋ねた。沈まないようにするのも、むずかしいが、沈めるというのも、それほど簡単ではなさそうだった。

「二十メートルほど沖へ出しまして、鉤《かぎ》のついた竿《さお》で、船底に穴をあけるんです。しかし、皆よう沈めませんで」

「そうでしょうね、穴をあけるのだって楽じゃないでしょうから」

珊瑚礁の上に落とせば、難なく破れる船底も、いざ人為的に穴をあけるとなると決してそう簡単には行くまいと、私は物理的に考えたのだった。

「いや、そうじゃなくて、自分の艇はかわいいですから、いざ沈めいと言われても、どうしても、気おくれするんですわ。皆本（少尉）も沈められませんでね。しまいには、そんなことしてたら時間ばかりくってしかたないもんで、お互いに艇を乗りかえさせましたね」

Aの船にはBが乗り、Bの船にAが乗り移って、お互いに穴をあけたのだという。それでも、辛《つら》いことは同じであった。

「実は、その前に一度、いよいよでかけられると思って、団長と私と太田候補生と三人、艇に乗り込んだ時があったんです。敵はすぐ前にいました。二中隊の船が一番南側におったもんですから、二中隊本部、三中隊という順に、出る筈《はず》だったんです。ところが、二中隊の艇が一向に出ない。後で聞いたら、何やエンジンがかからんかったそうです。

私は伝令を、二中隊まで督促《とくそく》にやりました。百五十メートルくらい離れておったでしょうか。それでもまだ出ない。遂にたまりかねて、私が自分で行きました。

すると、二中隊の富野（稔）少尉がエンジンがかからんので、弱っている。私は、別のに乗り移れ！　と言ってやりました。

それから私は、自分の艇まで帰って来たんですが、富野の艇の、操縦してた男に言わせると、乗り移る時、富野は《悪く思うなよ》なんて言うたそうです。

それでも二中隊がなお出撃しなかったのは、その頃、改めて命令が出て、出撃はやめる、ということになったんですが、そんなことでも、多少時間をとったんですな」

赤松大尉は言った。さまざまな偶然が、特攻舟艇の出撃を妨げるような方向にのみ動いたのである。

空襲と艦砲が濃密にあたりをなめ始めた。

艇を失って怒った本部と、二、三中隊員は、自沈させた艇から取りはずした爆雷で、水際に急ごしらえの地雷原を作った。夕刻、水際を引きあげた兵たちは、二中隊の旭沢の三角兵舎に集まった。

その時になっても大町大佐の那覇帰隊問題はまだ解決されてはいなかった。夕刻迄の間に、大佐の一行は、村民にくり舟を出して貰えないか、という交渉をしに行ったが、拒否されて帰って来た。こんな危険な時に、軍人ででもなければ《よし行きましょう》という物好きはいる筈がなかった。

たまたま、二隻だけ、煙幕を張って揚陸した特攻舟艇がある。それを使って、那覇まで脱出することに話は決まった。

一番艇には、大町大佐が乗った。二番艇には第五基地隊長・三池少佐が乗り込んだ。「事故あるも、各艇互いに救助せず」という申し合わせができていた。

艇は暗い夜の海に消えた。三月二十六日の夜、十時頃であった。

赤松隊長はほっとして旭沢へ帰った。すると、村の駐在巡査・安里喜順（当時二十九歳）が待っていた。

「安里さんの記憶では、西山の複郭陣地へ移ってから私を探《さが》して来られたということになっているようですが、私はどうしても、旭沢で安里さんに会っているような気がしてならないんです。勿論《もちろん》、私の記憶違いかも知れませんが、複郭陣地へ移ってからは、村民の方と殆《ほとん》ど接触がなかったように思いましてね。

そこで初めて村の人の話が出たんです。

安里さんは、要するに私のところへ情報を聞きに来られた。敵はいつ上るんだ。どこへ逃げたらいいんだ。もっともな質問です。しかし、私も正確には答えられない。

上陸は多分、明日だ。部隊はこれから、西山の方へ移って、そこへ陣地を作るつもりだから、と答えた。住民は――私は前にも申し上げたように、自分自身は今頃は出撃して死んでいる筈だったから、住民対策は誰かがやってくれると思って、実は殆ど考えたことがなかった。弱りました。

しかし、部隊が西山へ行くんだから、そちらも、近くの谷へ移ったらどうですか、と安里さんに言った。深い意味があった訳じゃありませんが、それが自然のなり行きだったような気がするんです。まあ陣地が作れる程度の所があれば、その蔭に住民が隠れる、という感じでした」

これが、集団自決をさせるために住民を一カ所に集めたという話の発端につながって行く。

星雅彦氏は『潮』(昭和四十六年十一月号)に次のように書いている。

「そこで安里巡査は、赤松隊長に向かって、村民はあっちこっちの壕に避難して右往左往しているが、これからどうしたらいいかわからないので、軍の方で何とか保護する方法はないものか、どこか安全地帯はないものか、と相談を持ちかけた。

そのとき、赤松隊長は、次のように言った。島の周囲は敵に占領されているから、誰もどこにも逃げられない。軍は最後の一兵まで戦って島を死守するつもりだから、住民は一か所に避難していたほうがよい。場所は軍陣地の北側の西山盆地がいいだろう。そこで、安里巡査は、早速、居合わせた防衛隊数人に対し、村民に西山盆地に集合するよう伝達してくれと告げた。彼自身も、各壕を回って、言い伝えて歩いた。防衛隊の一人は、古波蔵村長にいち早くほぼ正確な伝達をした。そして村長からも、同様の伝達が出た。

それは人の口から人の口へ、すばやくつぎつぎと広がって伝わっていったが、村民のあるものは、赤松隊長の命令といい、あるものは村長の命令だと言った」

それはどちらも正しかったのであろう。村長は戦争の専門家としての赤松隊長の言葉を信頼するほかはなかったし、村民の中には、村長さんの命令に従わねば、という気持ちがあった筈である。

村民たちが、暗闇《くらやみ》の中で、緊張に震えながら集合の準備をしている間に、実に赤松隊長は、ぶっ倒れるように眠ってしまったのであった。

「何しろ、四十時間くらい、一睡もしていなかったので、前後不覚でした」

兵たちならば、空襲を避けて壕にひそんでいる間に、犬のように切れ切れに眠ることもできたかも知れない。しかし指揮官はそうはいかない。

「夜十時少し過ぎに、駐在の安里さんが帰られて間もなく眠ったんですが、とにかく早く複郭陣地に移らねばならない、というので、午前二時には起こされたんです。まだ暗い中でした。ところがお恥ずかしいことに、その時、私は文句を言ったらしいですなあ。まだ眠いから、もう少し寝かせてくれ、と言いましてね……」

安里巡査や、防衛隊員が、血相を変えて、敵の近いことを村民にふれ回っている頃に、隊長は眠りこけていた。そして起こしてくれた兵に文句を言った。二十五歳の片《へん》鱗《りん》がのぞいた一瞬と言うべきだろう。

しかし赤松隊長は眠らせてもらえなかった。

留利加波方面で、米軍が動いているという。本部隊員と、二中隊の候補生たちは、闇の中を西山に向けて出発した。

午前四時には、本部の知念少尉、谷本、久保田、池田の三人の伍長を、留利加波に向けて偵察に出した。その結果、兵力は約二個中隊、水陸両用戦車《アンフイビアス》十台が揚げられていることがわかる。A高地での迎撃の手筈《てはず》をととのえ、水際陣地にいる二中隊の勤務隊及び整備中隊を、西山の複郭陣地へ撤退させる。阿波連に置きざりにされている第一中隊は、例のたった一パイの駆逐艦のおかげで、釘《くぎ》づけにされたまま、出るもひくもならなくなっていた特攻舟艇を、全部破壊した後、やはり複郭陣地に戻る。第三中隊がこれを援護する。

それらの一見整然とした配慮をしながら、赤松隊長は全く朦朧《もうろう》と歩いていた。彼は自分が歩きながら眠っていたことを自覚した。

なぜなら、赤松隊長の記憶の中に、一つの明瞭《めいりょう》な光景があっただけなのだ。それは、目が覚めたら、夜が明けていて、そこは茶畑だった、ということであった。

五

赤松隊にとって通称西山と呼ばれる二三四・二高地が長期戦に備えての複郭陣地だと言われても、それは只、地図上で確認し合った地点であるに過ぎなかった。勿論《もちろん》、盲滅法《めくらめっぽう》に決めた訳ではない。地図の上で、沢の入りこみ方や、二三四・二メートルという岡の高さなどさまざまなものを検討した上で決めたのだが、隊長自身、下検分《したけんぶん》をして決定したのではない。その地点にその時初めて連れて行ってくれたのは土地の防衛隊員である。

空も見えないほどの椎《しい》の木であった。その傾斜のきつい森の木の下に立って、ここがそこです、と言われたのである。全体の地形を、獣のように実感として受けとめるなどということはできず、只自分の立たされた地面を見ているという感じである。

赤松嘉次《あかまつよしつぐ》隊長は、そこで思いがけぬ人物に会った。昨夜遅く、ようやくの思いで那《な》覇《は》への転進を見送った船舶団長大町茂大佐たちの一行のうち、三池明少佐等五人の乗っていた二番艇が、渡嘉敷《とかしき》島のすぐ北にある（というよりほとんど島つづきと言ってもいいような）儀志布《ぎしぶ》島附近で遭難したらしいという知らせがあり、その捜査救援のために兵を出していたのだが、五人が無事に戻って来たのである。

勿論、大町大佐の乗った一番艇の方のことはわからない。那覇へ帰るという目的は達したいがそれでも五人が無事であったことは喜ばしいことである。

しかし、赤松隊長は、そこで少々困った立場に追い込まれる。三池少佐は上級者ではあるが、部隊編成上の上官ではない。

ここで二つの命題が考えられて来る。

部隊は、編成された組織として動くべきか。この場合には、赤松隊長はあくまで、それ迄通りの指揮権を行使することになる。

もう一つの考え方は、部隊組織とは別個の上級者が現れたのだから、今までの部隊とは別に、改めて、三池少佐を指揮官とする別の部隊が、その瞬間にでき上がったとするべきか、ということである。

三池少佐は、後者の考えをとらなかった。第一の理由は、彼が島に長く留《とど》まる気がなかったからである。彼は那覇帰隊を第一の目的と考えている。今回は失敗したが、いつか、くり舟なりとも改めて手に入れられたら、任務として帰らねばならぬ、と思っている。赤松大尉も少佐の心境はよくわかっているつもりだった。しかし三池少佐はそれならそれで、自分の立場をはっきりとさせ、自分はいずれ帰るのだから、指揮は元通りお前がとれ、と赤松大尉にはっきりと言うのでもない。

三池少佐はもしかすると指揮権をとっても、事はうまく運ばないことをよく知っていたのかも知れない。新しい上級者が来れば、たちどころに総《すべ》てが、その人の指揮下に入るというのは、理論上の問題である。将校はそのような知的操作をなし得るが、下士官や兵は、もっと始末の悪いほど人間的なものだ。彼らは、かねがね顔見知りの、愛憎共に深い上官にしか従わない。二・二六事件の時も、彼らは大尉である中隊長の命令に従って、将軍を殺したのである。しかも既に、渡嘉敷は戦闘状態であった。見知らぬ上官の言うことに注意を向けるようにしようなどという、心理的余裕はなくなっている。

しかし、そのおかげで赤松隊長は、「少々、本気で」思い悩む。三池少佐は「お客でいる」つもりらしいが、自分は少佐をさし置いて指揮をとり続けていいものだろうか。

光を遮《さえぎ》るほどの椎の木を当てにしている訳にはいかなかった。

とにかく何とかして、穴を、——壕《ごう》というより身をかくすだけの穴を——掘らねばならない。掘ろうにも、地面は畑ではなく野生の土地である。斜面にはクマザサが密生し、雑木の根も縦横にはびこっている。それに加えて、充分の道具を持っている訳ではない。円匙《えんび》も行き渡ってはいない。道具のないものは鉄帽を使った。すでに迫撃砲の攻撃も始まっている。

彼らは夜になっても掘った。赤松隊長自身も掘っていた。タバコのあかりで地面を見ながら掘った。どういう訳か、撤退の時、タバコばかり雑嚢《ざつのう》に一ぱい詰めてあったのである。乾パンは一包しかなかった。普段タバコがなかなか吸えないので、誰もがタバコは貴重品だと思い込んでいたから、いざとなるとタバコばかり持って逃げる気になったのだろう、と赤松隊長は思った。

自分で掘らなければ、いるところもなかったのである。

第一中隊にいた木村幸雄候補生もやはりその頃《ころ》、壕を掘っていた。といっても、こちらはあまり本気ではなかった。彼らは阿波連《あはれん》から複郭陣地に着いた最初のグループであった。それも、すんなりと着いたのではなかった。途中で撃たれて、その時佐藤という少尉がやられたので、その敵討《かたきう》ちをしに山の中へ入ったら、却《かえ》って敵に遭わず、明け方茶畑に着いてしまったのである。

しかし、いずれにせよ、第一中隊の本隊はまだ到着していない。先についたのは親なし子である。本隊が来れば、そこで初めて第一中隊としての居場所が決まり、「土地を預ける」ことになる。それまでは、何とか自分でやって行くだけである。だから、木村候補生は、本気ではなかった。さし当たりの壕は要するに自分の体が入るだけでいい。いずれは見捨てて行くものである。

第二中隊の第二戦闘群の群長である連下政市《れんげまさいち》少尉はそれでも頭を働かせたつもりだった。彼は沢の一番低い部分に壕を掘ったのである。低ければ低いほど安全だと考えたのであった。

ところが連下少尉にとって不運だったのはその日夜になって、豪雨が見舞ったことであった。凄《すさま》じい雨であった。彼の掘りかけたタコ壺《つぼ》はあっという間に水に押し流された。彼はやむを得ず、高みに上って初めからやりなおした。特攻隊員として、舟艇《しゅうてい》を動かすことと、死に方は習ったつもりだったが、野戦向きの知識は皆無であった。緊張と疲労が加わって、人々は食慾《しょくよく》もなかった。赤松隊長も、木村候補生もそれぞれの闇《やみ》の中で雨に洗われながら何か食べたいとは思わなかった。木村候補生は、乾パンだけではなく、牛缶《ぎゅうかん》三つと蜜柑《みかん》の缶づめも持っていた。しかし食べようとは思わなかった。赤松隊長はふと眼をやると、自分のすぐ傍の、谷間の濁流の中に、何か大きなものがつっかえているように見えた。それは水に洗われながら毛布にくるまって眠っている兵であった。

衛生兵の若山正三軍曹は、負傷者たちを、まず、でき上がったタコ壺に入れた。その中の何人かは夜道を仲間の背にかつがれてここ迄運ばれて来たのだが、すでに苦痛も激しく、希望のもてる状態ではなかった。

若山軍曹は彼らを「楽にしてやる」ことを考えた。戦場における傷病兵の唯一の希望はモルヒネである。癒《なお》るためにも、苦しまずに死ぬためにも、モヒは必需品であった。何もかもないものだらけの衛生部であった。砲弾による負傷にはつきものの破傷《はしょう》風《ふう》血清に至っては三本しかない。これはお飾りのようなものであった。それなのにモヒだけはある。折あるごとに使ったと軍医部に報告しては、補充して溜《た》め込んでいたものであった。

軍曹は一人の重傷者のいるタコ壺に入った。「楽にしてやる」という言葉は文字通りであって、その先はあまり考えない。モヒの致死量は体力その他個人差によってかなり違うからである。

軍曹は苦しんでいる重傷者にモヒの静脈注射をするつもりであった。これは永遠に楽にする意味である。しかし、タコ壺はあまりにも狭く小さく、彼は負傷者の腕を伸ばしてやることができなかった。そこで軍曹は、やむをえず皮下注射をした。さし当たって暫《しばら》くの間だけ「楽にする」ほうに切り換えたのである。これは思いのほかうまく行った。この患者は、永遠に楽になることなく、しかもあまり苦しまずに恢復《かいふく》したのである。

赤松大尉は椎の木に摑《つか》まりながら眠った。眠っては目を覚まして掘り続けた。惨憺《さんたん》たる泥《どろ》まみれの一夜であった。指揮官自らが穴掘りをしたのである。

しかし沖縄戦に関する資料の一つとしてどこにも引用される、沖縄タイムス社刊の『沖縄戦記・鉄の暴風』はその夜のことを決してそのようには伝えていない。それどころか、全く別の光景が描かれている。

「日本軍が降伏してから解ったことだが、彼らが西山A高地（複郭陣地のこと。――曽野註）に陣地を移した翌二十七日、地下壕内において将校会議を開いたが、そのとき赤松大尉は『持久戦は必至である。軍としては最後の一兵まで戦いたい、まず非戦闘員をいさぎよく自決させ、われわれ軍人は島に残った凡《あら》ゆる食糧を確保して、持久態勢をととのえ、上陸軍と一戦交えねばならぬ。事態はこの島に住むすべての人間の死を要求している』ということを主張した。これを聞いた副官の知念少尉（沖縄出身）は悲憤のあまり、慟哭《どうこく》し、軍籍にある身を痛嘆した」

昭和四十六年七月十一日、那覇で知念元少尉に会った時、私が最初に尋ねたのはこのことであった。

「地下壕はございましたか？」

私は質問した。

「ないですよ、ありません」

知念氏はきっぱりと否定した。

「この本の中に出て来るような将校会議というのはありませんか」

「いやあ、ぜんぜんしていません。只、配備のための将校会議というのはありました。

一中隊どこへ行け、二中隊どこへ行けという式のね。全部稜線《りょうせん》に配置しておりましたんでね」

知念朝睦氏は、あまりにもまちがった記事が多いのと、最近、老眼鏡をかけなければ字が読みにくくなったので、この頃は渡嘉敷島に関することは一切、読まないことにした、と私に笑いながら語った。

つけ加えれば、知念氏は少なくとも昭和四十五年までには沖縄の報道関係者から一切のインタビューを受けたことがないという。それが、赤松氏来島の時に「知念は逃げかくれしている」という一部の噂《うわさ》になって流れたが、

「逃げかくれはしておりません。しかし何も聞いていないところへ、こちらから話を売り込みに行く気もありませんから、黙っておりました。

昨年春（昭和四十五年三月）赤松隊長が見えた時に、市役所の所員の山田義時という人から会いたい、という申し出を受けました。何も知らないので、初めは会おうと思いましたが、その後、その山田氏が、赤松帰れという声明文などを空港で読み上げて、それで名前もわかりましたので、そんな人に会うのは不愉快だと思って断りました。しかしその時が面会を申し込まれた最初でした」

知念朝睦氏は語るのである。

そこにいた兵隊たちの言葉を総て、共同謀議による嘘《うそ》だというのであれば別だが、その日、地下壕で将校会議が行われたということを、その儘《まま》信じることは少々危険なようである。当の知念元少尉自身がその話を承認しない。又当時、第二中隊長であった富野稔元少尉も、山川泰邦著『秘録沖縄戦史』（沖縄グラフ社）の「三月二十七日、（中略）安全地帯は、もはや軍の壕陣地しかない」という部分に、根本的な二つのまちがいがあると指摘する。第一は軍はまだ壕を掘っていなかったこと、第二は壕予定地といえども決して安全ではなかったこと。富野氏によればあの島にはその日、安全を保証される土地は一平方メートルもなかった。

ただ神話として『鉄の暴風』に描かれた将校会議の場面は実に文学的によく書けた情景と言わねばならない。しかしこれは多かれ少なかれどの作家にも共通の問題だと思うが、文章を書く者にとっての苦しみは、現実は常に語り伝えられたり書き残されたものほど、明確でもなく、劇的でもないということである。言葉を換えていえば、現実が常に歯ぎれわるく、混沌《こんとん》としているからこそ、創作というものは、そこに架空世界を鮮やかに作る余地があるのである。しかしそのようなことが許され得るのは、虚構の世界に於てだけであろう。

歴史にそのように簡単に形をつけてしまうことは、誰《だれ》にも許されていないことである。

いずれにせよ豪雨の中を、村民たちは移動を始めていたのであった。

当然のこととして村には、何人かの実力者がいた。村長、校長、駐在（巡査）、この三人は否応なく、人々の中心にならなければならなかった。それは平時に於ては名誉なことであった。三人のうち誰もが恐らく、そのような異常事態が自分の責任の一部にのしかかって来るとは思わずに、その地位に就いたのである。彼らは、その意味では、不運な人々であった。私は取材を終えてひとりになると、そのような残酷な立場に立たされた彼らの信じ難い偶然の運命を思った。私は誰をも非難することはできないと思った。誰もが、その立場としては最善を尽くしたように見える。もし私がその場にいたなら、私はもっともっと利己的な卑怯者《ひきょうもの》になりそうであった。

彼らはマスコミに煩《わずら》わされたことこそあれ、マスコミにすれていない純朴な人々である。話術も必ずしも巧みではない。私は語られた言葉をその儘、ここに再現したいと思うのである。

古波蔵惟好氏は、当時、渡嘉敷村の村長であった。現在は琉球定期船協会の理事として、那覇市に住んでいる。事務所は俗にいう泊北岸《とまりほくがん》と呼ばれる港にある。そこにはいわゆる離島へ向かう船が集まっていた。久米島行き。南大東島行き。港にはいつも風が吹き、陽が笑っている。「島」へ行くということは大きな意味を持っている。島の出身者だけは、そのうっとうしさや、やり切れなさを語ることもある。しかし少なくとも、那覇から島《ふるさと》へ帰る人々、或いは私のような旅人は「島」へ行くことを、清浄な優《やさ》しい土地へ行くように感じているのではなかろうか。

古波蔵氏のオフィスは、港に面した一郭にある。赤松氏来島の頃は体も弱っており、歯も悪かった。口の具合が悪いのでジャーナリストに会うのを断ったことが、やはり「逃げ隠れ」しているということにもなったらしい。なぜ「逃げ隠れ」という発想になるのか、私は不思議であった。私に対しても、やはりどうしても、渡嘉敷の話はしたくないという人々が何人かいた。しかし、私は語りたくない人がいるのも当然だと感じた。語らないからと言って逃げ隠れしているというふうには感じられない。喜ばしいことに古波蔵氏はすっかり健康を恢復していた。復帰するとなれば、離島との交通問題はますます重要になり、古波蔵氏の仕事も増すばかりであろう、と私は思っていた。

「集団自決の数日前ごろは、どういうお仕事が一番大きなものでしたか？」

私は尋ねた。

「その頃、防衛召集というものがあるにはあったんですが、私には、召集されたことにして実際には、村民の指導をせよ、というような話があったんです」

「もし、空襲があったときとか、敵が上って来た時には、どういうふうに逃げろという話は、軍との間に打ち合わせができていましたんですか？」

「いいえ、全然そういう話はありませんでした」

「敵が上陸した日は一日どういうふうにお過ごしでしたか」

「つまり敵は阿波連《あはれん》と渡嘉志久《とかしく》方面から上陸して来ましたですね。それで軍の方も引き上げて西山高地へ行ったんです。今の基地の下側の方です。そこに軍は動いた。我々の方は、こんど、そこへ行く手前の恩納河原《おんながわら》ですね、そこはずっと川がありましてね、山の際で狭いですから、飛行機の爆撃が来ても、まあ、安全地帯な訳です。

そこが砲弾の死角に入るんで安全地帯だと思われたので、そこに陣取っておった訳です」

「恩納河原へ行くということは、誰いうともなく？」

「誰いうともなくです。そこで一日を過ごしてその翌日の晩、大雨降りです」

安里巡査に集められて人々は寄り集まって来た。道はぜんぜんわからない。村の人でも入ることを禁じられていた保安林であった。平生《へいぜい》から、草木も伐採してはいけないことになっていた。

道案内は、村の老人がしてくれた。皆は、二日か三日分くらいの食糧をもって、滑《すべ》りやすい道を歩いて行った。

軍の方がそこへ集まれという所を彼らは目ざして歩いているつもりであった。住民の方は軍に近い方が安全だと思っていた。

（今となってはお互いに地点を確認することも不可能な）その土地に着いてから彼らはタコ壺を掘りかけた。道具がないから、飯盒《はんごう》などいろいろなもので掘った。ようやく体半分ぐらい入る穴を掘ったところで、ここは軍陣地だというので追い出された。そして結果的には却って敵に近い自決場へ追いやられた。もっともこの話も赤松隊側からは否定されている。隊側によれば複郭陣地に各隊を配備して壕を掘り出した時には住民はその地点に一人もいはしなかったという。

「古波蔵さんは始終、村の方の先頭に立ってお歩きになりました？」

「先頭といっても、住民と一緒にしか歩きませんでしたね。こっちが指揮しても……自然にそう固まってますから」

「玉砕場にいらしてどうなさいました？」

「初めからそこを玉砕場と決めていた訳ではないですからね」

「それは勿論そうです」

録音器の中の私の声は慌《あわ》てて訂正している。

「そこへ集結したらもう防衛隊がどんどん手榴弾《しゆりゆうだん》を持って来るでしょう」

「配られて何のためだとお思いでした？ その時もうぴーんとわかったんですか」

「それから敵に殺されるよりは、住民の方はですね、玉砕という言葉はなかったんですけど、そこで自決した方がいいというような指令が来て、こっちだけがきいたんじゃなくて住民もそうきいたし、防衛隊も手榴弾を二つ三つ配られて来て……安里巡査も現場にきてますよ」

「そこで何となく皆が敵につかまるよりは死んだ方がいい、と言い出したわけですか」

「そうなってるわけですね。追いつめられた状況、手榴弾を配られた状況」

「しかし配られても、まだきっかけがないでしょう」

「その後に敵が上って来たわけです。迫撃砲がばんばん来る。逃げ場がないです……これだけははっきり言えますが、安里（巡査）さんは赤松さんに報告する任務を負わされているから、といって十五メートルほど離れて谷底にかくれていましたよ。君も一緒にこっちへ来いと言ったら、そこへは行かない。見届けますと言って隠れていました」

「それから誰がどういうふうにして皆、死に出したのですか」

「そういう状況ですからね、お互いに笑って死にましょう、と」

「ですけど、手榴弾を抜き出したきっかけのようなものがあったんですか。たとえば、かりに誰かがいよいよ決行しようと言ったとか」

「決行しようは、ないですね。敵が上陸したということが、まあ、いか（け）ないということですね。何にしてももう決行しようということになって」

「皆、喋《しゃべ》ったわけじゃなくて、そういう気持ちになったわけですか？」

「はい、気持ちになってるわけです」

それから古波蔵氏は手榴弾をぬいたが発火しなかった。住民の中には、正しい使い方を知らないものも多かったが、古波蔵氏の場合はそうではなかった。弾が不良品だったのである。そのうちに、隣も隣も発火して、死に出した。

「一発が発火すると、そのまわりに十四、五名おるですから、破片が当たって苦しんでいるのも出て来る訳です。その苦しい状況が、もうこんなに苦しいなら殺してくれ、というようなことになったんです」

「それから後、どうなさいましたか」

私は辛《つら》い質問を続けねばならなかった。

「それからもう、そのへんにいるわけに行かないし、敵は上陸しているし、私はもう家族を置いて自分一人で陣地に馳《か》け出したんですよ。軍隊で機関銃の経験があったもんですからね。軍には機関銃三門あったですかな。敵はもうすぐ前ですからね。機関銃貸さんかって言いましたらね、隊長に許可がなければ貸さないと。敵はすぐそこに来ているのだから貸しなさい、いや貸さない。それから陣地に一週間おらされたですよ。妻子も私がどこへ行ったかわからないですよ」

「奥さん、心配なさったでしょうね。一週間、しかし、何のために留めおかれたんでしょうね」

「さあ、わかりませんね。警戒されておったのじゃないかと思いますね」

「その間、何をしていらっしゃったんですか」

「何もしません」

「その頃、まだ、赤松隊には壕もないでしょう？」

「壕も完全にないですね。そのへんにいました」

「それから後で——自決のあとで、又もや住民の方が、もう一度頼れるのは軍だけだ、というので、陣地内になだれ込んだそうですね」

「あれはもう、あそこを通らんと恩納河原へ行けないんですね」

「そしたらそこで陣地の方へ来ちゃいけないというわけですか」

「そこに安住の場所を求めるつもりで来てたわけじゃないですけど」

そこでさわぐと電波探知器をもった哨戒機《トンボ》が頭上にいて、すぐやられるので軍の方も追い出したのだろう、と古波蔵氏はいう。

「一週間経《た》って軍陣地から恩納河原へ帰った時は状況は安定していました。その頃からもう、衛生兵が来ましてね。いろいろ治療もしてくれました」

赤松元大尉によれば村長をとめておいた事実は全く無いという。とめておいたのであれば狭い陣地内でもあり、誰かの眼にふれている筈《はず》だが、それを見た者は無い筈だという。又、古波蔵元村長は軍の衛生兵が治療をしてくれたというが、自決命令を出したものならなぜ衛生兵を治療にやるか。村民の治療といえども隊長の命令以外のものではなかった筈だという。この点について私は改めて若山元衛生軍曹に尋ねた。

「村民の治療をなさったのは、若山さんのご一存ですか？」

「いや、軍医や隊長の意向でもありましたんでね」

「若山さんが、こっそり行っておあげになったんじゃありませんか？」

「いやそんなことはないです。明らかに隊長と軍医に言われたからです」

「それを証言なさいますか？」

「それはもう、まちがいないことです」

古波蔵村長は一週間後に、家族の所へ戻ってからは殆《ほとん》ど軍と接触していない。食糧徴発もすべて軍から文書で命令が来た。

「安里（巡査）さんは」

と古波蔵氏は言う。

「あの人は家族もいないものですからね、軍につけば飯が食える。まあ、警察官だから当然国家に尽くしたい気持ちもあったでしょうけど。軍と民との連絡は、すべて安里さんですよ」

「安里さんを通す以外の形で、軍が直接命令するということはないんですか」

「ありません」

「じゃ、全部安里さんがなさるんですね」

「そうです」

「じゃ、安里さんから、どこへ来るんですか」

「私へ来るんです」

「安里さんはずっと陣地内にいらしたんですか」

「はい、ずっとです」

「じゃ、安里さんが一番よくご存じなんですか」

「はい。ですから、あの人は口を閉ざして何も言わないですね。戦後、糸満で一度会いましたけどね」

古波蔵村長が軍から命令を直接受けることはない、と言い、あらゆる命令は安里氏を通じて受けとることになっていた、と言明する以上、私は当然、元駐在巡査の安里喜順氏を訪ねねばならなかった。赤松隊から、問題の自決命令が出されたかどうかを、最もはっきりと知っているのは、安里喜順氏だということになるからである。

古波蔵元村長の印象とは少し違って、安里喜順氏は、ひとに会うのを避けているふうには見えなかった。おもしろいことに、赤松大尉の副官であった知念朝睦氏の場合と同じように、安里喜順氏に対しても、地元のジャーナリズムは、昭和四十五年三月以前には訪ねていないことがわかったのである。問題の鍵《かぎ》を握る安里氏を最初に訪ねて、赤松隊が命令を出したか出さないかについて初歩的なことを訊《き》き質《ただ》したのは、例の週刊朝日の中西記者が最初であった、と安里氏は言明したのである。

安里家は中城《なかぐすく》の、明るく開けた岡の上にある、新築のモダーンな白い家であった。庭に一本のパパイヤの若木が、ういういしく風に揺《ゆ》れていた。

「恩納河原へ行く前に、分散していた村民をお集めになったのは、どういう理由だったんですか」

「私は地理がわからないので、赤松隊長を探すのに一日かかったわけです。私が、渡嘉敷島へ来てから赤松隊長に会ったのもその日が初めてですからね」

「自決の日が⁉」

「はい。二十二日に島へ着いて、二十三日がもう空襲ですから。そういうわけで（赤松）隊長さんに会った時はもう敵がぐるりと取り巻いておるでしょう。だから部落民をどうするか相談したんですよ。あの頃の考えとしては、日本人として捕虜になるのはいかんし、又、捕虜になる可能性はありましたからね。そしたら隊長さんの言われるには、我々は今のところは、最後まで（闘って）死んでもいいから、あんたたちは非戦闘員だから、最後まで生きて、生きられる限り生きてくれ。只、作戦の都合があって邪魔になるといけないから、部隊の近くのどこかに避難させておいてくれ、ということだったです。

しかし今は、砲煙弾雨《ほうえんだんう》の中で、部隊も今から陣地構築するところだし、何が何だかわからない、せっぱつまった緊急事態のときですから、そうとしか処置できなかったわけです」

「それで恩納河原が比較的安全な場所だということになった訳ですか」

「私としては比較的安全な場所と思ったわけです、しかも友軍のいるところとそう離れていませんし」

「すると恩納河原へ避難せよという場所の指定はなかったんですか？」

「場所の指定はないですね。思い思いに避難小屋を作ってあったですよ」

「住民は恩納河原に集まれ、といわれた、ということになっているんですが」

「いや各々《おのおの》自分の思い思いのままの避難小屋という立派な小屋を作ってあったですよ。敵はもう上陸してくる。とにかく山の中で、一応かくれておこうと、避難させたわけですよ。隊長も、生きられるまでは生きてくれ、そういう趣旨のもとに、部隊の隣のところに、状況を見ながら……そういうことだったですがね。戦争のどさくさにまぎれて、皆、あの時、おしつけなかったですからね。集めたら、こういう結果になってしまって。村長以下、皆、幹部もね、捕虜になるよりは死んだ方がいい、その時、私は生かすために、ここ迄苦労して、避難して来たのにね。雨の中を皆、つれて来たのに……敵もおらんのに、どうして死ぬことができるか、とわしは反対（したんです）……生かすために連れて来た、隊長もそういうお考えで、こっちに、近くで静かにしているように、戦闘の邪魔になるからですね。そういうこと、言うたわけですよね。

しかし皆、艦砲や飛行機からうちまくる弾の下で、群衆心理で半狂乱になっていますからね。恐怖に駆られて……この戦争に遭った人でないと、（この恐怖は）わからんでしょう。だから、しいて死ぬという、自決しようという、部隊が最後だということの○○（一語不明）を受けて、死のうという。私は今のままなら死ねないなあ、と言ったですがね」

「村の主だった方はあの狭い沢の中で死ぬということについて相談をなさったんですか」

「はい、その人たちは、もう半狂乱になって、恐怖に駆られて、もうこれは当然、捕虜になるよりは死んだ方がましということになって、日本人だという精神じゃっていって、やむを得なかったですね。ことに離島であって、離島になればなるほど、そういう精神が鞏固《きようこ》ですよ。私はあく迄生きるために来たんだから、しいてあれなら、アメリカ兵が来て、一人でも会って戦闘でもして（から死のうと思ったのです）、部隊がもう最後という時に、一人は部隊のレンラクに出た筈ですよ。その時に、敵の手榴弾、艦砲と共に手榴弾投げた音があったですよ。それをもう友軍の最後だ、斬《き》り込み総攻撃だと思って、ああなってしまったわけですよ」

「重大決定をなさろうとしていらした時はどういう方々がいらっしゃいましたか」

「自決する時ですか」

「はい」

「村長とか防衛隊の何人か、役場関係の人もおったと思いますが」

「それで、どうしても死ぬということに……」

「ええ、どうしても死ぬという意見が強かったもんで、わしはサジ投げて……わしはどうしても死ぬ前にアメリカに対抗してでなければ死ぬ気なかったです。それだけははっきりしてます」

「それから」

「レンラク員を部隊に出しました。その時に突然、友軍とアメリカ軍の射撃があったわけですが、それをもう部落の人は、友軍の最後の総攻撃だと思い違いしてですね、ひどかったもんですからね。死にたい死にたいということで……」

「きっかりと万歳《ばんざい》を三唱なさったという説もありますが」

「とにかく、一たんは万歳といったわけです」

「それは誰かが万歳を主唱したという訳ではないんですね。なんとなく……」

「ええ、なんとなくやったわけじゃないですかねえ」

友軍の近くにいれば心強いというのはあの当時の誰もが持っていた気持ちだと安里氏はいう。そして、隊長の最初の意図が伝わらないばかりか、全く、反対に書かれているのが辛いと、安里氏はくり返すのである。

「自決の後はどうされましたか」

「重傷者は置いてですね。それから友軍の機関銃でも借りて、死のうということになって、残って歩ける人たちは行ったです。ところが部隊は、今うちこまれるから、危険だから……又、部隊だって機関銃貸すわけはないですよ。その時に皆集まって、ががやするもんだから、敵の探知器に知られて、ひどくうちこまれたですよ。それからはもう、皆死ぬ気持ちがなくなったわけですよ。今まで死のうとしてたんだけど」

「第二玉砕場には、それからいらしたわけですね」

「はいはい」

自決について、というか、村民についての軍側の印象は極めて薄いことを私は思い出していた。豪雨の中を掘ったり眠ったりで一夜明かした軍側には、正直なところ、民間人の存在は殆ど意識のなかになかったのであろうか。

赤松隊側は、住民の自決を殆ど知らなかったという。もちろんその気配が全くなかったわけではない。連下少尉は、二十七日の夜、雨の中で（ということは闇夜《やみよ》であった）村の人たちが、興奮してやって来て、彼の目の前で貯金通帳やかつおぶしを「ほかして」ここへおいてくれ、とわめいたのを目撃していた。

しかし、そこはまだ、穴一つ満足にない陣地であった。いや、陣地の予定地だったという方が正しい。いくら予定地であろうと、軍陣地内に民間人を入れるということはできない。

連下少尉は、当然これを断った。

しかしこのできごとは、闇夜の森の中の一点で起こったドラマであった。十メートル離れたところにいた人は、もう雨の音、濁流の音で気づかなかったろうし、又、作業と疲労とで気にならなかったかも知れない。

安里喜順氏が言うように、生きて虜囚《りよしゆう》の辱《はずかし》めを受けずという気持ちはその当時のどの日本人にもあったし、いざとなれば、誰もが死ぬのは当たり前と思っていた。だから恐らく連下少尉にとっても、そのことは、それほど異常なことではないし、只、その時、すぐに死なねばならぬほど、さし迫った状態だとは思えなかったようである。

赤松隊長が、最初に、集団自決の気配を知ったのは、古波蔵村長が、やって来たことだった。

赤松氏によれば、この時、村長はどうしても「死に切れない住民を殺すから機関銃を貸してくれ」と言ったということになっているのだが、村長は「村民を殺したいという村長がどこにありますか」と反論している。

只、この異常事態の中では、かりにそのどちらであっても、辻つまは合うのである。村民を殺したい、というのも、憎しみからではない。死に切れない人をラクにしてやるというのも、当時の物の考え方からすれば村長という立場に必要な家父長的な態度であったかも知れない。赤松隊長が古波蔵村長について、そのような印象を持ち続けているというのも、一概に相手を非難する意味ではあるまい。

なぜ、少し離れたところで、住民が一せいに、手榴弾を抜いて自決をし始めたことがわからなかったか、ということについて、初め私は疑念を持っていたが、安里喜順氏の話をきいて状況が少しわかるようになった。つまり玉砕の引き金になったのは、米軍の攻撃であり、日本軍の応戦であった。それを村の人々は友軍の最後の反撃と見たのである。

とすれば集団自決は、攻撃の真っ只中で行われた。戦闘中であれば音も気配も聞こえる筈はなかった。

一隊員は、

「かりに、あの時、自決命令、出したとしても、とても、伝令が、あの場所まで辿《たど》りつけなかったんじゃないかな。皆稜線の上にへばりついていて、伏せながらも、まだ一センチでも体低くしようとして、木の枝なんかでお腹の下掘ってた状態ですからね。向こうも、整然と集まってたわけじゃないでしょうし。平和な時に、考えて、数百メートル離れたところにある、小学校の校庭で、整然と並んでいる生徒に何かを伝えに行くような訳には行きませんからな」

と言うのである。

住民がなだれ込んで来た時、赤松隊長は「兵隊さん！」と住民たちが叫ぶのを聞いたので、近くにいた防衛召集兵に「鎮《しず》めろ！」と言った。

その時、一人の防衛隊員の胸につけた儘だった手榴弾が突然、しゅるしゅると煙を吹き始めた。防衛隊員は慌ててそれをはずそうとしたが、それはうまくいかないままに爆発した。辻という勤務隊にいた中尉がまきぞえをくって負傷した。

太田候補生は、手榴弾さわぎは知らなかった。只、彼は誰かが人々を鎮めようとして威嚇《いかく》のために銃を撃ったのをきいた。その銃声は若山衛生軍曹もきいていた。三八式歩兵銃の音のように思ったので、彼はそれが戦隊でなく、基地隊の人間が撃ったな、と考えていた。三八式の小銃をもっていたのは基地隊だけだったのである。

すぐに迫撃砲の攻撃が始まった。太田候補生は死に物狂いで再び穴を掘り始めた。

「その時、戦隊長は、戦闘の命令出すのに忙しくて、ボケみたいな顔して東の空見ておった」

というのが当時、負傷者であった樺山祐夫候補生の印象であった。彼は戦うことができなかったために、観察者の立場におかれていたのであった。

「自決命令は出さないとおっしゃっても、手榴弾を一般の民間人にお配りになったとしたら、皆が死ねと言われたのだと思っても仕方ありませんね」

私は質問を始めた。

「手榴弾は配ってはおりません。只、防衛召集兵には、これは正規軍ですから一人一、二発ずつ渡しておりました。艦砲でやられて混乱に陥《おちい》った時、彼らが勝手にそれを家族に渡したのです。今にして思えば、きちんとした訓練のゆきとどいていない防衛召集兵たちに、手榴弾を渡したのがまちがいだったと思います」

赤松氏は答えた。

「でも実際に、皆さん、集団自決をみられたんでしょう」

私は尋ねた。これはかなり実は核心を衝《つ》いた質問になっていたのだが、私には気がつかなかった。

「蒲団《ふとん》がずぶ濡《ぬ》れになって、女の子の髪が泥の中にめり込んでいたのは見たのです」

赤松氏は言った。

暫《しばら》く、重い沈黙が流れた。

「しかしどう思い返してみても、私が亡くなった方をみたのは、ほんの数人なんです。『鉄の暴風』に書かれているように三百二十九人もの屍《しかばね》がるいるいとしているという状況は見たことがないんです」

連下元少尉が続けて語った。

「私は一人見ました。一週間後に谷川の傍にいたんです。死体かと思ったら、生きていました。『兵隊さん』って、声をかけられました。こめかみのところに血痕《けっこん》が附着していましたが、一人でした」

他に誰も、おびただしい死者を見た人はなかった。

私は自分が案内された自決場のことを思い出した。あの谷に三百数十人が一時に入りこむことは不可能に近い。死んだのが三百数十人なのだから生き残った人たちをいれたら数百人があの谷にいたことになるのだが……今よりもっと木が繁っていたとしたら、小学校の校庭に集合するように整然と集まって自決命令を受けることなど、あの狭い谷の状況では無理である。

「あちこちで自決されたのと違いますか?」

連下氏は言い、赤松氏が、言葉をそえた。

「自決した、あそこ、というのは、いったいどこなんでしょう。めいめいお互いにわかったつもりでいるけれど、実は、てんでんばらばらのところを今まで頭に思い描いて来たんじゃないかと思うんです。とにかく、私は、三百人以上もの方が固まって亡くなった光景というのが、どうしても実感としてわからないんです」

赤松氏の表情には不安の色があった。

六

集団自決の場所は果たしてどこであったか。

今となっては、それは自明であるように思われている。それは思い出したくはない悲しみに包まれた、渡嘉敷村《とかしき》の名所の一つなのである。

しかし、複郭陣地が決まるまでの、仮の布陣に関して、今でもその所在位置が明らかでないという形で冷静な記憶を持つのが当時の第三中隊長・富野稔元少尉（当時二十歳）であった。

問題の豪雨の夜――それが集団自決の前の晩であるが――富野少尉も、本部の上の稜線《りょうせん》上で、穴掘りをしていた。少尉のもとには約六十名の兵たちがいた。基地隊が三十名、第二中隊が三十名である。

その前に、富野少尉は赤松隊長に会っているのだが、その位置が今でもよくわからないという。

富野氏は現在、自衛隊の一佐である。私が富野一佐を、富山の地方連絡部に訪ねた時、富野氏は、あらかじめ一枚の手描きの地図を用意していた。その地図上でいかに彼我《ひが》の戦線が繰《く》り展《ひろ》げられたかを詳述したのだが、同時にそれは、未だに確認できない地点があるということを、冷静に正確に説明するためのものであった。

「住民の方たちがどちらの沢からどちらへ抜けられたのか、本当に正確には、未だにわかりません」

富野一佐は言った。そして、もしもこの時この沢にいたのなら話はわかるが、こちらの沢にいたのならどうも話が合わない、というようなことを呟《つぶや》いた。

「いずれにせよ、自決した方をごらんになりましたか?」

「滝壺《たきつぼ》の傍でなら、二十名ばかり見ました」

「非戦闘員の村民たちがいる場所として、その辺は適当だったのでしょうか」

富野氏は再び、手描きの地図を示した。

「上陸地点は、大体、敵の上陸でき得るところが決まっています。つまり南の方から上って来る可能性がこの場合、強い。その場合、軍が南向きに布陣したら、その後北側に、住民を置くのは一応常道だろうと思います」

「自決の前夜、豪雨のときは?」

「穴掘りです。道具がないから、ゴボウ剣で掘っていました。前にも申しました通り二中隊の連れていた兵は約六十名で軽機関銃一丁だけですが、これではそう長い間、保《も》たないな、と思っていました」

二十八日の朝、富野少尉は、偵察に出て、木に上った。敵の斥候《せっこう》が、カムフラージュしたポンチョをまとい、西の稜線を、のんびりと北に向かって歩いていた。

「住民の方がなだれ込んで来られたのは、十四時頃です。二中隊正面に、泣き叫びながら押し寄せました。アビ叫喚《きょうかん》というのでしょうか。確実に弾着《だんちゃく》を連れながら、近寄って来ました。つまり、敵の弾を引きつれるようにして来たんです。《兵隊さん、殺して下さい》口々に言いながら陣地へ入って来るので、どうしようもありませんでした。まさに生き地獄でした」

富野少尉のそばにいた田賀政視候補生が自決者を見たのは二十人ぐらいだった。それも四月一日に、敵が沖縄本島に転進してから後のことである。

すでに変化は遺体の上にはっきりと表れていた。上体には早くも骨になっている部分があった。巻キャハンの下だけに肉が残っていた。しかし、いずれにせよその数は多くなかった。

再び、非戦闘員の側から、その日のことを浮き彫りにしたい。

ここで話を島の南部にある阿波連《あはれん》に移す。海の、手の染まるような青さと、眼の痛くなるほどの浜の白さとが清らかに抱き合っている朝であった。

金城つる子さんは、そこの小さな小学校と中学校を合わせた学校の、給食の世話をしている。体格のいい温かい感じの婦人であった。

曽野「終戦の時、お幾つでした」

つる子「十七歳でした」

両親と姉二人とつる子さん、五人家族であった。そして両親と姉二人が玉砕で死んだのである。

曽野「三月二十八日のことを伺えますか?」

つる子「家族だけの壕《ごう》にいました。渡嘉敷上り口のあの深い山です。村からの命令で、向こうに集まれというのですね。年寄だけは置いて、若い方は皆行ったんですよ」

曽野「お宅は全部若い方たちで、お父さまもお母さまもお元気だから、皆さんご一緒に行かれた訳ですね」

つる子「道は全部焼けてですね、もう木は倒れてるし、その中をくぐりくぐり行って、……。向こうへ行ったらもう夢心地ですよ。万歳万歳《ばんざい》の声で来たもんですからね。二十八日の三時頃でした。《どうなったの?》ってきいたらですね、もう玉砕命令とかで、万歳三唱してそれで、ちょっと玉砕というお話ですね。

それでうちの父が、阿波連の区長を知ってたもんですから、それで特別に手榴《しゆりゆう》弾《だん》を渡されてですね。もう、死んだのが、とっても早いもんで、あっちこっち、全然わかんないです。最初でした」

曽野「どうしてあなただけがお生きになって……」

つる子「首くくってですよ。手榴弾がきかないもんですからね。不発とかで。皆父が……みんな首を……私が先だったと思います。全然わからないんですからね。三時頃に首くくって死んだものの、翌日の夜明け頃でした、姉さんたち、どうなったかと傍を見たらですね、もう皆死んで……。それから兄ヨメと暫《しばら》く暮らしたんですけど。気がついたときにはアメリカさんがいました。二、三日は向こうへ行ってサトウキビなど、かじって暮らしていました。それから炊事班《すいじはん》など作って」
曽野「玉砕の時の情景は見えましたか？　まわりは焼けているんでしょう？」
つる子「いいえ、真っ暗、深い山でしたけどね。そこの広場に何人いたかはわかりません」
真っ暗、というのは玉砕の時のことではなく、そこへ辿《たど》り着いた時の記憶であろう。
曽野「男の人が当時、先に女のひとをやることになっていたんですか？　やるなどという言葉はいけませんが、何と言っていいかわからないものですから」
つる子「残したら、又、敵の手にかかると困ると思って。もうみんな、うちの近い方々は、みんなやっつけて行ったんですよ。大城良平さんの奥さんなんかも、うちの父がやったと思います」
大城良平氏は当時、防衛召集兵であった。今は阿波連の村で雑貨や、食料品を商《あきな》っており、村会議員の一人でもある。大城夫人は頭の髪の中に深い傷がある。それが、玉砕の日に、つる子さんの父から受けたものだということを、私はその時、初めて知ったのであった。つる子さんに会う前に私は既に大城夫人に会って来ていたが、夫人は一言も加害者の名前など言わなかった。
殺される人間の方が楽であったのだ。そのことは誰《だれ》でもが知っている。「愛をもって殺す」側の苦しさを、殺されるほうがよく知っている。殺されようとして生き残ったほうは、根本に於て心は安らかであった。人間の究極を味わったのは、愛をもって人を殺してしかも自分は生き残ってしまった人々であった。
私は清らかな阿波連の海の視線を受けとめながら、そのようにして生き残った人々の、この世界中に恐らく類例のない十字架を背負った生涯《しょうがい》のことを考えた。年月が、彼らの心から、事件の本当の意味と実感を、むしろ消し去ってくれないか、と私は願わずにいられなかった。誰もが憎むことなくて、ここでは殺人があった。死の世界に隠す以外に、家族を守る方法がない、と彼らは考えた。このような異常な思考のパターンは、いつから、どこから、どのような形で定着したのか。
曽野「しかしあなたの場合はどうだったんでしょうか。自然に息を吹き返されたんでしょうか」
つる子「縄が緩《ゆる》んで、じゃないかと思いますけどね」
曽野「すると、翌日まで、何時間くらいわからずにいらしたのですか」

つる子「六時頃でした」
曽野「すると三時間ぐらいだから、その間、意識ははっきりしなくとも、呼吸の方はもとに戻っていらしたんですね」
つる子「いいえ、夕方の六時ですから、十五時間です」
つる子さんは、「本島へも出たことはないし、生まれてから、ずっとここです」という。子供二人も、もう大きくなってしまった。

東恩納《ひがしおんな》政吉氏は当時十二歳の少年であった。

その日のことは思い出したくない、という。しかし、思い出す義務が、時々この人には負わされるようであった。

「とにかく、生きていたい、と思いました」

東恩納氏は言った。

「両親が亡くなるのは見ていたのですがね。手榴弾は配られたのですが、うちのところは爆発しなかったのです。僕はとにかく無我夢中で、生きていたい、ということしか考えなかったんですな。そして姉がホリョされて行ったとこも見たんですが、そのまま死体の中にもぐり込んで出なかったんですよ。その時、傷を負ってました。米軍が近づいて来たのは半時間後だったかな。そして生きてる人間は全部たすけて行ったんです。そして残ったのは死体か、死体に隠れていた僕らだったんです」

私は誰が誰の死を見届けるのか、と尋ねた。弱い者を、強い者が殺してやり（これは弱肉強食と同じパターンを持つという点で不気味である）、そして最後に残った家父長的意識を持つ気力も体力も強い男が、自決という仕事を自ら果たさなければならぬ。心を許し合う者ならば、殺されるほうが、殺すより楽だからである。決められている訳ではないが、自然に人間の心が、そのようなルールに従うのだった。

「親戚《しんせき》の中に、たとえば防衛隊にとられなかった強い人が、かわいいものからやって行って、最後に残るわけです。やっぱりうちなんかの場合でも、僕はとにかく最後から二番目じゃないかと思うんですけどね。殺したつもりだけれど、意識的におやじも自然に、力が抜けてるんでしょうね」

当然であろう。殺さねばならぬという気持ちと殺したくはないという気持ちが、一本の父親の手の中に両方ともこめられていたのである。

「うちの兄弟は姉が一人と、姉の子供たちが三人と両親です」

「そういう場合、お姉さまがそのお子さんを殺されたのですか」

と私は尋ねた。

「全然わからないですね。私はちょうど寝ておったものですからね。そのどたんばに来るまでは、雨の中をずっと歩いていましたからもう疲れて、おふくろの膝《ひざ》の上で寝とったわけですよ。そうしたら、天皇陛下万歳というもんだから、起きてみたら、みんな、半分以上死んどったんじゃないですかね。それからあわてて……とにかく死ぬのが怖《こわ》かったんです。僕は全然わからないですよ、自分では」

その瞬間のことは、誰もわからないのだという。肝心なところの記憶は、すべて失われるのだという。それが、運命のせめてもの労《いたわ》りというものであろう、とその時、私は思った。

「とにかく、自殺した者というのは、そんなにいないですよ、幸い生き残ったおやじとか何とかが、最後に自殺しただけで……」

つまり誰かが殺してやったということなのだ。

三十分後に米軍が来て皆連れて行かれた。十二歳の政吉少年は、なおもじっと死体の中に身をひそめていた。少年の記憶ではその後にダイナマイトで山の斜面を爆破して死体を川の中に埋める作業が行われた。そのあおりをくって、政吉少年は半ば埋められた。

しかし、彼はどうしても生きたかった。どうしても生きねばならぬ。彼は元気だった。脚だけ出してばたばた暴れている年寄なども全部掘りおこし、彼は姉の手を引いて上って行った。七、八人は生きた死体として埋められていた。

彼らが糧秣《りょうまつ》のおいてあるところに集まって来た時、最初に感じたことは、どうしてこんなにたくさんの人が生き残っているのだろう、ということだった。彼らは自分の眼を信じられなかった。自分たちが命を賭《か》けて行おうとして来たことは、いったい何だったのか。そこでは日本軍の衛生兵の治療を受けたひともいた。

私は或《あ》る日、東京で赤松隊長のすぐ傍にいた太田正一元候補生が呟《つぶや》いた言葉を思い出していた。

「もし、本当に玉砕命令を出していたのなら、生き残って再び集まった人をそのまま見逃しはしないでしょうね。命令は命令ですから、いったん出した命令は遂行しなければならないし、又、そうできる状態にあったと思うんです」

軽機関銃一丁あれば、再び集まっていた人々を「始末する」ことは簡単だった、ということであろうか。

昭和四十五年十月十日は満月の夜であった。渡嘉敷島の船着場は昼のように明るかった。白い砂と、コンクリートの突堤《とってい》に、人の影が切り絵のようにくっきりと落ちていた。

この渡嘉敷島の明月について、詳しく記憶しているのが、前述の富野元少尉であった。

出撃か否かをめぐって、人々が「渡嘉敷島の最も長い日」を味わっていた夜、慶良間海峡を光の海にしていた月を、富野少尉は決して忘れなかった。

その夜、月影は波に弄《もてあそ》ばれてきらきら光っていた。艇を下ろして海上へ出た時、富野少尉は昼のようだと感じた。

出撃はやめて、かりに転進ということになっても、これでは恐らく、すぐに発見されてしまうであろう。

富野氏はそれ以上を語らないが、恐らく、その月は、人間の運命を感じさせるものであったろう。㋹つまり彼らの特攻舟艇《しゅうてい》は出撃しても成功しない運命にあったのだ。その月明かりは、同時に特攻隊百四名の人々に対して、現世への袂別《べいべつ》の光景ともなったかも知れない。既に異常な緊張の中で、人々は生と死の境目がはっきりしなくなっているのを感じていたことも考えられる。

あまりにも美しい自然と人間の極限の闘争は、不調和なようでいて、どこか不気味な協和音を持つ。

その同じ月光を、二十五年目に、私は浴びながら渡嘉敷の浜辺にいた。私は陽気な笑い声に包まれていた。村の四人の女性たちである。私は、むし暑い家の中ではなく、涼しい浜辺で昔の話を聞こうとしているのだった。私たちは玉井村長と共に、みずみずしい月光の海につき出た突堤の上に坐《すわ》った。二十五年前、若い娘であり、若い妻だった婦人たちである。

人々は玉砕場のことを西山と呼んでいるのだが、西山は神の下ります御嶽《うたき》であった。死が人々の身近に感じられるようになった時、人々は神に近い場所に本能的に惹《ひ》きつけられたのだろうか。人々は豪雨の中を、西山へ向かって歩いていた。

A「あの時のみじめさったら、なかったです」

B「人より先に、楽に死んだほうがいいんじゃないねえ、と言ったですよ」
C「私たちは、食べるものを背負ってるんですけどね。私の姉さんは、一人子供いるから、これをおんぶして、丹前《たんじぇん》着てた。寒いですからね。雨は降るし、丹前は重くなるし……」
D「そのときに、多くの人が気狂いになったですね。おばあさんたちなんかは、うちのお母さんなんかも、気狂いのようにしてた」
A「みんなばかになって、全然、親も子もわからないぐらいになってたんです」
B「夢か何かわからんですね」
火が見え、谷のところで、人々は呼び交わした。兵隊さんとも呼び交わした。お互いに、こっちは危ないから、あっちへ、というようなことを言った。
D「そして翌日になったら、もうみんなぐったりして、谷間に坐ってるときですよ。雨も晴れたんだし、つけたまんま着物もかわかして、みんなぐったになって、あっちこっち坐っていたですよ」
皆が集まったのはどこだったか、どこへどういうふうにして集結したかということで、又ひとしきり口々に発言があった。部隊の本部に集結しろ、と言われて行ってみると、敵に部隊の所在地を発見されるのを恐れた赤松隊長によってそこから再び移動させられた、という説があるのである。部隊の本部に着いたのかどうか。

B「本部近くだったけど、本部は行かんで、本部の近くにおったはずよ」

そこで、その場の聞き役として同席していた現村長・玉井喜八氏の助太刀があった。

玉井「だから、本部の近くに行ったんだけれど、先に行った組が本部の近くに寄る、住民がいると騒ぐから、いまの自決の場所に移動しろ、ということで、向こうに移動したんでしょう、あとから行った組は」

D「わからん、命令だから」

玉井「命令のあるなしじゃないのよ」

A「わからんね、そういうことは」

曽野「ほかの方たちはどうなさったんですか。谷間へ、その本部の谷間にいらしたんですか、その晩」

C「いえ、私たちが行ってるのはですね。あの谷間はただ夢のようにして」

B「夜になって夢のように……」

A「夜が明くとき、ずっと山の上から、声が聞こえたけど、兵隊さんが言ってるのか、自分が本当に聞いてるのか、わからないわけですよね」
D「着いたのはね、私たちの着いたのは、夢のようで、誰にもわからない」
B「わからんわね。ただ夢中だから」
C「ただ山を右往左往……」
人々は、部隊本部に集まれ、ではなく、西山の方へ集まれ、と言われたという。彼らは本部には行かなかった。自然に着いたところが玉砕場になった。
曽野「自然、みんなそこに集まったわけですか」
C「はい、《家族は、みんな一緒になりなさい》って、見世物を見るような、ちょうど芝居見るように、みんな集めてですもの」
A「山にこうして坐って、こっちは谷間ですもの」
D「自然に集まって玉砕場に着いたから、みんな、明るいような感じでした」
曽野「それからどうなりました」
B「玉砕ですよ」(笑)
曽野「そこで誰かが《死ね》と言ったんですか」
A「わかりませんね」

B「自分たちは早く、もう、敵につかまるよりか死のう、死のうで、早く死んだほうがいいと思ってますよ」
曽野「私、本島のほうで、最後の時の話を伺うと誰か一人、わりとはっきり《死のう》と言ってる人がいるというんですよ」
B「あのね、みんな家族のうちで、家庭内のうちで誰かが……」
玉井「それを一番最初にやったのは……」
皆「(くちぐちに)わからんよ」
A「軍から命令しないうちに、家族、家族のただ話し合い」
B「海行かば、うたい出して」
C「芝居みるように人を殺したですね、天皇陛下万歳も」
玉井「そのとき、天皇陛下万歳という音頭は、誰がとったの?」
B「わからん、だれかがとったいね。あんとき、あれ《日本魂》だもの」
発言はいよいよ混乱に陥った。すでに正確に発言の順序を追える状態ではなかった。皆が手榴弾のピンを抜き、「破裂がきた」「私たちほんとに死んでるかね」死んでいないのだかわからなかった。ひとにも聞いた。「わたし死んでるかね」「血が出る人もあるし」「いろんなことする人もあった」不発弾も多かった。

A「こんだけんですね《日本の武器はこんなもんだったかなあ》誰か一言おらぶ（叫ぶ）声が聞えたった」

C「みんな谷に落ちないようにしてですね。帯で子供おんぶしてあれしてるから、帯でこうしてかこまして」

B「死んでも家族は一とこで」

A「離れないように」

D「してれば、これはみな不発になって来たから、もう、あっちこっちして《もう、私たちは何で死なないのかねえ》」

A「そのときからさ、もう斬り込みに立ったのは」

B「《もうみな立って斬り込みに出なさい》」

C「ええ、斬り込みじゃない」

D「でないよ《敵に突っ込め》」

C「《敵に突っ込め》したから、子供はおんぶして走ってる」

曽野「ああ。それで走ったんですか、みんなが」

B「はい、下に、敵に突っこます」
C「生きてる人はですよ。生きてる人は」
A「やっぱり、行くのは、また本部になってるわけです、兵隊の」
庇護《ひご》を求めて行くのは、再び日本軍のところだった、というわけである。
D「あの時、突っ込んだんでないよ、皆、なににしなさい、という声を聞いたから、子供はおんぶして、なんで死なないの、と言っていた。走って行って、私が走って行くところで直撃を食ったからね。こっちにきて、山んとこ皆集まってですね、《敵に突っ込みなさい》って言ったから私たちも出るって言ったから行ってるわけです。斬り込みに行ったうちの兄がですね《あんた方、待っときなさい。今、子供みときなさい。私が行ってくる》って言ったから、私は行ったわけですよ、本部に。赤松隊長に会いに」
B「本部のとこに、突っ込みに行ったから《何であんた方、早まったことしたなあ》」
C「《誰が命令したねえ》」
D「《何でこんな早まったことするね、皆、避難しなさい》と言った。だからうちの兄は、すぐきたからに又《皆、今、あまり早まったことだそうよ》と言って、それからまた、私たち反対方向に行って、また向こうから引率された。これは第二の玉砕場だったけれど、私たちは反対方向に行ったわけですよ。人と離れて、兄が連れて」

A「本部ではちょうど『くりから峠』馬の上に人、人の上に馬（笑）あの小谷《ぐわだに》に入ったんですからね」

B「二人の年寄の手つかんで、人々の頭の上から歩いて『くりから峠』やったよ」

A「あのとき友軍が殺した人もいる」

B「あんまり兵隊のじゃまになって」

A「あの晩には、ひとがどんどん死によったですよ」

玉井「あのね、これも疑問だがね、皆騒いだからね、そこに撃ち込んだのはアメリカであるのか、アメリカの迫撃砲で撃ち込んだのか、日本軍があまり騒ぐので友軍が……」

C「私もそれを思うさあ。友軍が撃ち込んだ……」

陣地内になだれ込んで来た自決未遂者たちに発砲した事件についてかと思ったが実はそうでなかった。本部陣地になだれ込む前に自決の場所に迫撃砲を撃ち込まれたというのである。
そのために手榴弾で自決できなかった人までも死んだ。それは、住民たちが恐怖に駆《か》られて叫ぶので、それを殺して鎮《しず》めるために、友軍が発砲したのではないかと疑われているのである。
曽野「その迫撃砲はどちらが撃ったかですね」
玉井「どちらが撃ったか、はっきりしない訳ですわ」
曽野「迫撃砲は日本、持ってましたか」
A「わかりませんよ。持ってるかどうですか、私たちには」
玉井「こっちは迫撃砲持っておったかどうかもわからないけれども」
私は後になって、この点を調べた。日本軍が当時もっていた火器の主なものは、重機関銃二（弾薬一千二百発）、軽機関銃六、擲弾筒《てきだんとう》七、小銃百九十七であった。日本軍は迫撃砲は一つも持っていなかったし、上空を樹木で覆《おお》われた日本軍陣地からは迫撃砲や擲弾筒は使用できなかった。
しかし、重大なのは、事実、撃たれようと撃たれなかろうと、もしかしたら、日本軍に撃たれるかも知れないという可能性を人々が信じたことである。

曽野「さっきのお話だと手榴弾でみんなやったみたいだけど、手榴弾以外に……」
A「そうとう不発でしたよ」
B「またあれですよ。死ねない人は《私たち殺して下さい》と言ったから、行ってナタで打たれている人もいるし。あんときは気が狂ってるから、みんなあれだったんかね。何が何だかもうわからん、早く死んだほうがいい、という気持ちが強いですね」
C「お願いして殺されてる人も多かった」
D「生き残ったら大変と……」
C「だから家族みんな一緒に死のうねえという……。手榴弾はつっついてやったのに、案外つっついた人だけ残って、家族はみんな死んだという方もいます」
曽野「そんなふうにして、生き残った方がいるとしますね、子供や家族殺して。あとやっぱりみんなおかしいですか、この何年か経って」
B「××のおじいさん。何してたか、あれも亡くなった」
D「○○のお母さんよ。△△の奥さんよ。でも殺した本人はなくなってるよ。全滅」
曽野「その当時に?」

A「ちゃうよ。あのおばさん生きてたんじゃない？」
C「生きてた」
D「あのかた、男より意地あるからね、自分も自分で死んだよ」
曽野「お話を伺ってると、手榴弾の不発は多かったですねえ」
A「不発のほうが多かったですねえ」
曽野「ケガの功名ですねえ、悪い手榴弾作って」（これは実はまちがいで、住民の多くはやはり手榴弾の起爆法を知らなかったのだという）
C「私なんか若いからって言われてですね。やっぱし敵さんに見つかって、敵の手に捕われて死ぬよりは、その瞬間に自分で自分のことをするっていうんで、二発兵隊からもらっているんですね。それ、ポケットにしょっちゅう持っていたんです。だけどまちがい起こらなかった」
B「いい手榴弾あったら、渡嘉敷の人は残っていない」
D「死ぬ人は、何も可哀そうとは思わないくらいよ。あのとき」
A「私、死んでる人は一つも見ないさ。ただ○○の子供たちが、真っ黒になってるのみてさ、こっぱみじんじゃなくて、顔が黒くなっているのを見てさ、彫りものみたいに」

愛する者を殺して生き残った人々の多くは島に残っていないという。思い出の濃すぎる土地には居にくいのであろうか。それにしてもその数時間、恐怖から人々は死を何とも思わなかった。死を怖《おそ》れるあまり、人々は死に到着しようと焦ったのである。それは確かに異常ではあるが、私にはよくわかる心理でもあった。

私はその思いを、文字通り月光を受けて金波銀波《きんぱぎんぱ》に輝く海を見ながら噛《か》みしめた。二十五年前も悪夢なら、今、私が、いつかやって来る自分の死の準備のために、人間のさまざまな生涯を書きつづけるのも一場《いちじょう》の夢なのだな、という気はした。

桟橋《さんばし》にはトランジスタ・ラジオを下げた青年がやって来る。音楽が、海の呼吸の音となれ合い、あたりの空気をかき乱す。

ふと気がつくと、山の端にかかる位置にある星が、一際《ひときわ》大きく、まるで無人の山に人工のあかりを一つ灯《とも》したように光っていた。北斗七星は、死に切れないでいる人々のとどめをさした鎌が天にあげられたように、大きく強く夜空に固定されていた。

七

沖縄の取材を始めるようになってから、私は時々煙草《たばこ》を吸うようになった。おかしな喫煙である。辛《つら》い話を聞く時だけ、吸う。取材が終わると、煙草のことなど忘れているから、煙草の袋はハンドバッグの中でくちゃくちゃになった。こんな重い人々の生死の話を聞きながら煙草を吸うなど、何という悪い態度だと、不快に思った相手もあっただろう。

私にすれば、自分の心ないしうちを文字通り煙に巻いて、ゴマカさねばいられない気持ちなのである。

煙草の必要をもっとも強く感じたのは、金城重明氏に会った時であった。金城氏は現在日本キリスト教団・首里《しゅり》教会牧師であるが、その昔、十六歳の学生だった重明氏は、手榴弾《しゅりゅうだん》による自決が失敗に終わったあと、自らの手で、母や妹の命を断つ手伝いをしたのだった。

私を金城牧師に会わせてくれたのは、首里カトリック教会の大城神父であった。

「金城先生なら、よく知ってます。立派な方ですよ。よく金城先生のとこの教会と、カトリック教会が、さまざまなことを話し合って仲良くしてるんです」

大城神父は楽しそうに言った。私はしかし、そのような話を聞くのは、何としても辛い、と呟《つぶや》いた。

「大丈夫ですよ。先生は、そんなことにたじろぐような人じゃない」

そうであろう。それだからこそ、そのような人間の罪と哀《かな》しみを負って、金城氏は牧師になったのだ。むしろ、金城氏に対して、労《いたわ》ることこそ失礼に当たるかも知れない。私は思いなおした。それが初対面に至るまでの、私の内面の葛藤《かっとう》であった。金城氏は「その日」のことを語るとき語調も乱れなかった。私だけが、時々思い出したように煙草を吸った。金城氏は、およそ人間として想像を絶した立場に追いやられた日のことを、一人の体験者としてあくまで静かに証言しなければならないと感じていたのであろう。正確を期すために、氏は後日わざわざ次のような手記を私に寄せて来たのであった。

「三月二十八日、自決場へ集結せしめられてから、死の命令が出るまでの数時間は極《きわ》めて長く重苦しく感ぜられた。何よりも気がかりになるのは、旅や戦争に行っている肉親がこの場所で共に死ねないという事であった。死の不安と混乱の中に非常に印象的だったのは、婦人達が、悲壮な決意と涙の中にも、髪を整えて身支度《みじたく》する美しい姿である。家族や親戚《しんせき》同士が泣きながら死の会話を交わすのであった。

いよいよ自決命令が出たので、配られた数少い手榴弾で、身内の者同士が一かたまりになって自決を始めた。しかし手榴弾の発火が極めて少く、そのために死傷者は少数であった。その事が結果的にはより大きな不幸をもたらしたのである。即《すなわ》ち手榴弾では死ねなかったので、より確実な方法での殺し合いが始まった。当時阿波連《あはれん》部落の区長が、生《は》えている小木をへし折っていた。私はそれに視線を向けた。その小木が凶器に変るとは夢想だにできなかった。しかし、彼はそれで自分の最愛の妻子を殴り殺し始めたのである。以心伝心で我々も愛する者の命を断って行った。ある者は棍棒《こんぼう》や石で妻子の頭部をたたき、ある者は鎌や他の刃物で頸動脈《けいどうみゃく》を切ったり、ある者は紐《ひも》で首を締めたり、その時考えうるあらゆる死ぬ方法がとられた。

死には自ら順番が決っていくのだった。(中略) 弱い老人婦女子を残して死んで行く非人情な者は一人もいなかった。父親や男の若者達は、自分の手で肉親や身内の者の命を断ち、その死を自分の目で見とどけてから、死んでいく。その悲しみは、預言者エレミヤが語ったラマの嘆き悲しみよりも大いなるものであった(三一・一五)。この様にして、死は一番愛する者、かわいい者から始められたのである。自分とは遠い関係の者、愛情を感じない者の命から断って行くと言った所謂《いわゆる》加害者と、被害者の構造は入り込む余地は全くなかった。私は兄と二人で母や弟妹達の命を自分達の手で断った時、生れて始めて悲しみの余り号泣した。あの様な号泣は私が生きている限り再びないであろう。家族に手をかけた時には、生への本能と死への至上命令の葛藤が激しく湧《わ》き起るのを覚えた。しかしデモーニッシュな死への至上命令が遂に内面を支配した。魔力によって怪獣が充電される様に、死なければならないと言う意識がいよいよ支配的になって行く。十六歳と言う年齢の少年の敏感さと純粋さが、異常な方向へ向けられてしまったのである。(中略)

　私はまだ生き残って、殺してくれと招いている人の死を早める働きへと動かされて行った。軍国主義的皇民思想の死の教育を全身全霊に受けた十六歳の少年は、全く疑う事をしないで、他者の死を助けることが、唯一最高のみちだと信じ込んでいた。人を殺すと言う意識（殺意）なしに、殺していく。しかし殺さなければならない。この様な恐ろしい異常な光景は、アウシュヴィッツにもベトナムのソンミにもなかったのだ。

（中略）

私自身はなぜ生き延びたのか。この事は集団自決の心理的側面からも重要である。生き延びるきっかけを与えてくれたのが、一人の少年の米軍への斬《き》り込みの誘いであった。『どうせ死ぬのだから敵軍へ斬り込んで、一人でも多くの敵を殺してから死のうではないか』この言葉は私共に重大な決意を促《うなが》す結果となった。あの場所で死んでしまえば、すべて事は済む。しかし、敵中に斬り込むということは、自分達が最も恐れていた敵手の惨殺を進んで選び取る事になるからだ。恐ろしいことである。しかし自分達（少年達）は最後の生き残りだ。最後の死をどう遂げるかと言う事が重要な課題になった。敵軍への斬り込み、そして惨殺を選んだ。悲壮な三人の少年達の決意だった。死を覚悟する時、何者も恐れなかったといってしまえば嘘《うそ》になる。しかし惨殺される事を覚悟するほど、決意は強かった。けれども、それは残された唯一の道だったのである。あの時集団自決者が、もし自決より、敵軍への斬り込みの道を選んでいたら多く助かったであろうと、日がたってから深く思わしめられたのである。少年達三人に対して、もっと若い小学校の二人の女生徒が『私達もついていくから行かせて』とせがむのであった。しかし私共は、最初それを拒《こば》んだ。敵中へ女の子を道連れにすることが出来なかったからである。生き延びるためなら彼らを進んで伴ったであろう。少女達二人はしがみつくように後からついてきた。私共はやむなく受け入れた。米軍に斬り込むために自決場を後に残したはずの少年少女達は、全く予想もしなかった日本軍に出会った。これは私にとり大きなショックだった。正常な状況ならば生きていて良かったと思うだろう。しかし真相は逆だった。死んだはずの他の住民の大多数も生き残っていた。これは第二のショックだった。何故自分達だけが、あんな恐しい目に会わねばならなかったのか。不信と絶望と憤《いきどお》りが心の底から込み上げて来た。激戦は続くから、生き残りの軍も民もやがて死ぬ時が来るであろう。その時一緒に死ねるのだ。次の死に今、暫《しばら》くの生を託すのだ。次の死を絶望的望みとして生きる。この様な心理状態が何処《どこ》にあるだろうか。しかし、望んだ死は再びやって来なかったのである。

集団自決の悪夢から覚めた時、正常な感覚で考えられるのが、もしかしたら家族の誰《だれ》かが幸い生き残っているかも知れないという望みである。しかし、集団自決の異常さはそんな甘いものではなかった。私はもしや一人でもというささやかな望みすら持てなかった。そして二度と自決場に戻って見たいという気持は全く起らなかった。何故なら自分の身内であればあるほど、絶対に生きかえらない様に、最も徹底的に殺したからである。事実はその通りだった。愛情と死の構造が、不離《ふり》に結びあっていた。最も愛する者を、最も速《すみや》かにそして最も徹底的に死なせたのである」

『潮』昭和四十六年十一月号には、たまたま同じ金城重明氏のもう一つの姿が、安座間豊子とその母、ウシの眼から描かれている。豊子は当時十二歳。証言が母と子の二人だということから、二人の記憶には、お互いの話を補強して、それを自分の体験としている部分があるようにも見受けられるのだが、その点を断定する方法は私にはない。

ウシとその娘豊子、更に豊子の弟と妹の四人は、西山盆地で死にきれない儘《まま》にいた。手榴弾を発火させたウシの弟とその妻は死んだが、ウシと三人の子供たちは無傷であった。あらゆる人が気狂いのようになっていた。

「アキサミヨーアキサミヨー」（感嘆詞）という声があちこちで聞こえた。ウシはそこを地獄だと思って逃げようとすると、老女たちが、血相を変えて、下から外人《オランダー》が来て、耳や鼻を切りとられると言った。

隣では医者が、発火しない手榴弾を何度も石に叩きつけていた。それがダメだとわかると、彼は「何かないか」とあたりを見廻した。

「お父さん、肥後ノ守《ひごのかみ》があるよ」

息子が小刀をさし出した。

「お母さんからね」

医者は言うと、すぐ妻、息子、娘の首を切り落とした。それから木の枝に小刀をはさんで自分が自害した。

それを見て、隣の家族の妻が言った。

「日本人じゃないの！　あんた男の癖に、殺し切れないの！」

彼女はまず、ナタで娘を殺し、それから、エイエイとかけ声をかけながら夫をめったうちにした。すると又、老人が、孫の首をカマで切った。血が吹きだした。

「クルチクミソウリ」(殺して下さい)

とウシは言った。七歳になる次女は、

「死にたくない」

と泣いた。豊子はその妹を、腹の下に隠すようにしていた。老人は、木に登って首をつる用意をしていた。

親子はその時に、金城重明氏の姿を見た、ということになっている。それはまちがいなく金城氏であるとすれば、それは、氏が母と妹を殺した、その直後のことと考えられる。

「その人（金城氏）は大きな棒を拾って、『まだ生きているか』と確かめながら、殴り殺して歩いていました。私たちの所へも来ました。その人の棒で、母は二回打たれ、血まみれでくずれました。弟は一打でまいりました。私も頭の真上を打たれました」

結局、ウシたち四人は間もなく意識をとり戻す。星雅彦氏による同じ『潮』の記録はさらに次のように伝えている。

「何時間かたって、ウシも長女も意識をとり戻した。夕方間近くなっていた。周囲は死者ばかりだった。首つり自殺をとげた死体が、一五、六人、灌木《かんぼく》にぶら下っていた。次女は痴呆《ちほう》状態になって坐《すわ》っていた。ウシが抱いていた子供は、口が頰《ほお》の所へ移って顔が歪《ゆが》んでいた。（中略）

ウシは急に我に返って、娘に、『水を汲《く》んで来て』と叫んだ。娘はふらふら立ち上り、転がっているヤカンを拾って、水を汲みに行った。その間、ウシは自分の顔いっぱいについている血糊《ちのり》をソデで拭き、割れた前頭部から、まだ血が流れるのを防ぐために、湿った赤土を取って傷口に塗り込んだ。それから娘が汲んで来た水を、抱いた子供の顔にかけた。すると子供は全身をひきつらせ、顔をぶるぶる痙攣《けいれん》させて、元に戻った口から血のアワを出した。『生き返ったよ』とウシは思わず笑顔になった」

金城氏はその時、十六歳だった。十六歳は大人だろうか、子供だろうか。私は大人の体をした子供だと感じる。平時なら、かなりの役に立っても、そのような異常事態に、よく対処しうる年齢ではありえない。氏は又次のようにも書いている。

「何故生き残りは逃げなかったのか。私共生き残りにとって、最後の死に場である集団自決場で生き残ったという事は、島での最後の生き残りとなった事を意味する。日本軍も他の多くの住民も生き延びている事を、誰一人伝えてくれる者はなかった。その余裕は誰にもなかったのであろう。もし一人の連絡員でも来て、生存者のある事を知らせてくれたら、多くの自決者は助かったのである。しかし渡嘉敷《とかしき》島での最後の生き残りであると信じた私共は、敵の惨殺に会う時がいよいよ決定的に刻一刻と迫ってくるのを重く感じた。それはまさに末期的死の意識なのである。この様な状況で生き延びることはなお恐ろしい絶望でしかなかった。残された道は死のみである事を、以前よりもひしひしと直感した。この様に集団自決が終りに近づくに連れて、死の集団の強い連帯を覚えた。すべてが一つの死の家族集団と化したのである。肉親を越えたより大きな死の家族集団が、渡嘉敷の集団自決場で、瞬間的に形成された。この死の連帯感が、私をして他人の死を早める働きへと動かしめた重大な要因だったのだ」

「今、思うに、私が生き残った一つのきっかけは、普通なら玉砕は恐いと、死ぬのから生きのびる方法を考える。人間は死の危険性が来たら生を考える。生きることより恐ろしい状態が来た時には死を願う。私たちの場合は異常の状況ですから、生きることが、生き残ることが恐かった。子供や、女。青年中年以上の人は皆防衛召集兵ですから。日本の軍国主義教育があんなにも徹底したのかと、それこそ祭政一致《さいせいいっち》、政治と宗教の一体化した最たる現実が集団自決だったでしょうね」

氏は私に言った。

なぜ人々は自決したのか。そこにこの問題の一つの大きな鍵《かぎ》がある。金城重明氏は、それは、戦争という異常心理に歪められた「愛」だと言った。敵に捕えられれば、男はなぶり殺しにされ、女ははずかしめられて海中に捨てられる。そのような恐怖は、沖縄本島にもあった。米軍の進駐して来た当時の、本土にもあった。私は石川県金沢市で、米軍が来るということになると、改めて田舎《いなか》に女子供を再疎開させた人々を、知っている。

そのような運命に会わされるくらいなら、自分の手で家族を安らかに眠らせてやった方がいい。そこで、父や、年のいった息子たちはその役目を買って出たのであった。更に、自決は気力のいる仕事であったから、男手のない家族に対しては、家族でない誰かが、その面倒を見てやらねばならなかったのである。

誰もが死にたかったかのように見える。分別のある年頃《としごろ》に達している者は……ウシが方言で「殺して下さい《クルチクミソウリ》」と言った時、次女が「死にたくない」と泣いたということも、その間の事情をよく表している。

いや正確に言うと、人々は決して死にたい訳ではなかった。できれば生きたかった。しかし怖《こわ》いので死にたかった。

この世界に類例を見ない集団自決に関して、どこかにその心理分析が行われたものがあるであろうか。今日までのところ私が読んで来た範囲では、この特殊なケースに関するレポートは発見できない。それは異常事態の中に出現した、一過性のパラノイアと見なしていいのであろうか。

たとえば、デュルケムとショートの『自殺論』によると、個人の生活環境における対人関係の重密度が、その個人の自殺行為の決定因子であるという。他の人々と親密に強く結びついている人には自殺の危険性が少ないが、一方、そうした結びつきに乏《とぼ》しい人はその危険性が高い、という。しかし、このような論拠は、集団自決の心理をいささかでも解明してくれることにならないのである。

それくらいならば、カール・メニンジャーが、昭和七年、ウィスバーデンで行った第十二回国際精神分析学会総会で、発表した論文の方が、よほどその点について明《めい》瞭《りょう》な答えを出してくれる。

「個体は、何らかの方法で、絶えず自分自身の環境を生み出すという事実を我々は知っているが、それと同じように、自殺する人物は、自殺によって逃避しないではいられないような事態を、自分から生み出すように努力しているのに違いない。それゆえ、もし我々が、そのような行為を、精神力学の言葉で説明しようとするならば、自殺以外の方法では逃れることができないような苦境に、自分自身を陥《おとしい》れたいという願望がある、という説明を試《こころ》みることを余儀なくされるのである。換言すれば、もし、ある人物が、無意識の意図のもとに、自己破壊を実現するために、外的現実の中に、見かけ上もっともらしい事態を生み出すとするならば、一見単純で避け難《がた》いことのように見える外的現実よりも、無意識の意図の方が、自殺を理解する上に、大きな意義をもつものなのである。もちろん、このような自殺理解は、自殺を『勇敢なことだ』(もしそれが外的状況によって『正当化』されているように見える場合ならば)とか、『不合理なことだ』(もしそれが外的状況によって『正当化』され得ないように見える場合ならば)とか考える素朴な判断や、統計的な簡略化などに示されるこの種の原因の説明のいっさいに、結着をつけることになる。心理学的に見ると、自殺は非常に複雑な行為であって、単純なものでも、偶発的なものでも、衝動的なそれだけ分離した行為でもない。そしてまた、合理的なものでも説明不可能なものでもないのである」(草野栄三良《えいざぶろう》・小此木《おこのぎ》啓吾《けいご》訳)

そこでメニンジャーは、人間の意識下の部分で行われる、途方もないドラマについて言及する。すなわち、人間は破壊したい対象、憎悪を向けている或る人物を、自分と同一化し、同一化した自分を殺すことによって、その憎悪の対象をもやっつけ得ると考えるというのである。

ここで、私は改めて、ひどく初歩的な設問を試みようと思う。

今、かりに、玉砕は軍命令によって出されたものとする。それに対して、人々は何故、抵抗しなかったか。同じ死ぬなら、山の中へ逃げて、生きる機会もあった筈《はず》である。少し後になれば、米軍に投降することもできたではないか。勿論、これらに対するまっこうからの反論はいくらでもある。

戦陣訓《せんじんくん》があった。生きて虜囚《りょしゅう》の辱《はずかし》めを受けず、であった。又捕虜になることは、陛下の御命令にさからうことであった。

又かりに、戦陣訓も陛下も意識になくても、島で最も恐ろしいのは、他人と違う物の考え方生き方をすることであった。

しかしそれは、人間の隠れた心の衝動を説明することにはならない。メニンジャーは、外的対象に向けられた破壊→憎悪→攻撃が挫折《ざせつ》する条件を考える。

㈠　現実から加えられる抵抗が強すぎる場合

㈡　対象をやっつけてしまうことができないで逃げ去られてしまう場合

㈢　攻撃がさまざまの内的条件によって制止されてしまう場合。この場合、内的

条件というのは、主として恐怖や罪悪感である

まだほかにもあるが、この三つはさし当たり集団自決の背景として、考えられ得るであろう。というより戦争中のあらゆる日本人の心理は、追いつめれば、このどれかのような形をとるものと思われるのである。

メニンジャーは更に、人間には殺されたいという意識下の願望のあることを示している。それは攻撃的な行為の代償として、罪悪感を持ち、自分自身を死刑という形で処罰されたい、と願うことなのである。

メニンジャーのとり上げる例はあくまで平時に於ける自殺の考察なのだが、集団自決に関していささか関係のある部分もでてくる。

「一家族に起こる沢山《たくさん》の自殺の実例が、心理学的な基礎に立って説明できる場合があるという事実を証明するような沢山の証拠が、精神分析的に明らかにされている。表面的には、相互暗示という要素が認められるが、同一家族の成員の間に無意識的な死の願望が極度に発達する、というよく知られた事実の方は、相互暗示ということよりも、もっと深い意味を持っている。そして家族の一人が死んだり、自殺したりすると、家族成員各人の死の願望は、予期しがたいほどの満足を得るのであるが、このような

死の願望の満足は、突如として、凄《すさま》じい烈《はげ》しさをもって襲ってくる罪悪感の怒濤《どとう》を生み出す。そしてこの罪悪感の怒濤は、死の願望に置き換えられ、それが何らかの形で充足《じゅうそく》されねばならなくなる。この怒濤があまりにも強大で、圧倒的なものになる場合には、この死の願望をいだいた犯人に、死による処刑を受けなければならない必要が起こってくる。時によっては——すべての精神分析医がよく知っているように——このような処罰は、死刑の執行とか、絞首刑とか、その他の方法によって殺される夢、あるいは終身禁錮《きんこ》を宣告される夢などによって実現される。しかし別な場合には、暗示の要素がこれに加わって、死刑の宣告を、現実に自分自身に与えるような手段が指示される場合もあるのである」

心理学的表現は、常に慎《つつ》しみを欠くもののように見える。ことに日本のように、死者は仏であり、死者に鞭《むち》うつことを決して容認しない国においては、メニンジャーの表現はまことに非礼なものとして嫌悪《けんお》をもって受けとられるかも知れない。

怖いので死にたかった、という説は、一部の人々には容易に理解され、一部の人々にはとうてい納得されないのも当然である。

メニンジャー流に言えば、死んでしまえば、死への恐怖を持たなくて済むことが意識下でわかっているから、つまり人々は死んだのだ、ということになろう。しかし、玉砕命令が赤松隊長から出された、と信じ切っている人たちは、決してこのような精神分析学的表現を認める筈はない。

赤松隊長がなぜ玉砕命令を出したか、と言えば、それは住民が足手まといだったから、或《ある》いは口べらしのためだったから、という説が一般的に信じられているようである。将校会議で、事態はこの島に住む、すべての人間の死を要求している、と言ったという赤松発言(『鉄の暴風』所載)は、沖縄出身であり、将校会議に出席していた知念少尉によって全面的に拒否されているが、逆に赤松隊側から、住民の側にそのような空気があの時代にあったのではないかと考える人もいるのである。

それは、第二中隊長であった富野稔少尉である。

「私は防衛召集兵の人たちが、軍人として戦いの場にいながら、すぐ近くに家族をかかえていたのは大変だったろうと思います。今の考えの風潮にはないかも知れませんが、あの当時、日本人なら誰でも、心残りの原因になりそうな、或いは自分の足手まといになりそうな家族を排除して、軍人として心おきなく雄々《おお》しく闘いたいという気持ちはあったでしょうし、家族の側にも、そういう気分があったと思うんです。つま

書名 沖縄戦・渡嘉敷島「集団自決」の真実

このたびはＷＡＣの出版物をお買い求めいただき、ありがとうございました。今後の参考にするために以下の質問にお答えいただければ幸いです。ご回答いただいた方の中から抽選で、図書券をさしあげます。

●本書を何からお知りになりましたか？

□紹介記事や書評を読んで…新聞・雑誌・インターネット・テレビ

その他（　　　　　　）媒体名＿＿＿＿＿＿＿＿

□宣伝を見て…新聞・雑誌・弊社出版案内・その他（　　　　）

□知人からのすすめで　□店頭で見て

□インターネットなどの書籍検索を通じて

●お買い求めの動機をおきかせください

□著者のファンだから　□作品のジャンルに興味がある

□装丁がよかった　□タイトルがよかった

その他（　　　　　　　　　　　　）

●購入書店名

＿＿＿＿＿＿＿＿＿＿＿＿

●本書への評価をおきかせください

テーマと内容	□満足	□ふつう	□不満
読みやすさ	□満足	□ふつう	□不満
価格	□満足	□ふつう	□不満
装丁	□満足	□ふつう	□不満

●ご意見・ご感想がありましたらお聞かせください

弊社のホームページ（http://web-wac.co.jp/）も併せてご覧下さい。

郵便はがき

御手数です が52円切手 を貼って ください

1 0 2-0 0 7 6

東京都千代田区五番町４－５
五番町コスモビル４Ｆ
ワック株式会社
出版局 行

お名前《フリガナ》	
性別　男・女	年齢　10代　20代　30代　40代　50代　60代　70代　80代〜
ご住所　〒	
TEL　（　　）　　FAX　（　　）	
Eメール（　　）	
ご職業 1. 会社員・公務員・団体職員　2. 会社役員　3. アルバイト・パート 4. 農工商自営業　5. 自由業　6. 主婦　7. 学生　8. 無職　9. その他（　　）	
定期購読新聞 よく読む雑誌	
読みたい本の著者やテーマがありましたら、お書き下さい	

り、あの当時としてはきわめて自然だった愛国心のために、自らの命を絶った、という面もあると思います。死ぬのが恐いから死んだなどということがあるでしょうか。むしろ、私が不思議に思うのは、そうして国に殉《じゅん》じるという美しい心で死んだ人たちのことを、何故、戦後になって、あれは命令で強制されたものだ、というような言い方をして、死の清らかさを自らおとしめてしまうのか。私にはそのことが理解できません」

富野元少尉の言葉といささか関係のありそうなことが、ひそひそと語られるのを、私は屢々《しばしば》耳にした。それは主に沖縄本島で、私が聞いたことであった。

本当の渡嘉敷の悲劇は、太平洋戦争が終わって、出征して南方にいた兵士たち、或いは他の理由で島を出ていた人たちが帰って来た時に始まった、というのである。当然のことながら、島には生き残った人々がいた。その人々が、死者たちの声を背後に背負って責めさいなまれることになったのである。

「帰って来てみると、家族が殆《ほとん》ど自決して死んでいたというような人もいるわけですよ。島中、一人残らず全滅したというのなら、まだ諦《あきら》めがつく。しかしなぜ、自分の両親や妻子だけが死んでしまったのか、ということになるでしょう。

そう問いつめられる人たちも辛《つら》い訳ですよ。首里の金城重明牧師さんは冷静な方だから、あの時『村民の間に、一種の陶酔《とうすい》が充満していた。肉親も殺し、自分も死ぬという異常な雰囲気《ふんいき》があった』と言われたそうですが、死んだものの家族にとっては、陶酔で死んだと言われても、とうてい納得できない。そこで、どう説明したらいいかということになると、命令だった、ということが、一番はっきりわかってもらいやすい。その気持ちはわかるような気がしますね」

私は一人の部外者から、このような解説を聞かされたこともあった。

もう一つの意見は、もっと現実的なものであった。それは、軍命令であったことにしないと、島民で死んだ人たちの遺族に年金が下りなかったのだ、という説である。

厚生省援護局調査課沖縄班の話によると、戦傷病者戦没者遺族等援護法ができたのは昭和二十七年で、渡嘉敷の場合は軍の要請で戦闘に参加したということで、島民全部が準軍属とみなされ、気の毒で戦死と見なした。その判定が行われたのは昭和三十二年から三十三年にかけてであるが、適用は二十七年にさかのぼって行われたという。

今となっては、この適用が行われたことに異論を唱える人は殆《ほとん》どあり得ないであろう。半ば不本意の人や「喜んで」やった人さまざまであろうが、島の人たちは、自分の家に兵隊を迎え、陣地に使うための坑木《こうぼく》の切り出しもした。たとえ、それらのことを一つもしなくても村は一つの運命共同体であった。直接弾丸に当たらなくても、栄養失調で死んでも、それはやはり戦いに参加して倒れたのであった。

しかし律義《りちぎ》な島の人々が、そうは思えなかったとしても不思議はない。昔から今まで役所と名のつくところは意地悪なものだ、という実感が我々にある。何のかんのと文句をつけ、書類上の不備をあげつらい、かけ放題手数をかけさせて、あげくのはてに、やはり認可してくれないものだ、という感じが抜き難いのである。

もし恐怖に駆られて死んだのだ、捕虜になることを恐れて、自ら死を選んだのだ、と言えば、それを戦死とは言えません、と役所は出て来るだろう。しかし多くの家庭で、生きていて貰《もら》わねばならぬ人が死んでしまった。生きている人を、この瞬間、死者よりも大切にするということは当然である。年金は必要に決まっている。

「玉砕命令による集団自決」という表現は、確かに、一つの明確なものを持っている。「玉砕命令による」という言葉の部分は正確かどうか別としても、「集団自決」が行われたのは事実であり、それは戦争なしに惹起《じやつき》されたものではなかったのである。

そのような空気を考えると、昭和三十二、三年まで、渡嘉敷をめぐる周囲の空気が「軍命令による玉砕」を主張することは、年金を得るために必要であり、自然であり、賢明であったと言える。

このことに関しては更にもう少し述べる必要があろう。私の手許《てもと》に、当時の渡嘉敷村長・古波蔵《こはぐら》惟好氏の手記があるが、その中に次のような一項がある。

「部下の連下《れんげ》政市《まさいち》氏も隊長だった赤松への忠誠のつもりか、赤松と同じく『真相は別にある。これを言えば村民への影響が大きい』とあたかも自決は村民の間に責任があるかのように恐喝《きようかつ》めいたことを放言して、今となって責任を転嫁《てんか》しようとしている。マスコミに追及されて、そうでも一時的方便として言わないと、自分たちが、沖縄から帰れないとの恐怖と心の動揺による錯覚した言葉だったではないでしょうか。こんな破廉恥《はれんち》な言葉を信じるような、世間の人は愚者《ぐしや》でないことを彼らに説教したい」

この点に関しては、もと赤松隊員の連下政市氏と谷本小次郎氏からの回答があった。「軍が命令を出していないということを隊員があらゆる角度から証言したとなると、遺族の受けられる年金がさしとめられるようなことになるといけない、と思ったからです。我々が口をつぐんでいた理由はたった一つそれだけです」

厚生省の話によると、一旦調査が決定したものは再びその資格を剥奪《はくだつ》されることはない、というから、今やその点も伏せておく必要は全くなくなったのである。

隊員の谷本小次郎氏は言う。

「四十四年三月、渡嘉敷へまいりました時、島の当時の兵事主任が、同じ自決があった阿嘉《あか》島（隣の島）ではほんの数名の叙勲者しかないのに、うち（渡嘉敷）から百何名だかの叙勲者が昨日出ました、と得意そうに話しているので、子供までが叙勲されたのはおかしくはないですか、そういう話は、むしろ、私たちに聞かせて下さらなかった方がよかったんではありませんか、と言ったのですが」

別の一隊員は言う。

「我々が悪者になっていれば済むのなら、それでいいという気持ちは皆にあったんじゃないですか。遺族の方たちの気持ちを傷つけたくないという感じは誰もが持っているし。ただ、こちらが、何も知らない玉砕命令を出したということが、定説になると困りますがね」

そうでない隊員の声もある。

「皆、あの頃、集団自決なんて知ってたんでしょうか。僕はそういう意識、全くありませんでした。勿論、村の方で犠牲になった方があるのは知ってましたが、集団という感じでは僕自身みていなかったし、戦後、週刊誌が初めて書いた時、へえ、そんなことあったのかな、と思いました。しかし、実感なかったですね。僕ら下っ端は村の人に親しみを持ってたから、玉砕命令がでたなんてことわかったら、その点についてたちどころに上層部に反感を持つという形で記憶に残ったと思います」

「僕は、ひょっとしたら、隊長、ほんとにやったんじゃないか、と思ってましたね。あんまりジャーナリズムが書きたてるからね。僕は少し離れたところにおって、真相わからんしね。こういう隊員の集まりに出て来たのも、もし本当なら、こちらもそれを知らなきゃと思って出て来たんですよ。

しかし、もしこれで、うちの隊長が本当に玉砕命令出してたんなら大したものだね。これだけ大勢の隊員の眼をだまくらかして来たんだから。完全犯罪ですよ」

そこで私は言った。

「そんなことはありませんよ。アガサ・クリスティの《オリエント急行の殺人》というのは一列車の乗客全部が共犯だったんです。皆さん全員が口をお合わせになれば……」

赤松隊の「悪名」は、集団自決だけではない。前出の古波蔵前村長もその制作者の一人であると言われる「渡嘉敷島の戦闘概要」によると、

「赤松隊も持久態勢に入るために、食糧確保に奔走した。間もなく、赤松隊長から命令が伝達された。『我々軍隊は島に残ったすべての食糧を確保し、持久戦の準備を整え、上陸軍と一戦を交えねばならない。事態はこの島に住む人々に死を要求している』と主張し住民に家畜屠殺《とさつ》禁止の命が出され、違反者は銃殺という厳しい示達《じたつ》である。直ちに住民監視の前哨線《ぜんしょうせん》が設けられ、多里少尉がその任務についた。住民の座間味盛和にスパイ容疑を問い、無実の罪に陥れて斬り殺したのも多里少尉である。その他家族全員を失い、山をさまよい歩く古波蔵樽《たる》を捉《とら》え、敵に通ずるおそれありと高橋伍長の軍刀にかけるなど、住民に対する残虐行為が始まった」

米軍は四月二日には早くもこの小さな島からたちのいた。四月二日の赤松隊の陣中日誌によれば、「特に記録するものなく、上陸したる敵は渡嘉敷島には見えず、撤退したるものの如し。（中略）主力は沖縄本島へ転進上陸したるものの如く、北部海岸より煌々《こうこう》たる明りを認む。又東海岸より那覇《なは》方面には敵艦船数百隻、本島に艦砲射撃を

実施」

敵は一時的に去った。阿波連方面に僅《わず》かに敵が残っているらしい気配もあるが、軍はすぐさま、食糧確保について行動を起こした。

連下政市少尉は農学校の出身者で、その方面の知識があったので、食糧確保のため、蘇鉄澱粉《そてつでんぷん》を採取する責任者となる。防衛隊員の大半と水上勤務隊に属していた軍夫五十名がその指揮下に入った。別に数名の人々が楠原中尉の命令のもとで、野菜採取をすることになった。

「明（四月）八日夕食より、各隊は雑炊《ぞうすい》、または粥食《かゆしょく》を実施すべし（定量は一人一日三百瓦《グラム》以内とす）。（中略）各隊は野菜家畜類その他の物資を自由に収集することを厳禁す」

飢えとの戦いが始まった。糧秣《りょうまつ》は、開戦前約六カ月分が現在人員の約二カ月分である。村民側は米麦の収穫なく、自給自足不可能、と陣中日誌にはしるされているが、「村の人は食糧をそれぞれに持ってましたよ」という兵隊もいる。

現地自活班が組織され、「栽培収集加工」一切が行われるようになった。

もっとも、兵たちはただ食べることに全力をあげていただけではなかった。四月十五日には木村伍長以下軍夫八名が渡嘉敷村落で、塚本、加藤上等兵が茶畑附近でそれぞれ交戦、戦死したのを皮きりに、四月二十六日にも五月十二日にも十三日にも、十四日にも小ぜり合いが行われている。とはいえ、初めから武器がないのだから、大きな戦いにはなりようがない。

『鉄の暴風』によれば、「米軍に占領された国頭《くにがみ》の伊江《いえ》島から、伊江島住民が二千余人、渡嘉敷島の東端の高地に、米軍艦によって送られて来た。島の農作物は忽《たちま》ちにして喰いつくされ、人々は野草や、海草や、貝類をあさって食べるようになった。その間、赤松大尉からは独断的な命令が次々と出された。四月十五日、住民食糧の五〇％を軍に供出せよ、という、食糧の強制徴発《ちょうはつ》命令があり、違反者は銃殺に処すという罰則が伝えられた。

住民の食糧の半分は、かくして、防衛隊員や朝鮮人軍夫等により、陣地に持ち運ばれた。

日本軍は、食糧の徴発命令のほかに家畜類の捕獲、屠殺を禁じ、これも違反者は銃殺刑に処す、ということであった」

「渡嘉敷島の戦闘概要」は、この間の「小ぜりあい」についてはそれを反撃とは見なしていない。

「赤松隊は極度の食糧欠乏《けつぼう》が目立って来た。下士官や将校は、夜間斬り込みと称して、米軍の食糧集積所を襲い、食糧や煙草等を確保するようになった」

食糧あらそいと共に、もう一つの問題がクローズアップされて来る。

「ある日のこと、既に捕虜になっていた伊江島住民の中から、若い女五人に、男一人が米軍から選ばれて、赤松の陣地に降伏勧告状を持って行くことになった。彼らは渡嘉敷村民とは隔絶されていたため、島の内情がわからない。それで白昼堂々と白旗をかかげて、海岸づたいに赤松の陣地に向った。彼らは日本軍陣地につくと、直ちに捕縛されて各自一つずつ穴を掘ることを命ぜられた。それが済むと、後手にしばられて、穴を前にして端坐《たんざ》させられた。赤松は、彼らの処刑を命じて、自らは壕の中にはいってしまった。日本刀を抜き放った一人の下士官が『言い残すことはないか』と聞いた。彼らは力なく首を横に振った。三人の女が歌を歌わせてくれ、と言った。『よし、歌え』と言い終らぬうちに、女たちは荘重《そうちょう》な『海ゆかば』の曲を歌った。この若い男女六人は遂に帰らなかった」

これも『鉄の暴風』による記録である。赤松隊による「住民虐殺」はこれだけでない、と告発する側は言う。

「渡嘉敷島の戦闘概要」によると、集団自決で重傷を負って、米軍に収容され、その後座間味《ざまみ》島の米軍病院で治療を受けていた小嶺武則、金城幸二郎という二人の十六歳の少年は米軍の使者として渡嘉敷島の村の人たちの避難地に派遣されたが、途中、日本軍に捕まり、米軍に通じた、というかどで、ただちに処刑された。又渡嘉敷小学校訓導《くんどう》・大城徳安氏は防衛隊員であったが、時々戦線を離脱するという理由でやはり処刑された。

日本人が日本人をそのような形で殺してよいのか、と憤った人たちは言う。果たしてそれらは事実であったのか。事実とすれば、なぜそのようなことが行われたのか。

私はそれらに対する答えの一部と、新たな問題を心に抱きつつ、或る夜、渡嘉敷の浜を歩いたことがあった。私は心萎《こころな》えていた。こんな調査をするのは、もうやめようかと思った。

ふと、私はその時、思ったのだった。

人間は人一人殺してみなければ、何もわからないのではないだろうか。

それはそのまま誰かに聞かれればたちどころに誤解を受けそうな言葉であった。殺すことを容認するのでは決してない。しかし、私はその時、ふと、人間は誰か一人を殺して、その苦しみの血潮に手を濡《ぬ》らしたとき、実は最も正確に人間の正体を見極められるようになるのではないだろうか、それ以外の観念的な捉え方は総て虚偽的なのではないだろうかという不安に陥っていたのだった。

八

今となって、昔の兵士たちが、何よりも、自然な情熱をこめて語るのは、空腹の話であり、食べられる筈《はず》のないものを如何《いか》に調理して食べたか、という問題であった。蘇鉄の皮の調理法を話す時の彼らの語調には、女たちが、自分の得意とする漬物《つけもの》の話をする時以上の情熱がこめられていた。そして、こと食物の話に関する限り、それが当時、どんなに深刻な問題であろうと、私は心おきなく笑うことができた。

当時十九歳だった第三戦隊所属の戸次《べつき》寛候補生が、終戦直後、沖縄本島の石川の捕虜収容所で、記憶の薄れないうちにと書きつづったノートは、鉛筆書きで、隅が鼠《ねずみ》にかじられているが、それでも一兵士の見た食糧欠乏《けつぼう》の状況がよくうかがえる。

彼らが二三四・二高地に設けた複郭陣地内に運び込んだ糧食は、米三十俵、缶詰《かんづめ》五箱、粉味噌《こなみそ》三箱、粉醤油《こなしょうゆ》三箱、他に乾パン五箱のみであった。これで五百名以上の兵が生きるのである。

「しかし、此の問題には、即時、日本陸軍的答えが発表された。減食一日七十五キログラム(これは一人一日七十五グラムのまちがい。戸次氏は自分のノートには誤記その他多くて……と初めひどくためらっていたが、当時の模様を伝えるためには、そのままが大切であると私は無理に借り出したのである。七十五グラムの米というのは、家庭用マッチ箱二ハイとちょっとくらいの分量である。——曽野註)調味料海水。爾後《じご》原地植物・一大光明が輝いた」

十九歳の少年はまだ決して絶望はしていなかった。

やがて特攻機によって沈められた米軍艦からの漂着物によって彼らは生きるようになった。その幸運にありつく気配は何よりもまず微《かす》かな重油の匂《にお》いとなって、彼らに感じられるのであった。

匂いがして来ると「今日は何かエモノがある」と彼らは元気づく。これをルーズベルト給与と彼らは呼んだ。ただちに部隊命令が出る。各中隊では最も体力のある兵をえらんで送り出し、帰りを一日千秋《いちじつせんしゅう》の思いで待った。

「Kレーション、乾キャベツ、その他缶詰をできるだけ収集して、二日も三日も連続往復せねば運搬できぬような大収穫の日もあった。一度に、中隊の中に、精気が漲《みなぎ》って来る。しかしいつも、此の様な大収穫がある筈はなかった。潮流の関係で、僅《わず》か二個か三個の腐れたバレイショを持って帰る日が多かった」

ルーズベルト給与は、六月中旬、特攻機の出撃が絶えると同時に望めなくなった。

「部隊は四月一日以来、一日僅か一人七十五グラムの米に飢えをしのいで来た。或《あ》いは芋《いも》を食い、木の実を食い、食用雑草を食って来た。日増しに、芋は一葉一茎も残さず食い尽し、今はただ、木の実と雑草だけになってしまった。岩石重畳《ちょうじょう》、松の大木の生《お》いしげるこの山谷に、芋畑がある訳がなかった。雑草も僅少《きんしょう》なものだった。芋が太り、緑したたる野草が茂っているのは、A高地以南の部落畑、敵陣地だった。部落民も又、食糧に苦しんでいた。しかし、彼らは手持ちの食糧で兵よりも裕福な生活をしていた。部隊も、敵の戦法と共に、第一段の陣地設営が終了すれば、愈々《いよいよ》長期戦の準備に邁進《まいしん》した。

陣地設営完了と共に一日五十グラムに、米食は減少させられた。一日五十グラムとは、一日一回、握りめし一個だけだった」

食糧の窮乏と反比例して構築作業は、永久陣地を作るためというので、ますます重労働になって来る。若い兵士たちは夢を見た。家族の夢よりも食物の夢ばかりだったという。雑草をとり尽すと、清水の流れる岩の間に生えている苔《こけ》を食べるようになった。蘇鉄の幹も食べた。土地の人はその澱粉《でんぷん》をていねいに処理してとり出し、団子《だんご》にして食べることを知っている。しかし兵たちは、「生のまま、二、三日、壕内で腐敗させ細かく切断して海水で調理する」のみである。その中にはウジがわいたが、ウジもそのまま煮て食べてしまった。

「鳥目になる者、象皮病（フィラリヤ）を患《わずら》う者……。今は（六月）中隊に立ち働ける者は僅かに、中隊長、小隊長、兵七、八名となって来た。しかし、我々は終日をついやして、海水を汲《く》みに行った。一大崖坂を、決死の覚悟で下って行った。そして腹に体に、入るだけのものを入れ、食ったり飲んだりして来た。浜の貝は言う迄《まで》もなく、海草、ヤドカリまで生で食い、腹一ぱい海水を飲んで帰って来た。青白く、痩《や》せおとろえた身体に、足は丸々と象皮病をわずらって赤くふくれ、歩行も不自由に、敵の給水タンクを背負い、軍刀を杖《つえ》に木の間をくぐり、岩を乗り越えて行く。（中略）終いに、トカゲも食って、食い尽してしまった。今は動物で食えるものはヤモリのみになった」

凡《およ》そ、口に入れないものはなかった。トンボ、蛙《かえる》、蛇《へび》……。

第三中隊長・皆本義博少尉は、勇敢な軍人と思われるには、いささか困った弱点を前々から自覚していた。長くてニョロニョロしているものが嫌《きら》いなのである。玩具《おもちゃ》の蛇を、自分の坐《すわ》る座蒲団《ざぶとん》の上に置かれただけでも、背筋に冷たいものが走るのであった。

そこへ或る日、部下が中隊長食べて下さい、といって、何だかよくわからないものを持って来た。

皆本少尉は用心して尋ねた。

「何だ、これは」

「蛇であります」

「バカ」

体中が気持ち悪くてがくがくした。もちろん、それが部下の厚意であることはよくわかっていた。蛇のカバヤキは実にうまい、という人は多い。今、死ぬか生きるかの飢餓線上《きがせんじょう》にありながら、しかし皆本少尉はやはり、長くてニョロニョロしたものは食べられないことがわかった。

皆本少尉は、その頃《ころ》見た一つの光景を今でもよく記憶している。それは、生まれつきウスノロかバカのように見えていた一人の整備中隊の兵であった。いや今思うとあまりの空腹に、彼は一時的に精神に異常を来《きた》していたのかも知れない。その兵はどこで捕えて来たのか、今はもうまともに入れるものもなくなった飯盒《はんごう》に、一匹の鼠をいれていた。そして誰彼となく、その鼠を見せびらかしては尋ねた。

「どうして食べたらいいかね」

この兵は、中隊一の食糧持ちだったのかも知れない。

誰《だれ》もが、あらゆるものを試食してみた。戸次候補生はシイノミを拾っているうちに、発芽しかけているのを探《さが》せばまちがいなく芽の下に、白い実の部分が残っていることがわかって来た。発芽していないのは、つまり虫が食ってしまっている証拠であった。山百合《やまゆり》の根、フキの根、キノコなどは上等の山菜であった。麦の芽も若いのを摘《つ》んで食べてみたが、喉《のど》がチカチカして飲み込めなかった。ヤモリは缶詰の空き缶にガソリンを入れ、点火してその上であぶって食べた。腹の方を焼いて皮をべりっとはぐと、内蔵もついて来る。しかしイモリだけは多くの人が、どうしても食べられなかった、と証言した。

六月下旬、最も餓死者が多かった、と戸次候補生は記憶する。身近の幾人かが、連日のように斃《たお》れてゆく。自分の生命はいつ迄保つのか。二年、三年生きのびられるとはとうてい思わない。只、幾日か、幾十日かだけ長く、この世に生き残るのだろうなと思うだけである。しかし、十九歳の少年兵は、次のようにも書いている。

「此の間、敵の迫撃砲の攻撃は、一日も余さず、連続〇七〇〇、一二〇〇、一七〇〇頃集中し、一五〇発は飛来して来た。餓死者続出するも、尚中隊保有米十俵あり。食わず、決して食わぬ。十年でも、二十年でも、敵が沖縄より潰走《かいそう》する迄」

何のために持っていた米を食わなかったのか。彼らはまだこの先、数年間も闘うつもりであった。それが不可能でも、最後の斬り込みに行く場合は、たらふく食べて死ぬためであった。十俵の米はもはや単に、食糧としての存在を離れて、彼らの生きるあかしであり、希望であった。戸次候補生の文章に生きている彼らの思いは、米国側の記録からも裏づけられる。

「渡嘉敷島《とかしき》では二世部隊や日本軍捕虜の将兵たちが、指揮官と交渉したが、指揮官は、彼の守備隊三百の将兵の降伏を拒んだ。(中略)幾月かたってのち、この指揮官は、天皇の終戦の詔勅《しょうちょく》の写しを与えられて初めて降伏した。しかもあと十年間は保てた、と

豪語していたのである」（『日米最後の戦闘』米国陸軍省編・外間正四郎《ほかませいしろう》訳）

軍は、果たして、古波蔵《こはぐら》元村長の言うように、「軍夫を使って、食糧の強制徴発と、それに家畜の捕獲禁止で違反者は銃殺に処すとの命令を出した」のだろうか。

古波蔵元村長は、「赤松いわく……隊では糧秣《りょうまつ》が不足すれば、隊のものを分けてやれということを決めたくらいだ、と今となってよくもこんなことを平気で言う、彼の神経を正常と認められるでしょうか。沖縄の地を踏んだので（この文章は赤松氏来島の昭和四十五年に書かれた）そうでも言わなければならぬ心情は、さぞ苦しく憐《あわ》れと察する」と書いている。

これに関する、赤松元大尉の返答は、皆本元第三中隊長に当てた手紙の中の一節を引用すれば、充分かも知れない。

「主陣地には、住民から一片の食糧も入っておりません」

主陣地には、という言葉には多少の含みがある。兵たちは村の人々と仲よしであった。戦いが始まる前まで、民宿をしていたこともあって、めいめい住んでいた家の人々と親しくなっている。斥候《せっこう》に出かけたり斬《き》り込みに行ったりする兵が、恩納河原《おんながわら》に集まっていた住民たちの所を通って出入りする度に、「スポンサー」であった村人から、時々厚意にみちたさし入れを受けることはあった。

当時の赤松隊長が米を住民に与えたかについて、元駐在巡査の安里喜順氏の言葉がある。

「沖縄戦が始って何したときに、部隊の食糧倉庫が海岸ばたにあったですよ、米の倉庫が。（中略）その米をですね、なかなか普通の部隊なら、沖縄の戦闘なら、民家のものをとって部隊は食べたそうですがね。赤松さんはその米を民間と軍とに半分分けしたですよ。そしてあるだけは食べて、ソテツも食べて、生きられるだけ生きようと、そういうふうだったですよ。普通の部隊長なんか、そんな米なんか食糧ですから、あいう情勢下では分けてやれない。そういう部隊長というのはなかなか……」

谷本小次郎候補生も言う。

「牛以外の食糧徴発は全くありませんでした。というのは、沖縄では、米の貯蔵は決してついた米という形で行われない。モミのままなのです。一家が細々食べて行くなら、一回ずつついていても何とかなるでしょうが、軍隊が食べる場合には、モミだと大変処理がしにくい。当然、問題になります。ですから、もし民間から徴発したモミを軍が持っていたら、米を見なれている本土の我々からみたら、どうする気だろうと、ちょっとひっかかるものがあるわけです。しかし私は、終戦迄、一度もモミを見たことがありません。

牛はたしかに軍が取る、という契約をいたしました。というのは、牛は当時もう、放たれていまして、それを、米軍が捕獲し出したのです。なけなしの食糧を敵にやることはない、ということになったのですが、何しろ、そういう訳で、牛は米軍の地域の近くにおります。危険で、島の方がとりに行けるところではない。それならば、その牛だけは、軍がもらうということになりました。当時の状況をご存じの方ならば、民間人が牛をとりに行きにくいことはわかっていた筈です」

赤松氏の副官だった知念朝睦元少尉は次のように発言している。

「食糧の分配の問題ですが、これは住民が取りやすい豚だとか鶏だとかをとって、取りにくい牛は軍が食べる。これは村長の目の前でそういう協定をしたわけです。ところがそういうことは、全然、戦記にもありませんし、新聞にも出ません。浮田という軍医が亡くなられた時には、私は全然気がつきませんでした。あの人が栄養失調なんですね。軍医なら、いろいろ葡萄糖《ぶどうとう》なんか持っておられたでしょうし、それが栄養失調で亡くなったということは、やっぱり苦しかったということだと思います」

浮田軍医については、古波蔵元村長も次のような手記を書いている。

「赤松氏の責任追及のあまり、隊員全員が悪かったかの印象を与えることは恐縮に感じている。一部の将兵を除いては、同じ日本国民としての道義的精神で苦楽を共にした軍人さんが多数であったことは私が申し述べる迄もない。特に戦死者及びその遺族に対しては、同情の念を禁じ得ないし、浮田軍医の如きは典型的な立派な軍人として村民より尊敬されていたし……」

浮田軍医が斃れたのは、アメーバ赤痢《せきり》であったと見られている。激しい下痢が続いていた。看護に当たった若山元衛生軍曹が言う。

「浮田さんは、実はベーコンを持っていたんですよ。下痢が続いた時、何とかして体力をつけなきゃ、と思ったんでしょうね、とっておきのそのベーコンを食べた。下痢の後には猛烈に空腹になりますけど、そんなものを食べたら悪くなるに決まってるんですよ。しかし、当人は、何としてでもなおりたかったんでしょうね」

豚や鶏など小型家畜は民間人用、牛のような大きくてしかもそれが半ば野生化しかかっており、しかも敵に銃声をきかれてはまずいので、捕獲しなければならず、捕獲の技術もいるという大型家畜は軍用、というルールが、末端では必ずしも守られていなかった。それが民間から見れば、軍が民の食糧を圧迫した、というふうに受けとられたのかも知れない。前出の戸次候補生は、自分もその禁を犯したことがあると語っている。

「斥候にはよく出ました。当時、朝鮮人軍夫と呼ばれている人たちをひどく圧迫したと言われていますが、私なんか、けっこう仲よくしてました。斥候に行く時も指名して連れて行くんです。軍夫連中も、ヒモとカマスを持って、つまり何かいいものがあったらとって来るつもりでついて来る。私も自分の銃を軍夫に持たせて、鉄カブトも別の一人にかぶせましてね。弾だけは持ってましたが、仲よくやってました。途中で迫《はく》（撃砲弾）が飛んでくると、一カ所にかたまっていたら皆やられてしまうから分散を命じるんですけど、とにかく彼らは私にしがみついて来ましたからね。

楽しいのは、出先で、山羊《やぎ》をつかまえて、屠《ほふ》って、煮て食べることでした。もっともこれは、五月初めの、敵が一時いなかった頃です。軍夫たちは実にうまく料理をしますからそれで体力つけていました」

古波蔵元村長の個人的手記の中にも「笑えぬ山羊うじの料理」という文章がある。

「住民は飢餓に苦しんでいた。ソテツ、木の葉、百合いも等、夜は海岸で米軍艦艇より放棄する漂流食糧の漁《あさ》りなど、生きるために食を求めて奔走していた。赤松は、村民へ家畜の捕獲禁止を命じて、自分らは、毎日牛や山羊を軍夫を駆使して徴発していた」


両者の証言は部分的にはおもしろいほどよく一致している。

「西山の軍陣地と阿波連《あはれん》部落とは、約七粁《キロ》もへだたっているので、阿波連で山羊を屠《と》殺《さつ》して、柳行李《やなぎごうり》に詰め、それを陣地まで運搬するには容易でない。日中は慶良間《けらま》海峡の艦艇より発見されるので夜間運搬となる。それで屠殺より、陣地到着までには時期を逸したら肉は腐敗する。そしてうじが湧《わ》く。折角の珍味たる山羊肉も腐っては、食卓を飾られぬことは、さらにうらめしいことである。赤松は、そのうじが湧いている肉を捨てるのは勿体《もったい》ないと考えたか、それともうじを村民に食べさせて早く死ねとの意図があってか、軍夫をして、我々の避難地へ運んで来た。

軍夫いわく、『赤松隊より、山羊料理を贈る』と。

不思議に思いながら、軍夫に開かせたら、開けてびっくり玉手箱ならぬ、うじの密群である。山羊の頭と骨以外は肉はうじと化して、ない。それで、軍夫に、赤松の厚意は君らが見る通りだ、持ち帰って赤松の食卓を賑《にぎわ》せ、と言いたかったが、隠忍《いんにん》した。いくら飢えたりといえども、うじ料理は戦時でも珍しいとしか言えない。軍夫に早く持ち帰れ、川に流して早く捨てなさい、と命じると、けげんな顔をしていたが、川に流して捨てた」

当時島に配属されていた二百十名の朝鮮人軍夫たちは、監督的な立場にあった数人をのぞいては、殆《ほとん》ど日本語を解さなかった。もしかすると、彼らには村長の言葉が一言もわからなかったのかも知れない。そして又、(蛋白質《たんぱくしつ》の分解による中毒の危険という)ことを当時どの程度まで考えていたか、という問題を別にすれば)軍側では、ウジを食べるのは当然と思っていたようである。住民側がウジのわいたものなど食べられるか、と考えたのももっともである。その意識の差を生んだものは、食糧がどの程度窮迫していたか、ということにもよろう。つまり、これは一部の隊員から出た言葉であって、数において証明することは不可能であるが……。

「軍の方には、餓死者が出ましたよ。しかし住民の方には、軍のような死に方をした人はあまりいないんじゃないかな。勿論《もちろん》、高齢の方や、子供さんなんかで、悪い生活をしているうちに、自然に体力が衰えて、(戦争がなければもっと生きぬいたものを)やはり栄養失調のような形で、亡くなられた方はあると思います。しかし、住民の方が明らかに食糧は持っていた。僕自身、ある日、住民の方が、隠れるように岩蔭《いわかげ》に消えたのを見てました。そのかげにきっと食糧が隠してあるんだろう、と思いました。それを盗らなかったか、ですって？　そういうことはぜったいしません。候補生の誇りが許さなかったです。それに、住民の方だって、辛《つら》いだろう、気の毒だなァという気がありましたからね。盗ったのは、むしろ米軍からですよ。これはあらゆるチャンスを使って盗ろうとしました。彼らのゴミ捨て場を漁《あさ》ったこともありますからね。

住民の食糧を軍が強奪したことですか？　それは、皆無だと私が言明する訳にもいきませんが、私としては聞いたことはありませんね。盗ったとしても、強奪ではなくて、たとえば軍夫などが、ちょっとかすめ盗った、という感じじゃないですか。軍夫たちにとってみれば、言葉もわからない日本人のために、そうそう義理だてしなくても、という気持ちがあるでしょうからね」

その言葉は必ずしも正確ではない。赤松隊側の「陣中日誌」の昭和二十年、六月二十六日の項には「作業に陣地外に出る者、部落民に糧秣を強要するものあり、強奪せしものは、厳罰に処す旨各隊に通報す。水上勤務隊軍夫三名氏名不詳、恩納河原に於て糧秣を強要したる模様なり」とある。

盗ったのは、もともとの海上挺進第三戦隊の隊員ではなく、いわばそもそもは「よその部隊」だった水上勤務隊の、それも正規兵でない軍夫がやったということなのだろうがその結果起こった、誰の、どのような些細《ささい》な行為でも、それが指揮官の責任でない、ということはない。

ちなみに、軍の、民に対する徴発ということは、当時、法的にどのように考えられていたか。

原則としては、民需を軍需に使う場合、対価を与えなければならない、与えないのは略奪である、という。ただし、対価というのは、代金とは違う。代金は売る方が請求し、対価はこちらで価格を決定するものである。

この場合、もし赤松隊側が、牛に対して何らの対価を払っていなければ、それは略奪になるかどうかという点について、私は旧軍の法務官であり、現在弁護士の阪埜淳《ばんのじゅん》吉《きち》氏に尋ねた。

「それは恐らくカルネアデスの板ということになるんでしょうな。カルネアデスの板というのは、船が難破した場合、そこに流されて来た一枚の板のことなんですね。これに甲と乙がつかまったら二人とも沈んでしまう。それで甲が、乙を殴りつけて、手を放させた。こういう場合、甲のなしたことは、殺人行為かというと、それじゃ、あまりかわいそうだ。これは甲の緊急避難のために、やむを得ざるものだった、ということになる」

人間には、自己を滅して他人を救うほどの英雄的行為はできない。それを又、法律的にも期待してはいけないということなのだ、と私は考えていた。

「だから、実情のこまかいことは、個々に調べてみなくちゃわからないが、この島はその当時、主観的には、日本軍がいて守らねば、ただちに米兵がやって来て、恐ろしいことになると思われていた。とすれば、戦力保持のための食糧は、いわばカルネアデスの板になる。その場合、食糧を分けてもらってしかも対価を払わなくても、カルネアデスの板だと思われるケースもあり得るでしょうね」

兵たちは次々と死んで行った。安里元巡査の言葉も、その頃の状況を伝えている。

「皆動けなくなってた頃、誰かが、ナツメの砂糖漬けですね、アメリカの漂流物を持って来て、それをなめたです、そしたら、下痢が止まってしまった。もう半年ぐらい山ごもりして、ソテツばかし食ってるでしょう。あの島全体のソテツのあるだけは食って、後は敵の船からの漂流物です。衰弱した身には砂糖が一番いいんだなあと、あの時初めて、自然にわかったですよ」

第一中隊の木村幸雄候補生は、昭和四十六年四月十日、豊田市で赤松嘉次《あかまつよしつぐ》氏を囲む会合でこう言った。

「僕は、この席でお尋ねしたい。いつ迄、あの上で僕らを釘《くぎ》づけにしとく気やったか、ということや。(笑)もうちょっと続いたら、我々完全に餓死ですよ」

そうだ、もうちょっとやったね、という声が同席者の間であがった。木村氏は言葉を続けた。

「僕は中村(彰)中隊長のとこへね、行きましたよ。あんた(赤松氏)と中村中隊長が、真っ黒けの顔して、やけて、タヌキみたいに目だけ光らして、壕《ごう》の中で坐りよったでしょう……まあ、聞いて下さい。中村中隊長が小便に出てきたわけや、ヒョロヒョロッと。その時、僕は敬礼して『中隊長殿。みんなあきまへん。ポツポツきてる。いつ頃、突撃しますか』ときいたら『中隊長のおれの知ったことやない。赤松隊長の命令があれば、いつでもでるんだ』と言うた。ボツボツ限界ですよというたのが、僕の記憶では八月の五、六日頃。だからまあ内ゲバみたいになりますけど、九月までもし日本が負けなかったら、あの状態でいっとったら、九月頃にはもう、三分の一ぐらいしか残っとらん。あのままでいったら自滅ですよ。自滅さすということに、僕は戦隊長として能力を問う訳です。自滅する前に、せっかく戦いに行っとるんですから、ワァーッと行くのが、軍人の道ではなかったか」

私はこのことを、一人の戦争体験者に話したことがあった。彼の個人的な判断を聞くつもりはなかった。私はただ、そのような場合の判断の方法を尋ねただけだった。彼は口の重い人物であった。彼はあまり親切な人ですらなかった。ただ彼はこう言った。

「餓死する迄は、餓死にならんのですよ。飢えなら、一食抜いても飢えと言えてしまうから」

餓死による死は、死んでからしか証明できないのだから、つまり部隊はそのまま、じっと、死守しつづけるほかはなかったのだろうか。

死者たちは静かにこの世を去るのであった。それを見守る人々は、往々にして死が一人の兵士のすぐ近く迄来ているのを、極めて科学的な方法で知らされることがあった。

死が近づくと、それ迄、あらゆる兵たちの衣服の縫い目に、べっとりととりついていた虱《しらみ》がかき消すようにいなくなるのである。その代わりに、「まだ生きている死者」たちの、目、鼻の穴、口唇、耳の穴に蠅《はえ》がびっしりと卵を生みつけた。それらのものは、既にウジとしてかえり、あるものは卵のまま、それらの器官をふさいでいた。そしてしばしば、末期の人間たちの吐く息は生きながら「死臭」を放っていた。

本当に生きている人たちも、その生は、はなはだ覚束《おぼつか》ないものだった。初め点呼は戸外に並んで行っていたが、弾に当たる危険性もふえて来たので、壕内でするようになった。中隊長自身が、既に、歩行もたどたどしく杖《つえ》をついていた。血便が出ると、二、三日で死ぬ、ということを誰でもが知っていた。今まで痩《や》せこけていた人が、急に太ったように見えることも危険であった。そのような人に、最後におもゆを飲ませると、噴水のように吐いた。体が受けつけなくなっていたのだった。

ある兵は、体の弱っていた友と小声で話し合っていた。暫《しばら》くすると、自然に話がとぎれた。相手は眠ったのだろうか。何分間かして、彼は突如としてある恐怖に襲われて、その友の肩を叩いた。友は既に死んでいた。

死者が出ると、彼らは弱り切った体にむちうって、死んだ仲間のために穴を掘った。どさくさまぎれとは言え、埋葬の光景だけは、兵たちの記憶から決して薄らぐことはなかった。あそこに、こういうふうに、誰々の順に埋《い》けた、ということまではっきり記憶していた。日の丸の旗で顔と頭を包み、上着は脱がせ、シャツに階級章をつけて、穴の底に横たえた。

第三中隊長・皆本義博少尉がふと霊魂不滅ということを感じたのはその頃であった。皆本少尉は、ある日、部下の埋葬を終わったあと数時間して激しい頭痛を覚えた。その頭の痛みは、普通のものとは少し違った。少尉は壕中に坐して、その痛みは、誰かが自分に注意を喚起しているからだというふうに感じたのだった。

前夜、激しい雨が降った。そのことが少尉の心にひっかかっていた。しかし雨ぐらい何だ。雨はいつでも降る……。

思いついて少尉は前日の埋葬の跡を見に行った。豪雨が土砂を洗って、死体の一部が地表に出ている。ちゃんと埋めてくれ、と死者が呼んだのだ、と少尉は思った。

自然にやって来た死ではなく、人為的に与えられた死に関する告発が、渡嘉敷島には黒いしみのようになって残っている。

赤松隊がこの島を守備していた間に、ここで、六件の処刑事件があった、といわれる。

琉球政府立・沖縄史料編集所編『沖縄県史』によっても、そのことは次のように記されている。

一、伊江《いえ》島から移住させられた住民の中から、青年男女六名が、赤松部隊への投降勧告の使者として派遣され、赤松大尉に斬り殺された。

二、集団自決の時、負傷して米軍に収容され、死を免《まぬか》れた小嶺武則、金城幸二郎の十六歳になる二人の少年は、避難中の住民に下山を勧告しに行き、途中で赤松隊によって射殺された。

三、渡嘉敷国民学校訓導《くんどう》・大城徳安はスパイ容疑で斬殺された。

四、八月十五日、米軍の投降勧告に応じない日本軍を説得するために、新垣重吉、古波蔵利雄、与那嶺《よなみね》徳、大城牛の四人は、投降勧告に行き、捕えられることを恐れて、勧告文を木の枝に結んで帰ろうとした。しかしそのうち、与那嶺、大城の二人は捕えられて殺された。

五、座間味盛和をスパイの嫌疑で、多里少尉が切った。

六、古波蔵樽《たる》は家族全員を失い、悲嘆にくれて山中をさまよっているところを、スパイの恐れがあると言って、高橋伍長の軍刀で切られた。

赤松隊側の「陣中日誌」によると、次のような記録がある。

「七月二日、防衛隊員大城徳安、数度にわたり、陣地より脱走中発見、敵に通ずるおそれありとして処刑す。米軍に捕えられたる伊江島の住民、米軍の指示により投降勧告、戦争忌避《きひ》の目的を以《もっ》て陣地に侵入、前進陣地之を捕え、戦隊長に報告、戦隊長之を拒絶、陣地の状態を暴露したる上は、日本人として自決を勧告す。女子自決を諾《だく》し、斬首を希望、自決を幇助《ほうじょ》す」

赤松隊長の副官でもあった知念朝睦元少尉は次のように話してくれた。

「私はあれについては少し詳しく知っております。伊江島の人たちが、米軍の手によって渡嘉敷島の一部に連れて来られた時、私は斥候を命じられて鉄条網をくぐって、その中に入って行って、三日間彼らのいる家の床下で暮らしたんです。何しろ言葉の問題がありまして、他の方が行かれても、伊江島の人の喋《しゃべ》るのは多く方言ですから、地元出身の私でないと、彼らの話を盗み聞いて、状況を分析するというわけに行かないのです。

私は入るとき、死ぬつもりでしたので、新しい軍靴《ぐんか》をはいて行きました。それが帰る時、雨あがりの土の上にくっきり残って、それが見つかって、以後、警戒厳重になってしまったのですが……。昼は点呼もありますし危険で出られません。昼は床下でねていて、夜になると上って行って彼らと話をしました。まあ、この時のことで、私たちのいることがわかって、日本軍は負けそうだから、というので、後日、投降しろと言って来たわけです。

勿論その三日間には、後でそのようなことが起こるとは思ってもみませんでした。これがずっと後なら、又受けとり方も幾分違ったかも知れませんが、まだその段階で投降などということは、誰の頭にもない訳です。伊江島の方たちはアメリカの中で裕福な暮らしをされていて、そういう生活のほうがずっといい、と思っていられたのかも知れませんが、その当時の私たちは、どんなに辛くとも、頑張《がんば》ろうと思っていたのですから、投降などすすめられると、非常に怒ったわけです。

それで、勧告に来た人たちは、歩哨線《ほしょうせん》でつかまってしまって、部隊に連れて来られました。彼らは米軍の作ったビラも持っていました。隊長は、日本の陣地内に入った以上は、陣地の内容を知ったので帰すわけに行かない。又食糧も足りないので、ここで使う訳にも行かない、だから君等は死んでくれ、と言われました。そしてその場で斬られたのですが、女の人が一人生き返って逃げているのが、翌日わかりました。基地隊の西村大尉が見つけて、非常に怒られました。というのは、私が同郷人だというので、逃がしたのだと思われたのだと思います。私は夜中に起こされまして、探して処分して来い、と命ぜられました。私は捜索に行って見つけて、斬りました。

とにかく、犬のように縛っておいてでも、生かしておけなかったか、という御質問ですか？　それはその当時の状況として、かなりむずかしかったと思います。その当時、我々も弱った体にむちうって戦っている。そこへ、投降しろ、と言って来たのですから。基地隊の西村大尉という方はお年もかなり上で、大変厳しい方でした。日本人の心を裏切るようなことを言って来ているのに、そのまま放置しておけば、その言葉によって、兵隊の中から、脱落者のでる恐れもありますし、ふせがなければならない、ということに自然になったと思います」

何人かの記憶によれば、そこには、村長、女子青年団長などがいて、盛んに「裏切り者」を面罵《めんば》した。もっとも古波蔵元村長によれば、軍とは全く離れていた自分には、そのようなことはあり得ない、と反論している。いずれにせよ、そこにいた人々は兵も住民も怒っていた。つるしあげがあったことは確実のようである。

「男三名は、通敵のおそれがあるので、私が処刑を命じました。女の方たちは、さかんに面罵されたあとだったので、自決しますと言われ、鈴木少尉が自決幇助しました」

と赤松元大尉は言う。

「その時の気分はとても、今の方にはおわかりにならないです」

と当時、本部の壕で、綿密な記録をとり続けていた谷本小次郎候補生も言った。

「こちらも命をかけてやっているところへ、その目標そのものを、壊すようなことを言いに来た訳でしょう。それは相手を排除しなければ、こちらがくずれる感じでした。それがまちがっているなどという感じは全く持てなかったです」

一つの時代に生きた当事者たちの心理を度外視して、その時代を理解することはできまい。しかし、又、そこに心理と感情以外の一つの明確な論理が通っていたかも、考えられなければならないのである。

九

「渡嘉敷《とかしき》島には、既に戦闘がすんだ伊江《いえ》島から、米軍によって連れてこられた住民がたくさんいたが、米軍が、その中から女五人、男一人を選んで、渡嘉敷島守備隊長・赤松嘉次《あかまつよしつぐ》大尉の陣地に、降伏勧告状を持たせてやった。軍使はふつう殺さないのが常識である。それに女はまさか殺すまい、と思って、米軍は使者にたて、男は道案内のつもりだったのだろう。ところが、彼らは、日本軍陣地で捕えられ、各自穴を掘らされ、斬首《ざんしゅ》された。実に残虐で、不愉快な事件である。墓穴を掘らせたやり方も考えさせられる。大陸で中国捕虜を殺したやり方だ。

当時、渡嘉敷国民学校の教頭だった、島尻郡豊見城《とみぐすく》村出身の大城徳安が、注意人物という理由で斬《き》られた。

赤松隊長のやり方を、ひそかに批判したことが知られて、陣地につれていかれて、重労働を強制されていたが、妊娠していた妻のことが気になったのか、陣地をはなれて家族と会いに行ったために、縄でしばられ、陣地附近に連れて来られて斬首された。ほかに防衛隊員が命令違反のかどで斬られ、朝鮮人軍夫が多数殺されている。米軍の降伏勧告状を持って行った十五、六歳の少年二人は銃殺された。米軍が降伏勧告の使者に、女や子供を使った配慮と、それらの使者たちがみんな殺されている事実は見逃せない」

赤松弾劾《だんがい》の立場をとる人々の気持ちを、最もよく代表しているのは、赤松伝説のバイブルとなった『鉄の暴風』の筆者の一人である太田良博《おおたりょうはく》氏が、わざわざ私のために要点を書きとめた、右の文章である。

私はこの文章を、赤松隊の人々の前で読み上げたことがあった。

赤松「墓穴を掘らした……ねえ。そんなことは、そんなこと、ないでしょうなあ」

隊員「マッチ箱の、こんな小さなマッチ箱一ぱいの食糧で、墓穴を掘るような体力があったかどうか。わしら、もう……」

赤松「米軍の軍使ではないですね。軍使であれば、もちろん米軍からの書類なりなんなり持って来ますしね、旗も」

非戦闘員である村民からみれば、それは立派な軍使に見えた。しかし旧軍の法務官の一人であった阪埜淳吉《ばんのじゅんきち》氏によれば、彼らは軍使ではない。国際法上の軍使というのは、白旗をかかげ、司令官が軍使として命じたと信ずるに足るもの、たとえば制服を着用していなければならない。つまり正規の戦力構成員でなければならない。ましてや敵国人（米軍からみて日本人）を軍使に使うことなど考えられないという。

しかしそのような専門的知識は、村民になかったのも当然であり、米軍側でそれを命じた人にも、もしかするとなかったのかも知れない。

赤松元大尉は陸軍士官学校で「一回さあっと」専門家ではない教官から陸軍刑法を習った、と言っている。しかし、将来いずれにしても、そこには先任将校がおり、自分はそれに従えばいいのだ、というふうにしか若い将校は考えなかった。その時、頭に残ったのは「敵前逃亡は死刑だとか、そういう一般的なことが少々」だけで、戦時中もくり返し陸軍刑法を携行してそれを読み返すようなことはしなかった。

当時の赤松隊長が、大して迷うことなく、当時死刑に値すると思った村民の行為は、それならば法的にどのような条文に当てはまるのだろうか。

陸軍刑法には、死刑に処せられるべきものとして、第二十七条の3に「軍事上ノ機密ヲ敵国ニ漏泄《ろうせい》スルコト」というのがあり、第二十八条の4には利敵行為の一項目として、「隊兵ヲ解散シ又ハ其ノ潰走《かいそう》混乱ヲ誘起シ又ハ其ノ連絡集合ヲ妨害スルコト」というのがある。

伊江島の人々が投降勧告に来たのは利敵行為として第二十八条の4に相当し、彼らをもし米軍側に帰せば、陣地内を見て戦力その他を洩《も》らすことになるから、第二十七条の3に該当すると思ったのだろうか。

しかし阪埜弁護士によれば、伊江島の人々は第二十九条「前二条ニ記載シタル以外ノ方法ヲ以《もっ》テ、敵国ニ軍事上ノ利益ヲ与へ、又ハ帝国ノ軍事上ノ利益ヲ害シタル者ハ、死刑又ハ無期若《もしく》ハ五年以上ノ懲役ニ処ス」に相当したからと思われるが、しかし「死刑とは思えませんねえ」と言うのである。

「司令官としては、利敵と判断するにしても、現地処分は許されないのです。たてまえとしては、軍の隊長として、逮捕し、捜査する。軍法会議にただちに送致《そうち》して、起訴処断する、ということになるのです。

ただし、合囲《ごうい》といいますか、敵前の場合、憲兵もいないし、縛ってもおけない、という状態の時は、正当防衛と緊急避難と二つの理由を大幅に認めた。つまり投降勧告の意思を、部下に知らせたり、配置などを見たりして、通敵されるかも知れない。全滅をさけるために、やむを得ず処断したということになるのでしょうが、この場合でも、果たして現地処分殺害が正当防衛に当たるか、軍事司法裁判所が決めるわけです。オーバーであれば誤想防衛というケースもあります」

女子たちは殺して下さい、と言ったということになっている。これが真実とすれば、皆に責められ、日本国民としてあるまじき卑怯《ひきょう》な行為をした、というふうに、思い始めたからなのだろう。その場合の赤松隊側の責任は、一般刑法による自殺幇助《ほうじょ》に該当するという。

陸軍刑法第二十一条によると、「陸軍ニ於《お》テ死刑ヲ執行スルトキハ、陸軍法衙《ほうが》ヲ管轄スル長官ノ定ムル場所ニ於テ銃殺ス」ということになっている。伊江島からの男性は斬り殺されたのであった。これは銃弾を節約し、かつ敵に銃声を聞かれないためだとは言うが、法的に違法ではないか、と私は阪埜弁護士に尋ねた。

すると、軍人を銃殺刑に処するのは、軍人としての名誉を与えるためで、たてまえとしてはそれ以外の方法は許されないが、現実としては行われ得る。急迫性のやむをえざる行為として、銃殺以外のものもある、ということであった。

民間人を軍事刑法で裁くことはできるのかという問題に関しては、民間人は民刑法で裁くのが普通である。しかし軍規律を維持するために、特別刑法として陸軍刑法と海軍刑法があり、その中に、軍人のためのみの純正軍事犯と準軍事犯の二つの観念がある。準軍事犯は、たとえば民間人が軍用物資を盗んだ場合などに、民間人といえども軍事犯に準ずるものとして裁かれる訳で、民刑法ではなく、特別刑法としての陸軍刑法ないしは海軍刑法の裁きを受けねばならないのだそうである。

軍側が、その日誌の中でも確認している処刑には、大城徳安訓導に対するものがある。

大城訓導の場合は、前述の太田良博氏の告発に少々つけ加えねばならない。太田氏を初め、島の人々から見れば大城教諭はただの教員であったかも知れないが、軍側からみれば彼はれっきとした防衛隊員であった。初めて防衛隊員という言葉を聞いた時、私も又、本土の警防団のようなものを連想したのである。つまり非常時になったので、横丁のダレソレさんは体がききそうだから、あの人もいれてという具合に、民間で自発的に組織した自警団のようなものを考えたのである。その人が時々戦線を離脱して家に帰ることが、そんなに悪いのだろうか、と私も疑ったのであった。

しかし調べてみると、沖縄の場合の防衛隊員というのは、れっきとした兵であった。「第三十二軍においては、航空基地の急速設定時の特設警備工兵隊の編成、遊撃隊の編成などに防衛召集を実施したが、二十年二月中旬情勢が急迫を告げた際、相当数の防衛召集を実施し、更に三月上旬約十五日間を目途《もくと》として大々的に防衛召集が実施された。この際学徒の一部も動員された」(国頭《くにがみ》支隊命令綴)

召集されたのだから、正規兵であった。ただし彼らは他に類例を見ない気の毒な兵であった。妻子が身近にいる所で、戦わねばならなかったのである。月明の夜・渡嘉敷島の桟橋《さんばし》で、島の婦人たちからその時の事情をきいた時の、次のような会話が私のテープレコーダーに残っている。

曽野「それで、大城先生という方のお話が有名なんだけれども、その大城先生に関しては、ものすごく村の方も怒っていらっしゃるわけでしょう」

A「そうでもないんです」

曽野「大城先生という方は、性格の変わった方なんですか?」

C「大城さんというのは、意地がなかった人です。臆病者《おくびようもの》よ。空襲のときから、そんなんだったんですよ。（中略）自分の担任の生徒よりも、自分の子どもをあれしてさ、空襲警報なったら生徒を捨てても自分の子どもを連れに行きよった。して私たちは校長先生が連れて壕《ごう》に行きよったよ。臆病者で自分の子供はいつも自分の前で……」

曽野「その最中に生まれたお子さんがあるわけですね。それが心配で抜け出したっていうお話伺いましたけど。お産なさったんでしょう、奥さんが」

B「いえ、お産は山から下りて来てからですよ」

曽野「そうですか。じゃ奥さんのお腹が大きいんで、心配して見にいらしたんじゃないんですか」

D「それにですよ、又こっちの住民は、自分たちで、食糧、蘇鉄《そてつ》の製造もして、お米とって来て食べることできるけど、この奥さんは、奥さんも先生だから、ほんとにこれ、全然ご飯の食糧とって来てやることできないから、子供たち養うに。いつも、この先生、防衛隊にとられてますけど、どうしてるかって見に行きたかったわけさ、奥さんの面会に。うちのおじいさんが、よくこの話しよったけど、防衛隊では同じ部隊だったそうです。してから、行って来ますとてか、へえよくこの蘇鉄の製造に、また防衛隊いかしよったって。したらこの先生、わざわざ奥さん見せながら、渡嘉敷の防衛隊がですよ、自分を行けとって、兵隊から言われたら、この先生わざわざ代わりにこの蘇鉄の製造にいながらに行かすとって話したら。何でだれが君行けと言ったかと言ってからによ。先生に、この人に何か一言兵隊が言ったら、この先生、必ず言葉返しよったそうです。『人に行かすのに、何で私を行かさんかあ』とて。（中略）この先生またふだんからちょっと気が狂っていたんですよ」

曽野「どういうふうに気が狂ったんですか」

A「やっぱり自分の家族のことを心配して……」

D「心配してるでしょう。臆病だもの」

玉井村長「どんなことやったの、狂って……」

A「丹前《たんぜん》つけて地下足袋《じかたび》はいて、へんな恰好《かっこう》して歩いている（笑）」

C「へんな恰好して歩いてたよ」

玉井村長「やはりこれは、洋服がないから、（身に）つけるものがなくて、やったんじゃないの？　そういうことじゃないの？」

B「歩く形でもおかしかったよ」

D「道から出て歩きよったけど、先生おかしかったよ、頭が、気が狂って……」
C「大きかった人やったねえ」
A「高くして、ほっぺたこくして……」
B「人の後から、可哀そうにこうして……」
C「それからね、気が狂ってから殺されたんやったかねえ」
D「義勇軍もそうとうアレだったよ」
B「可哀相ではあったよ、大城先生は……」

陸軍刑法第四十九条によれば、「衛兵、控兵、巡察、斥候《せっこう》其ノ他警戒又ハ伝令ノ勤務ニ服スル者故《ゆえ》ナク勤務ノ場所若《もしく》ハ隊伍《たいご》ヲ離レタルトキ又ハ到ルヘキ場所ニ到ラサルトキハ、左ノ区別ニ従テ処断ス。

1、敵前ナルトキハ、死刑又ハ無期若ハ十年以上ノ禁錮《きんこ》ニ処ス（以下略）」

赤松隊長は陸軍刑法を携行してもいなかったし、刑法そのものを細部まで充分な時間をかけて教えられたこともなかったように思う、と赤松氏は言う。あの頃の常識では「敵前逃亡は死刑」が国民一般の常識であった面もなくはない。

村の婦人たちの会話は、録音がよくないのと、方言の影響で正確にテープを書きうつつすことは不可能であったかもしれない。私流に解説すれば次のようになる。兵隊たちは蘇鉄の採集に出ていたが、他の兵隊がその命令を受けると、何で自分を行かさなかったのか、と大城先生はくってかかったというのである。採集に出さえすればそのついでに妻子の顔が見られる。大城先生が狂っていたかいなかったか、平時ならば、それは静かに観察され、判断され、保護されたであろう。しかし敵を目の前にして、誰《だれ》もそのようにこまかく考える者はなかった。軍は正気《しょうき》として規則的に処理したつもりであり、村民は臆病で狂った人と見た。

それでもなお、私の眼に残るのは、丹前を着て、地下足袋をはいて、変な恰好をして歩く大城先生の姿だけである。臆病かも知れないが、先生は紛《まぎ》れもない「無辜《むこ》の民」の一人であった。国家の将来よりも、飢えている妻子が気にかかる平凡な庶民であった。

阿波連《あはれん》の少年、小嶺武則、金城幸二郎の二人の十六歳の少年が避難中の住民に下山を勧告しに行き、途中で赤松隊によって射殺された、という事件になると、赤松元大尉の記憶はきわめて稀薄《きはく》になって来る。

古波蔵《こはぐら》元村長の手記によると、

「阿波連の少年二人の処刑についても、『自分で首を吊《つ》って死んだんです』と（赤松が）言っているが——この少年二人は（米軍の）捕虜になったが、後で家族のところへ帰されたもので、投降勧告に来たのではなかった。しかし乍《なが》ら、赤松は駐在巡査を使って家族の許《もと》より呼出し、下士官二人が途中で引取って軍へ連行し、赤松の処刑命令が出て殺されたことが事実である」

これに対して赤松元隊長の次のような談話がある。

「この二人の少年は初めてのケースで、四月の半ばごろに確かやって来たと思いますが、二人はもともと阿波連に帰されていたらしいんですね、米軍から。集団自決をしそこなって、米軍に収容されたのを、治療を受けてから、阿波連へ帰されたらしいんですよ。阿波連から、二人来まして、茶畑の歩哨線《ほしようせん》で日本の歩哨に捕まったんですね。何も駐在巡査とか、或《あ》るいは下士官が連行したというのではないんです。で、そういう報告は、どういうふうにしようかと、あったですからね（報告があって、どう処置しようかと、尋ねられた、の意。——曽野註）。

そのうちの一人は私が泊まっていた家の息子、私は次郎というのだと思っていましたが、こないだOさんから幸二郎と言われたんですが……私がよく演習に行った時に泊まったとこの息子ですから、私が行って様子を見る、と言いました。そしたら三池少佐（海上挺進戦隊の直属上官。渡嘉敷島を視察中米軍の攻撃が始まって、那覇《なは》帰任の機をねらいながら島にとどまらざるを得なくなっていた。——曽野註）が、『赤松、お前が行ったら、人情が移るから行ったらいかん』と言われた。しかし私が行って来ますと（言いましてね）、行っていろんな話聞いて来ました。そういうことだったですけど、やはりお前のような者、（幸二郎をさす。——曽野註）米軍に何を言われて来ているかわかりませんし、我々、とても監視する能力、いわゆる機能がありませんので、それで私は、とにかくお前は捕虜になったんだ、日本の者は捕虜になればどうするんだ。そしたら、兵隊さん、死にます、と、初めは言った。死ぬか、阿波連へ帰ってくれ。そしたら阿波連へ帰ります、いうので私は、そのまま、もどってきたのです。その後のことはどうもはっきり、わからんのですが、歩哨あたりに面罵《めんば》されたらしい。歩哨線のすぐ近くに米軍が電話線を引いておりましたが、それを松の木に引っかけて、それで首をくくったらしいのですが、詳しいことは私も見ていないのです」

「阿波連へ帰るかって、阿波連へ帰れたんですか？」

私は、おどろいて尋ねた。

「帰れますね。彼らそこから来たんだから」

「しかし、他の例でみると、陣地内に入った人は帰していらっしゃらないんじゃないですか」

「これが初めてのケースですし、彼らは陣地内に入っておらんのです。彼らは歩哨線でつかまってしまったのですから、通敵の材料がない」

「しかし、投降勧告という意思は持っていたのではありませんか。そういう人を放置すると、皆さんの目的に……」

「しかし阿波連の人達は、米軍の監視下にあって、まったく別の生活をしてましたからね。少年達が渡嘉敷の住民達に接触して、投降勧告を行うようなことがあれば、困りますが、そうでなければ、かまわん訳です」

しかし少年たちはその時、自分たちが日本人として生きていられぬことを悟った。赤松隊が射殺したか、阿波連への帰りに自分で首をくくったかは問題ではない。「死んでくれ」と言われた時、少年たちはすでに死を命ぜられたのである。

四番目にあげられたのは終戦直後、米軍の投降勧告に応じない日本軍を説得するために行った四人のうち、二人が捕まって殺された事件である。戦争中ならまだしも、終戦を知らせに行って、殺されたのだから、という怒りが投げつけられる訳である。

「八月十六日に、我々に対する投降勧告に四人ばかり出て、二人帰らなかったらしいんですね」

赤松元大尉は語る。

「そういうことが、渡嘉敷島の戦闘概要に出ていますよ。そのことで向こう（島）へ行った時に、与那嶺《よなみね》徳さんですか、その時、帰らなかった方の息子さんですね、その方がお見えになって、命日を教えてほしい、と。それまでぜんぜん記憶ありませんし、どういうことですか、と聞いたら、結局、八月十六日の朝、米軍から手紙を貰《もら》って、四人が投降を勧告に来たらしいんですね。そのうち二人は兵隊の経験があったから、竹の棒の先に手紙をはさんでそれを地面に突っ立てて帰って来た。ところが後の二人はぜんぜん（軍隊の）教育がないから、歩哨線で殺されたらしい。とにかく私のところへは、その時彼らが置いていった、米軍の投降勧告書だけ届けられてきた。これが、米軍側のカンノリー中佐の公式文書です。その時に射殺された二人について知らないでいたのは無責任じゃないか、というおしかりを受けましたが、まあこれは言い訳になりますが、その時初めて正式の米軍側の文書に接した訳です。それからすぐ、将校会議をやりましたし、翌日軍使を出すための配備計画などして、大変だった訳です。翌朝は、木林《きばやし》中尉、知念（副官）なんかを軍使として出して、その後又会議をしてました。十八日に、私が本当にカンノリー中佐に会いにいった訳です。収容所に入ってから後も、下士官と兵は別の所におりまして、その話を聞くチャンスがありませんでした」

「しかし、陣中日誌を拝見いたしますと、八月十六日のところに『我が歩哨線、これを逮捕、一部処刑す』と書いておありになるではありませんか。陣中日誌に書いてあるものを隊長はご存知なかったのですか」

私は質問した。

「実を申しますと、陣中日誌を主に書きました谷本（候補生）も、私も、そのことについては、まったく、この前沖縄へ慰霊祭に行くまでは知らなかったんです。ひたすら、竹ざおの先にはさまれた手紙が歩哨線の前に残されたとばかり思っていた。ところが沖縄へ行った時、亡くなった方の遺児という方が現れて、これこれ、しかじかだと、いうお話だ。私の方の立場も御説明して、おわかりいただいたようには思いますが、ちょうど陣中日誌の印刷準備にかかっていた時でした。その事実がわかった以上、いくらこちらの記憶にないことでもいれねばいかん、ということで、谷本が後から付け加えたのですが、逮捕して処刑したんじゃなくて、誰何《すいか》して逃げ出したので、あくまでそのまま射殺したようです。部隊の歩哨は、十六日の朝ではまだ終戦になっていることを知りませんから、そうなるとやはり『作戦要務令』の歩哨の一般守則の通りに行動をしている。歩哨が三度誰何して相手が逃げれば、殺すか逮捕するか、これはやむをえないんじゃないでしょうか。住民だからうったんじゃありません。実は公向《おおやけむ》きは戦死となっていますが、うちの部隊にも友軍の歩哨に誰何されてとっさに答えなかったので、うたれて死んだ兵がいます。しかし十六日に、終戦になったということを、私が部下に伝えなかったということは……私も知らなかったけれども……」

その辺の情況をもっと説明してほしい、と私は言った。

「八月十五日の夜、七時五十分頃《ごろ》に、『一億一丸となって……』という断片的な内地の放送を無線機で受けたんです。それから九時過ぎの、ＮＨＫだと思いますけれども、当時、時事解説というのがあったですね。その時に、『戦後のイバラの道を』という言葉を、また受信して私の所へ持って来たんですよ。十二日頃から、ポツダム宣言のことは、米軍の無線放送でよく入るんですけれど、内地の放送は非常に入りにくいわけですね。どうも様子がおかしい、とは思っていました。米軍の放送は日本語でやっていたんです。それ、ポツダム宣言とか、いろんなことは聞いていましたけれども、そういう断片的なものは、通信隊に言って、伏せさせておきましたから、十六日の朝では、まだ、誰も戦争が終わったということは確認していないです」

一般の兵たちはまだ何も正式には知らされていなかった。ただ、彼らは八月十四日の夜、米軍の艦船が一せいに、あらゆる方角に向けて、発砲したのを見た。赤松大尉はそれを友軍の飛行機が来たからだ、と思った。しかしまもなくそれはやんで静寂が来た。空にはりつくような星があった。

又彼らは或る日、一隻の米軍の艦船が島のすぐ傍を通るのを見たのであった。その船はひどく静かな感じであった。そして突如としてその船は拡声器を通して「はあるが来たア、はあるが来たア」と歌い出したのである。

その時、本当に島にいた人々の上に春が来たのだったろうか。その曲を選んだ米軍の情報将校は人間の心を……もしかしたら文学を……解した人だったかもしれないと私は思いそうになる。

「荒城《こうじょう》の月」ではなかった。「春が来た」ことを島にひそむ兵たちに告げたかったのだ、と私は解釈することにする。しかし無惨な春であった。

米軍の船はそれから、「兵隊さん、長い間、ごくろうさまでした。もう戦争は終わりました。無駄な抵抗はやめて武装解除を受けて下さい」という放送をした。

「へっ、あんなデマを言いやがって……」

候補生の一人はそう言いながら、陽に背を向けて動物のように壕の中にもぐり込んだ。赤松大尉は情勢の変化を感じていた。しかし、それはどのような敵の策略かも知れない、と思い、軍としての正式な通達がない以上、完全に容認することはしなかった。

「軍使をたてたのは、十八日ですね。『日本軍最高指揮官に告ぐ』というやつが陣地の前に、十六日の朝、差してありました。その中に、軍使をよこせということが書いてあったのです」

二人の投降勧告者が、歩哨線で射殺された数時間後のことである。

投降勧告文は次のようなものであった。

「慶良間《けらま》列島・渡嘉敷島日本軍最高指揮官に告ぐ、
一、貴軍は現在特に大本営との連絡を欠きいるを以て、書面を以て貴官に次の情報を通報せんとする。
二、日本政府は、本日午前八時（日本時間）連合軍に対し、無条件降伏をなせり。
三、日本国天皇は次の如く宣せられたり。
全日本陸海軍並びに陸戦隊は、直《ただち》に敵対行動を停止し、最寄の連合軍軍隊に投ずべし。然《しか》らばジュネーブ会議に於て決定されたる交戦規定に基き、軍人としての礼儀と尊敬を受くべし。
四、投降の形式を貴軍と協定せんとす。貴官は協定のため、隊長以下全員、若し全員不可能の場合は、若干の代表を我が軍令部にさし出されたい。これら代表者は適切なる協定の成立したる後は、可及的速《かきゆうてきすみや》かに、貴官のもとに帰還せしむる事を、余の面目にかけて致たす。貴官の代表者は絶対に射撃されることなかるべし。
慶良間列島・渡嘉敷島米軍最高指揮官
ハビラン・A・N・カンノリー
昭和二十年八月十五日午前八時」

手紙は英文で書かれ、翻訳されていた。

兵たちが正式に終戦を知らされたのは、十八日に赤松・カンノリー対談があった後だというが、

「戦争が終わったと知った時、これで助かった、とうれしくお思いでしたか」

と、私は往年の候補生達に尋ねた、少しばかり重い沈黙が彼らを支配した。そしてやがて一人が、ポツリと答えた。

「村田政信いうやつが、言いましたけど、河童《かっぱ》に尻《しり》抜かれたような感じだった、ってね。実感ありましたね。みんな呆然《ぼうぜん》としてました。泣く奴なんかいませんでした。ただ馬鹿みたいになって坐《すわ》ってたことだけは、覚えています」

或る日、私は又、一通のハガキを受けとった。赤松元大尉からであった。

「（前略）当時、陸軍刑法など輪廓《りんかく》は観念的にはわかっておりましたが、深く研究せず（研究する方法も精神的な余裕もなかったのですが）、いろいろと処置するのにさほど抵抗を感じなかったように思いますが、それは私達も、今に近く死んで行くのだという気持が根底にあったからではないでしょうか。この気持は部隊の者がとった総《すべ》ての行動に働いていて、これを抜きにしては私達のとった行動は理解し難いのではないで

しょうか。こんなことを言うと、何故死ななかったのだと責められるかも知れませんが……」

私はここで或る意味で一つの根本的な問題点にさしかかった。

それは、或る人間の行為を裁くとすれば、どの時点で裁くのか、ということである。戦争は一つの狂気の時代であった。いや現代も又、時代が変われば、一つの異常な時代と見られ得る可能性もあるのである。少数の天才だけが、万人が狂う時代にも平静でさめて居られるのである。

「生きて虜囚《りょしゅう》の辱《はずかし》めを受けず」という言葉を、少なくとも私自身はあの時代に疑ったことはなかった。まだ十三歳と何カ月の少女だったから見抜く力がなかった、と私は言わないつもりである。私がもっと分別のある年頃であったとしても、私はその言葉に虚偽的なものを感ずる能力はなかったと確信している。なぜなら、私はそのように育てられ、それ以外の価値観がこの世に存在することを知らないに等しかった。私は訓練を受けたミミズと同様であった。左側からいつも電気を当てられると、右へ曲がることしか考えなくなるミミズと全く同じであった。

私のような人間は、常に自分が属する社会をひっくり返すような判断はできない。

現在の日本で……一部の人たちから言わせれば矛盾だらけの現状だというが、……初めから精神的に怠惰《たいだ》な私は、社会とはそもそもそのようなものだ、と思いながら、半ば無意識に、半ば意識的にダマされつつ生きるのであった。しかし私よりはるかに透明な眼と強い意志を持つ人々でも、決して現在の日本の社会構造を根本から否定して生きている訳でもなさそうである。

戦争のあの時代にあった人間の心を、今の時点から拒否することはいくらでもできる。しかし現状を受けいれつつあるこの同時代人に果たしてその資格があるものだろうか。

兵士たちは——とりわけ士官たちは、現在の日本人の心が傾斜しているような心情とは全く別の倫理の中で育ってしまった。それ以外のものの考え方などしないように仕込むのが軍隊というところであった。そしてその軍隊は、明らかに当時の社会から存在を容認されていた嫡出子《ちゃくしゅつし》であった。(そして今もなお戦争ではなく、軍隊の存在そのものが悪であるという考え方ができるのは、世界中で日本だけかもしれない)そのような中にあって、彼らに、その枠《わく》の中から飛び出すべきであった、と言える資格のある人のいることを、確かに私は信じている。しかし、それは少なくとも私の任ではない。

彼らの行動の原理の一部を、作戦要務令や陸軍刑法で裏づけようとすることは許せない、という考えに対する、これが私のためらいの理由である。

しかし何という貧しい時代だったのだろう。二十五歳の若い将校が、鸚鵡《おうむ》のように、教え込まれたまま、十六歳の少年に向かって、

「日本の者は、捕虜になればどうするんだ」

などと言っているのだ。そして生きたい盛りの少年も、その言葉をまともに受けとって、

「死にます」

などと答えたのだ。このような胸の悪くなるような芝居がかったセリフを、国民の殆《ほとん》どに何の苦もなく言わせるようにしむけた演出家は果たしてどこにいたのだろう。

何から何まで、このあたりの光景は貧しく悲しい。

たとえまるっきり狂っていようとも、その人を生かしておける社会を私たちは作ろうとしている。変わり者の大城訓導が、ちょっとした性格の異常さや、弱さのために、その存在が許されなかった光景も私には悲しい。大城訓導は決して抹殺《まっさつ》されなければならぬような人ではなかった。社会から充分に許されて生かして貰《もら》える程度の変人で

あり、弱い人であったように見える。

そして、平和の使者を果たし、戦いのやむ日を目前にしながら、数時間の差で射殺された米軍の使者であった日本人たちを思うと、私は平静でいられない。誰が悪いからそうなったのか。人々の血みどろの戦いの島に、果たして本当の原因になったものは立ち合っていたのか。そして誰がどのようにすれば、失われたものが果たしてつぐなわれるのか。

十

一連の事件の含む本質を考える前に、やはり、「終結」を見届けることは大切であろう。

赤松元隊長の「知らない所で」降伏文書を届けに来た二人が殺された後、陣地内ではどのような動きがとられただろうか。

曽野「初めて米軍のカンノリー中佐という方と会見なさった前後のことを伺わせて頂きたいのですが。どこでどういうふうに会われましたか」

赤松「渡嘉敷《とかしき》の下の部落ですね。前日に整備中隊の木林《きばやし》中尉と知念少尉とを、軍使で出した訳です。その時は、もし万一のことがあれば、一斉に攻撃に出ようと、A高地で会見ということになっていましたから、全部南側に機関銃集めまして、弾こめて二人が白旗持って、木林中尉はサラシ巻いて水盃《みずさかずき》して行ったんです」
曽野「お二人の姿が、皆さんからずっと見える訳ですか」
赤松「A高地というのは、こちらの陣地からよく見えたんですよ。約八百メートルくらいで、機関銃の射程内にありました。そこで米軍と一時間くらい会見をして、帰って来て、お前たちではだめだ。赤松隊長が来れば、米軍として正式に迎えるから、という伝言がありました。それで、その次の日（八月十八日）に私が出て行きました」
曽野「どこで米軍とお会いでしたか」
赤松「部落に米軍は幕舎《ばくしゃ》を張っていまして、そこへ私たちは降りて行きました」
曽野「そういう時は、黙って近づいて行っても大丈夫なものなんですか」
赤松「向こうの歩哨線《ほしょうせん》まで、日章旗と白旗を持って行ったんです」
曽野「白旗というのは——まさかあらかじめ用意してあった訳じゃないでしょうが、その場合、何ですか。シャツですか、シーツですか」
まさか、フンドシじゃなかろうね、という声が、元隊員の間からあがった。
赤松「医務室にあった、ガーゼか何かの布だと思います。それと日章旗持って、頑《がん》丈《じょう》な下士官ばかり選んで、向こうにみやげ持って行け、というので、なけなしの牛《ぎゅう》缶《かん》一箱、竿《さお》に通して、担《かつ》げる人間を連れて行こうというので行ったものですよ。すると歩哨線まで、向こうの中尉だったと思いますけど、迎えに来ておりまして、すぐ白旗は降ろして、自分がとってしまって、日章旗だけ持って行きました」
曽野「その中尉というのは、日本語を喋《しやべ》りましたか？」
赤松「いいえ、喋りません。A高地を通って、米軍の幕舎まで山を下りました。いつから会見だ、というと、どうぞゆっくり休んで下さい。洗面器に水持って来て、汗かいたでしょう、体拭いて下さいと、石鹸《せつけん》出されました。その時には通訳がいたんだな。タオル持ってずっとついていました。洗面して汗流したところへ、パインの缶づめと煙草《たばこ》を持って来たですよ。通訳に、いつから会議しますか、と聞いたら、日本軍の準備がよければ、落ち着いたらいつからでも始めます、いつでもけっこうです、と今度はテーブルを挾《はさ》んでやったんです」
曽野「初めに何と言われましたか」
赤松「一番初めに、『米軍の勝利に対して敬意を表する』というようなことを、言うたつもりですけどね。そう言ったら、カンノリー中佐から『あなたは、戦争が終わったことを知っていますか』という質問がありましたね。どうも終わったらしい。だから、それを確かめるかたわら、あなたといろんな話がしたくて来た、と言うた訳です。それからいろんな話があって、戦争が終わってるんだから、武装解除をせよ、という。ところが、我々は戦争が終わっているか、終わっていないか、まだ、全然わからないから、武装解除はできない。誰から命令があれば、あなたは武装解除をするか。上級指揮官から命令があれば、武装解除をする。

するとあなたの上級指揮官は誰か。まず三十二軍の牛島さんが上級だ。しかし牛島さんはもうおられません。その次は、台湾軍です。三十二軍は昭和十九年七月十五日以来台湾軍に所属していますから。向こうはそれでも首をかしげて、それもおらん、という訳です。その次は大本営だ。それなら丁度、河辺《かわべ》中将が伊江《いえ》島に今日到着するから、その方の命令でもよろしいか、という。それは結構です。そうしたら休んで下さい、そこから命令をとるようにします、と言いました。それから、向こうで無線連絡して、日本軍の将校が二人ここへ来るから、昼食をして、待っておってくれ、ということでした」

赤松大尉は、米軍から出された昼食を食べる。何を出されたか、今は記憶もない。只、覚えているのは、体が弱っていて食物を受けつけなくなっていた、ということであった。食事が終わると、早速米軍の便所にかけこんだ。砂の上に箱を置いて、箱に穴が開いている上に坐《すわ》るだけ、前も横も囲いはない米軍式であった。

赤松「午後、二時過ぎに、水上機が、渡嘉敷湾へ降りまして、日本軍の将校が二人来ました、と案内して来たんです。見ると、その二人は米軍の服装をしておるわけです。よく見ると、一人は、部隊が連絡に出しておった高比良軍曹なんです。もう一人は、東大出た中尉だったように覚えています。高比良軍曹は、戦闘開始前、沖縄本島へ連絡に出ていたんです。それが、今度、渡嘉敷へ連絡せいという命令を貰《もら》って帰る途中に、船がひっくり返って米軍の捕虜になっていたんです。それは知りませんでしたけれども、米軍の恰好《かっこう》して来たわけです。見たら、高比良でしょう。どうしたんだ、と言ったら『隊長、申しわけありません。この島へ連絡に来る途中、船がひっくり返って、魚雷艇に救い上げられて』と言い出したわけです。

もう一人の人に、

『あなた方は捕虜ですね』

というと、

『はい、私たちは残念ながら捕虜です』

『大本営の命令でもないんだな』」

既に禁断の木の実を食べた者とそうでないものとの明瞭《めいりょう》な意識の差を表す場面である。「残念ながら」、とは言いながら、学生上がりの中尉には、戦争終結の苦々しさは、それほどにはなさそうに見える。赤松大尉にとって、それは言葉にはならない苦々しさとして感じられた。しかし中尉はあくまで冷静である。

赤松「『私たちは、米軍側から得た情報を赤松さんにお伝えします。赤松さんには部下もおることだから、自分で判断して下さい。戦争は終わっております』

ということでした。いろんな状況を話してくれましたが、つまり命令ではなかった訳ですね。カンノリー中佐が、武装解除するか、と言いましたので、どうも戦争は終わったらしいけれども、まだ確認できないので、武装解除はできない。この二人は、何も日本軍からの命令ではなくて、米軍からの情報を我々に伝えただけだから、武装解除は受けられない。しかしどうも戦争は終わっているらしいから、戦闘はやめましょう。それで地図上で向こうとこちらで線を引いて、これからこちらは米軍来るな、これからこちらは日本軍来るな、境界線付近で作業をやる時には、白旗を持って作業をする。命令をどっかから貰えれば、A高地に白旗を立てるから、と向こうは約束しました」

日本軍は帰りに煙草を一ケースとパイカンを貰って帰る。既に、煙草は全く切れていた。赤松隊長は、会見中に、ずいぶん煙草を吸ったもんだな、と思っていた。

この一種の停戦協定のことが、赤松氏の知らぬ間に、沖縄では大きく、赤松隊の印象を悪くする方向に動く要因になったと見られる節《ふし》がある。

赤松元大尉を非難する一つの要素に、彼がいかに軍人として卑怯《ひきょう》であったか、という証拠を示すものとして、米軍遊泳許可事件というのがある。

『日米最後の戦闘』米国陸軍省編に、次のような部分がある。

「阿嘉《あか》と渡嘉敷作戦ではおもしろいことがあった。第七七偵察隊《ていさつたい》が両島を一掃したが、幾千の日本軍や民間人は、どうにかこうにか発見をまぬがれ、島の中央部の丘陵地帯の洞窟《どうくつ》や峡谷《きょうこく》や密林地帯に逃げかくれた。沖縄戦終了後、第十軍から代表団が来て、阿嘉の日本軍指揮官に降伏を勧告したが、この指揮官は肯《がえ》んじなかった。この島の日本将兵は、そう頑強でなく、ほとんどが島から逃れて降伏して来た。また渡嘉敷島では、二世部隊や日本軍捕虜の将校たちが、指揮官と交渉したが、指揮官は彼の守備隊三百の将兵の降伏を拒《こば》んだ。しかしこの指揮官は、米軍が山腹の日本軍陣地から離れている限りなら、別に米人が渡嘉敷ビーチで泳いでいてもさしつかえないと言ったのである。幾月か経って後、この指揮官は、天皇の終戦の詔勅《しょうちょく》の写しを与えられて初めて降伏した。しかもあと十年間は保てた、と豪語していたのである」

私はこの点を、赤松隊のダラクを示す最も客観的な資料として、何人かの沖縄の人々から示されたのである。

最初に私がそれを赤松隊側に尋ねた相手は、赤松隊長の副官で、常に身近にいた知念朝睦氏であった。

知念「泳ぐ、というのはどういうことですか?」

知念氏は、渡嘉敷島の記録については、デタラメばかりであり、かつ近頃は老眼がかかって来たので、一切島の話は読まないことにしている、というので、無論、『日米最後の戦闘』も読んだことはなく、逆に私にそう質問した。

曽野「ええ、一定の浜を決めて、そこでなら泳いでもいいと米軍に通告した……降伏以前です」

知念「我々が泳いで攻撃するというわけで……」
曽野「いいえ、向こうが泳いでも攻撃しないんです」
知念「しない？」
曽野「泳いでも、攻撃しない、んです」
知念「おかしいな。あの時、カンノリーさん、当時、大佐だと思いましたが、この方に実際お聞きすれば、一切わかりますでしょう。あの時、カンノリーさんは赤松さんに対しては尊敬しております。私が武装解除を受ける時、隊長と、当番の太田と、この三名一緒だったのです。他の将校は一応山へ返して、私と隊長と太田の三名が、武装解除の調印式に臨んだのです。米軍側は三百人位が並びまして、軍旗を持って、ラッパを吹いたんです。初め軍刀は私物だから持って帰ってもいい、ということでした。ところが、後で、軍刀は武器だから渡せということになった。私の軍刀はしょっちゅう木を切ったりして真っ赤に錆《さ》びついていた、隊長の軍刀は古刀で名刀だったので、それを渡す時に、軍刀を一応手入れさせてくれと言った。そうしたら軍刀を抜くこともならんというので、皆びっくりしておりました。私のは錆びついていましたが、隊長のは大事にしておりました」

話がどうも、ややとんちんかんで、問題の場所に当てはまらない感じである。というのは知念氏は、その話が全く何のことだか、わからなかったからのように見える。

当時、第二中隊長であった富野元少尉はこの問題を次のように解釈する。

「米軍がもし海水浴をしようと思ったら、そんな協定を結ばなくても、全く自由にできましたな。そのいい例が、私が、食糧自給のために六月頃、儀志布《ぎしぶ》島のみえるところで魚をとろうとして海の中にいたことがあった。そこへ急に、アメリカ軍の哨戒艇《しようかいてい》が入って来たんです。さア、こちらは出るも引くもならない。とにかく、海の中にもぐって、口だけ出して、やっと息をしていた。沖縄の海は澄んでいて、よく見えますからね。いつ発見されるか気が気じゃない。そういう訳で、制海権は向こうが持っていた。出入り自由ですよ。何もこちらに断ることはない」

この問題については、「ああ、その話は、我々のいた阿嘉島のことでしょう」とさりという人があった。阿嘉島というのは、渡嘉敷のすぐ隣の島で、同じ、慶良間列島内であり、同じような特攻舟艇《しゆうてい》をもった第二戦隊がいたのである。しかし、この点は当時の阿嘉島の指揮官によって「何もわかっていない人間は、どんなことでも言える、米軍が噂《うわさ》として水泳を許可した、だけです」と即座に否定されたことをつけ加えておかねばなるまい。
元赤松隊員は水泳事件を知っていたかどうか、私が米軍側の資料について説明した時の隊員の反応は次のようである。
隊員A「そりゃあ、そんなことないですよ」
隊員B「殺生《せっしょう》やなア」
隊員C「もし、そのことがほんまなら、今から隊長暗殺や」
隊員A「阿嘉島いうのが、米軍の水上機で、（停戦協定の場に）やって来たN中尉がおったところですな。阿嘉島はもう、戦闘開始して、一週間で休戦協定を結んどりますす（これは厳密に言えば正確ではない。確かに米軍は空襲以来八日目に撤退したが、五月中旬にも何度か小ぜりあいはあった。——曽野註）。そのNが、休戦協定に来たから隊長怒ったんです。何をお前らの命令受けるか。本島から正式な指揮官の命令があるならともかく……それくらいですから、水泳を許す筈《はず》なんかない」
防衛庁戦史室によって作られた『沖縄方面陸軍作戦』の、阿嘉島に関する記録によると、この点に関して、どうしても無関係とは思えないものが出て来る。
「射撃中止の問題に関しては、あいまいなものがあったようである。事実、この後において(六月下旬の投降勧告に来た米軍と交渉し、『軍人軍属は降伏せず』との結論を出した後の意。——曽野註)、米軍は阿嘉島を攻撃している」

とあり、そのすぐ後に、

「註、米海兵隊戦史(Sherrod : HISTORY OF MARINE CORPS AVIATION IN WORLD WAR II)第二十五章には、次の記述がある。『列島中の一島にあった三〇〇名の一群は、降伏を拒否したが、米軍には手出しせぬことを約した。その指揮官は、八月天皇が終戦の詔勅を発布した後になって米軍との交通遮断《しゃだん》を解除した』」

と書いてある。今、私の手許《てもと》にシャーロッドの『米海兵隊戦史』がないので、前後の経緯《いきさつ》を確かめる方法がないが、防衛庁が少なくとも、明らかに海上挺進第二戦隊、つまり阿嘉島の守備隊の戦闘を記録する項に、この一見曖昧《あいまい》に見える文章をのせているについては、水泳許可事件とおぼしきものが阿嘉島にはあったということについて何らかの裏づけがあってのことと見るべきであろう。

赤松元隊長に対して直接質問をすると、全く心あたりがないといい、強《し》いてそれに似たことがあれば、次のようなものだ、と語った。

赤松「米軍の、もし、記録にあるとすれば、八月の十八日に、私が初めて米軍と会って停戦協定を結びましたね。その時に、炊事《すいじ》の谷に、地図で線引きまして、米軍も日本軍もそれより出ない。その付近で行動する時は、どちらも白旗を持って行動する。そういうことはありました。それ以外は、米軍と話したことはありませんし」

米軍に対する水泳許可事件は今や、全く曖昧なままに残された。米軍にすれば、同じ慶良間列島内のことだから島の名をまちがえることもあるかも知れないが、記録はもはや動かしがたい。しかし、渡嘉敷島に於てそのような事件があったと体験者として証言する人には、民間人、旧軍人を問わず、私は今までのところまだ会っていない。

「陣中日誌」によると、赤松隊長たちは十五時に陣地に帰って来た。

「戦隊長、本部第一二三各中隊候補生、先任下士官、谷本伍長以下四名を集合せしめ、終戦の経過を説明、進退の決定をせしむるも各下士官、戦隊長に進退を一任す。終戦処理協定に依《よ》り、明十九、二十日の二日間、戦死者の遺骨蒐集《しゅうしゅう》、兵器弾薬の集積を実施することを通達命令す。兵器類の携行は絶対にしないこと。米軍陣地内に立入らざること。戦隊長各隊前進陣地及び阿波連駐止斥候《ちゅうし》連下《れんげ》隊に副官をして其の撤収を命令する。副官知念少尉各隊前進陣地に連絡之を撤収せしむ」

知念少尉はその夜、阿波連にいた連下少尉に当てて次のような手紙を書いたのであった。

「連下少尉殿

長イ間御奮闘深ク感謝ス小官　貴官ニ思ヒ苦シキ事ヲ告ゲネバナラヌ時ガ来タ　畏《かしこ》クモ天皇陛下ニ於カセラレテハ八月十五日大東亜戦争終末ニ関スル詔勅ヲ渙発《かんぱつ》アラセラレ大東亜戦争ハ終リヲ告ゲタ　随《したが》ツテ部隊ハ昨十八日〇八〇〇ヨリ渡嘉敷ニ於イテ在米軍司令官ト会見停戦協定ヲ結ンダノデアル　我々軍人トシテ誠ニ残念ナレドモ致シ方ナシ

協定ト雖《いえど》モ単ニ停戦ノミニシテ後ノ武装解除ニ非《あら》ズ　我々ハ飽《あ》ク迄上級指揮官ノ命ニヨリ行動スベク協定シ近日中決定セル筈　貴官ノ心境小官ニハ克《よ》ク察セラレルモ　又部隊長殿ノ心境モ察セラレ度　棘道《きよくどう》幾十幾百年続クトモ戦後ノ復興ニ努メ戦闘開始前ノ如キ勇壮無比ナル日本ヲ再現シヨウデハアリマセンカ　又ナスベキ我々ニハ任務アリ　貴官モ大御心《おおみこころ》ヲ奉戴《ほうたい》シ忍ビ難キヲ忍ビ耐ヘガタキヲ耐ヘテ奮闘ノ程　協定後ノ処置トシテ多数ノ整理モアリ指示モアル故《ゆえ》　明日中ニ阿波連ニ於ケル全部ヲ整理シ本十九日中ニ本部ニ帰隊セラレ度　同伴シアル下士官　兵　防召兵モ引揚ゲラレ度　糧秣《りようまつ》ハ持テルダケ持テ兵器ハ各人携行　兵器外爆薬其ノ他ハ一箇所集積ヲナシ爆薬弾薬等

危険物埋没《まいぼつ》シテ数量、品目ヲ記シテ標識ヲ立テ明《あきら》カニセラレ度　詳シキコトハ帰隊面談ノ上在阿波連間幾多ノ苦難誠ニ未練アル事トハ存ゼドモ何事モ命ノ儘《まま》　右取急協定後ノ処置トシテ連絡致ス迄

昭和二十年八月十九日

知念少尉

於本部」

受けとった連下少尉はどうだったであろうか。

連下「私はそれを受け取っても、本部へ帰らなかったんですよ。やっと二回目の伝令が来てから、私は武器弾薬を一カ所に集中して、表示もして、そして帰って行ったんです」

その前後におきた更に派生的ないくつかのできごとが、その後も長く、この神話をささえる感情的な支柱になった。一つは、当時の古波蔵《こはぐら》元村長の手記の中に正確に示されているので、原文通りに紹介する。

「敢《あ》えて附言するならば、赤松隊員の降伏条件として、私を赤松へ引渡の要求がある

とのことで、米軍は私を隣村の座間味《ざまみ》へ避難させた。赤松への引渡は、言う迄もなく、斬殺《ざんさつ》を意味する。

戦争が済み、住民を飢餓より救うため投降した者も斬殺の対象にしようとたくらむ赤松の異常心理には、ほんとに憤《いきどお》りを感じるが、今日迄《まで》、これを公表しなかったのは、この事があったので、私は赤松を中傷するのだと誤解される虞《おそ》れがあると考え、私事には触れたくなかった。

この一例を以《もっ》ても、敵より友軍が怖《こわ》かったという赤松隊長の非人道的な行為が立証されねばならないと、訴えるものである。総《すべ》ては戦争という罪悪がもたらした人生の宿命であったとも言えようが、第三者が、どう解しようが、私としては、当時の事実は事実として認め、戦記が偽りでないことを天地神明に誓って証言するつもりである」

たまたまこれに関連のありそうな幾つかの記録もあるので、それを並べるだけ並べておこう。それは当時の第三中隊長・皆本義博元少尉の話である。

「実は、八月に入ってからですが、私のところで、或る朝、点呼の時、二人いないのが発見されたんです。軍服は、軍隊の畳み方で、きちんと畳んでありまして、小銃もおいて出ていました。斬《き》り込みに行く、という書き置きがあったんです。弱ったことになった、と思って、こっそり調べていました。ところが、どうしても見つからない。仕方なく第二中隊の正面に聞いたのですが、爆発音も聞こえないという。私は、彼らは自決してるだろう、と思ったのですが、それらしい気配もないのです。

やむなく赤松隊長の所へ行って、実は逃亡と思われます、と言った訳です。そうしたら『去る者を追うのはよそう』と言われましてね。『赤穂《あこう》も最後は四十七人しか残らなかった。それで戦おう』といわれました」

皆本義博氏は、現在、自衛隊の一佐であるが、赤松氏とは必ずしも同じ考えを持っていたのではないということを語ってくれたことがあった。或る時、部下で剣道の達者なのがいて、それが、皆本氏に断りもなく、本部《もとぶ》の村民処刑の執行者の一人になったことをひどく怒ったことがある。

「私は、少々信仰がありまして、向かって来る敵には容赦《ようしゃ》はしないが、もう何の抵抗もできなくなったものを殺すようなことはしたくない。その点で、少々赤松さんと考えは違いました」

知念元副官は更にはっきりした記憶を持っている。

「先日（昭和四十五年、赤松氏来沖《らいおき》の時）私が渡嘉敷の島によばれまして、その時、言われたんです。知念さん、あなた方は、山から無条件降伏をする、武装解除を受けるという条件で、渡嘉敷の古波蔵村長さんを、日本軍に引き渡してくれ、村長を引き渡すなら、日本軍は投降しようという条件をつけたのは本当か、とこういうことを村の或る方から訊《き》かれた。私はそういうことは言わなかった。只、山を降りて行く時に、隊長が『オイ、知念、村長に一言お詫《わ》びして行きたいから、村長に会わせてくれるように米軍《なん》の副官に頼んでくれ』と言われました。そのことを、米軍《なん》の副官に申し上げたのですが、駄目だ、と三回断られまして、会わずに我々は帰りました。これが事実ですが、その誤解が、現在まであった訳です。ですから、村長は、私に引き渡されれば、私に斬って捨てられると思ったかも知れません」

このような直接見聞きしないことに対して、感情をふくらませることの危険性については、改めてふれるつもりだが、古波蔵村長にすれば、理由なく恐怖を抱いたのではあるまい。又、米軍側にしても、どこかに、その危険性を感じたからこそ、彼らを会わせなかったのであろう。「どこの国に、敵より自国の軍隊が怖い、などということがあるでしょう」と古波蔵元村長は私にも直接言われたが、それについては、往年の一学徒兵がたまたま私にこんなことを話してくれたことがあった。

「さあ、沖縄のことはわかりませんが、どこだって、一番怖いのは、自国の軍隊ですよ。そうしなきゃ、戦争なんてできないんじゃないかな。敵なんてものは見えませんからね。僕自身、田舎《いなか》もので、戦前アメリカ人なんてあんまり見たこともなかったのですから、憎しみも愛も持ちようありませんしね。やっぱり軍隊ってのは怖いものですよ。ですから、戦争できるし、組織として保てるんですよ」

昭和四十五年、四月七日付の沖縄タイムスに、伊江村字真謝《まじゃ》一班・知念忠栄（四十一歳）という人の、次のような投書がある。

「赤松元大尉が沖縄に来たことを知った時、当時の悲惨な光景がなまなまと思い出され、怒りと悲しみが再びよみがえるのをおさえることができませんでした。わたしたちは、あの時、伊江島から渡嘉敷島に移されていました。

渡嘉敷島での不幸なできごとは我々にとって一生頭にこびりついて離れません。赤松と名前を聞くだけでも血のなまぐささを感じてなりません。当時、赤松部隊は食糧が不足していると言って、その部下たちは、山の壕《ごう》から下りて来て、毎夜、伊江島住民のいる家をまわって食糧を集めていました。その兵隊の話では、赤松隊長は天皇からの命令でぜひ生き残って沖縄の戦況を報告する義務を負わされているから死ぬことはできない。戦争は後何年続くかわからない。それまで生きのびるには、食糧を確保するため、住民を殺す以外に道はない、と言ってつぎつぎ部下に命じて、渡嘉敷住民を自決させ、自分は安全な壕の中で、漁民に魚をとらせて食べて肥《こ》え太っていると言っていました。

彼は部下が言っていた通り、壕から出て来た時は、肉がたれ落ちるほど肥え太り、しかも肥満した愛人を連れ、その後からユーレイのように、栄養失調でやっと歩いてぞろぞろ出て来るのを見たとき、私は手榴弾《しゆりゆうだん》でもあったら、投げつけて叩き殺したい衝動に駆《か》られました。彼を助けるために行った男三人と伊江島の娘三人をスパイだと言った。三人の娘が『海行かば』の歌を歌い終ると同時に虐殺しているのです。その親たちは今生きています。再び悲しみと怒りで心は煮えたぎり、胸をこがしています」

それより三日前の四月四日の琉球新報にも伊江村字川平《かわひら》九七・阿波根昌鴻《あはごんしようこう》という人の投書がある。

「『ごうから赤松が出てきたらすぐわれわれの手に引き渡してくれ。われわれが処分するから』と伊江村民は願ったが、軍に拒否され無念の思いをした。

その赤松元大尉の写真を三月二十七日の新聞で見た瞬間、ごうから出てきたときは、丸々とみにくく太りすぎていた当時の顔の半分にも足りない細った顔にまずおどろいた。悪魔の赤松も二十五年の間に反省してくれたのか、さすがの彼も二十五年間の良心の責めに苦しみ続け、このままでは死ねない——とざんげのためにやってきたのかと思った。だが、実際はまるでその正反対であることに驚き悲しくなりました。（中略）赤松は安全なごうの中にいて、村民を寄せつけず、村民を酷使して、ぜいたくざんまいの生活をしていたときのように、二十五年後の今日もなお、当時のように県民を自由にできると、あまく考えて沖縄にやってきたことは疑う余地がない。かれが身に傷一つ受けず生きのびたのは、彼の命令によって自決した村民たちのおかげである」

口べらしをするために住民に自殺するように命じ、自分は、安全な壕の中にひそんで、愛人を連れて山を下りる。実に明瞭な光景である。赤松元大尉の当番兵であった太田正一候補生と、私はこのことについて話したことがあった。一人の人間が瘦《や》せているかいないかということは、本来、きめがたいものである。私は、只そのように思い込む心理と、その表現に興味があって尋ねたのであった。
曽野「赤松さんは、当時、太田さんがごらんになっても太っておられましたか」
太田「さあ、今とそんなに変わらないのと違いますか。今よりは痩せておったでしょうが」
　現在の赤松氏は、現代の日本の中年から考えると（これも私の一方的《あやうげ》な見方だが）中肉よりやや、痩せ加減かと思える。
曽野「そんなに痩せてもいらっしゃらなかった」
太田「そうですね、ガタガタというほどでもなかった」
曽野「肉がたれ落ちるほど太るということは……」
太田「ありません、そんなことは」
曽野「どうしてその程度の痩せ方で済んだんでしょう」
太田「体質でしょうね。それと、隊長というと幾分、食事も違いますから」
曽野「皆さんがおまじりの時、握り飯が出たとか」
太田「いや、そんなことはありません。雑炊《ぞうすい》の底の方をさらうと、幾分、入ってる米粒の量が多いというくらいです。それと、米軍から盗んで来たものは、隊長に届けるとかそういうことはありましたでしょうね」

曽野「女の人が、陣地内にいましたか?」

太田「慰安婦で残っているのがおった筈ですけど、別の壕だし、離れたところにいたし、(隊長のいた)本部も候補生も、全くそういう連中と無関係でした」

昔の女子青年団長であった古波蔵蓉子《こはぐらようこ》さんに私はそのことを尋ねた。知念元副官も同席していた。

古波蔵「私は七月十二日に、赤松さんのところへ斬り込み隊に出ることを、お願いに行ったことあるんですよ。五、六人の女子団員と一緒に。そしたら、怒られて、何のためにあなた方は死ぬのか、命は大事にしなさいと言って戻された。大変規律正しい軍隊でしたので、私たちが向こうへ行くにも、ちゃんと証明書貰って、そこには家々があって(監視所のことか?――曽野註)そこを幾個所か通過しなければ赤松隊長さんの壕には行けなかった。一人では訪ねることも出来ない。隊長さんは、最後まで、武装解除の日まで副官を従えて当番兵も側につけておられた。肥《ふと》った女の人を連れていたなんて、本当におかしいですよ」

知念「八月の十二日だったと思いますけれど、私が住民の説得に行ったことがあります、投降を思いとどまるようにと、一応は言いに行ったわけですが、隊長もぜったいに強制してはいかん、と言っておられた。軍の中には沖縄人は私だけしかおりません。よく状況がわかると言うんで、谷間に行き、いろいろ話をしているうちに、投降するなら、山を越えて行かずに、近い所へ降りて行きなさい。絶対に射撃はしないから、と言いました。しかし私共が言うと撃たれはしないかという恐怖が確かにあったと思います。その時、私が泊まっていた宿の川村玲子さんは当時小学校の四年生だったか、知念さんと散り散りになるのはいやだから、と頑強に投降を拒否したわけです。それで、彼女や、駐在さんや、古波蔵蓉子さんたち十数人、投降しなかった村の人たちをやむなく、陣地へ連れて帰りました」

曽野「いつ頃から、投降する非戦闘員・民間人に対しては、むしろ投降の方向にすめようという決議をなさったのですか」

知念「八月八日頃からです。将校会議がありまして、陣中日誌には書いてありませんが」

八月十二日の「陣中日誌」によれば、次のようになっている。知念副官の発言と多少ニュアンスの違いはあるが、住民の意思尊重ということでは、狂いはないようである。

「数日来より東部海岸の谷間に住民続々と集結、異状な状態となり何か敵に通ぜしものあり至急調査されたい。右の情報により、本部知念副官、谷本伍長、阿利賀恩納河原《おんながわら》に起居する住民の行動調査に出発。阿利賀の谷間に住居せし住民は二〇〇〇頃より食糧を整え身辺の整理を行い移動する様子でざわめき其の行動を問いただすも語らず。知念少尉沖縄の方言にて切々と話し合うも語らず。現地に止まる様、説得して恩納河原へ出発。恩納河原に到着後警備分隊長中島軍曹に状況を聞くも不明にして住民を説得、情報を得たる処によれば数日前敵に捕えられたる郵便局長の手引により古波蔵村長以下幹部、既に敵に降伏し敵米軍に対し八月二十日迄に村民全部を降伏せしめる事を約し東部海岸に集結せしめる模様で既に大半は集結しあるとの情報である。之を説得に掛るも既に意志固く全く馬耳東風《ばじとうふう》にして動けない者、老幼な者を残し未明警備隊に隠れ三々五々《さんさんごご》、恩納河原を脱出す。戦隊長の意志通り住民の意志決定を尊重し敢えて之を阻止、攻撃せず」

私は本部壕にいた谷本元候補生にさらに投降の経緯を尋ねた。

曽野「赤松さんが、女の人を連れて山を下りるチャンスがありましたか」
谷本「全くありません。私たちは年が若かったから、個人的に親しくしていた村の人はありました。しかし、終戦の時、一緒に下りたのは、その十数人の村の方たちと、陣地内で管理していた慰安婦だけです」
曽野「それならばその中に、隊長の愛人が含まれていたかも知れませんね」
谷本「隊長は我々と山を下りておりません。一足先に八月二十三日、米軍と協定を結ぶために、十人を連れて、米軍陣地に入りました。そこで調印して、その儘《まま》、隊長と他二名は、米軍陣地へ人質みたいにして残ったんです。そのうちの一人が、太田です。私たち残りのものが山を下りたのは、二十六日ですが、下へ下りると、すぐ身体検査があり、村の方とは離れ離れになりました。収容所の中でも、全く別でした。愛人を連れて山を下りることは、我々にならできたかも知れませんが……事実、村の女性の方は一緒でしたが、隊長には、物理的にできません。何人もの目撃者があることですし」
伊江島からの投書の信憑性《しんぴょうせい》は少しぐらついて来る。女を連れて下りたのは、赤松隊長たち三人を除く、残りの部隊であった。そこには小学校四年生の玲子さんを初め、何人かの女性がいるにはいた。中に太った兵隊もいたのかも知れない。しかしそれを赤松氏だと断定することは、不可能と言っていいほどむずかしくなる。

愛人を連れて下りなかったからと言って、赤松隊長が良き軍人であったという保証にはならない。ただ太り返って愛人を連れて山を下りた司令官という印象は或る個人の印象を引き下げるためには誠に「よくできた話」なのである。しかし事実はそれほどよくできていることはめったにない。そして、どこでも、ジャーナリズムと人の噂は、しばしばこのような点について、「よくできた話」を作りあげることに手をかすものである。

赤松隊が終戦を確認したのは、八月二十一日付で軍情報隊長、塚本保次大佐からの書簡が届けられて来たからであった。

「勅令《ちょくれい》に動き、勅令に死するは、日本軍人の本領なり。残念乍ら已《すで》に聯合《れんごう》国軍に降伏せよとの大命を発せられ、和平の条約成る。茲《ここ》に於て何等躊躇《ちゅうちょ》すべきものなし。更に再建日本の大任あるを思ひ、十八日五時、部下と共に米軍に降《くだ》る。

若き前途ある諸君、この際一切の行き係りを棄《す》て、再建日本の為め生命を譲られんことを切に祈るものなり。

尚附言す。米軍は予期以上に諸君を遇するものなることを」

陣地内でも、既に、終戦は感じられていた。正式の通達の来るのを待つ間「陣中日誌」は短く当時の模様を伝えている。

「八月十九日。各隊早朝より、戦死者の遺骨蒐集を行い、荼毘《だび》に附す。水上戦死者、敵陣地内戦死者等、遺骨蒐集不可能なるものは、其の最も近き所の霊石を奉持《ほうじ》する。

八月二十日、第一中隊前進陣地に於て、各隊兵器を集積し、遥《はる》か東方皇居を拝し、兵器訣別《けつべつ》式を行う。太陽は青空に輝き、青い空、青い海に唯静かに周囲の海上は数百の敵艦艇が遊弋《ゆうよく》、或いは碇泊《ていはく》中なり。静かに唯茫然《ぼうぜん》、戦い既に終る」

十一

そうこうしているうちに、私は再び、赤松元大尉からの手紙を受けとった。

それは一種の訂正の手紙であった。

一般にこのような形の事件には幾人もの目撃者がある場合が多い。それは同時に、幾つかの違った内容の証言があり得ることを示すのだが、私はあえてそれらを調整することはしなかった。分裂し矛盾する儘《まま》の真実がそこにはあるのが当然であった。

赤松氏に関しては、私はできるだけ、氏自らが証言者になる立場を避けようとした。「当事者」はできれば、渦中《かちゆう》にいないほうがいいのである。

しかし、今度の場合、赤松氏は自ら、元隊員の証言に反対する点を二点、述べて来た。隊員の証言を否定する点は、いずれも、赤松元大尉にとって、やや自分の不利になるようなことを証言したものである。しかしそのようなことであればなおさら、一応どのような些細《ささい》なことであろうと一つの違った証言として出しておかねばならない、と私は考えた。

赤松元隊長の指摘して来たのは、次の二点である。

一つは、渡嘉敷《とかしき》村の元村長・古波蔵《こはぐら》惟好氏が、軍が住民の食糧を強制的に徴発したという証言をしていることに対して、谷本候補生が、村民との協定によって貰《もら》った牛以外、村民の食糧は軍に持ち込まれていない。その証拠に、当時沖縄では米はモミで貯蔵する習慣があったが、本土では米はちゃんと搗《つ》いてとっておく。もし住民用のモミを陣地内で見たら、これをいったいいつどうして搗いて食べるか、という点で、記憶に残った筈《はず》だから、つまり主陣地内には、モミは一粒もなかったという反証をあげていることに対してである。

赤松元隊長は次のように想い起こす。

「昭和二十年三月十日、陸軍記念日に当たり、召集中の防衛隊員全員を帰休、一せいに田植をしました」

米軍が島に上陸する直前である。

「その稲が七月下旬、収穫期を迎えたので、夜間村民と部隊は共に穂摘《ほづ》みして、軍はそれをドラム缶《かん》に入れて貯蔵いたしました。このことは降伏後、座間味《ざまみ》島の米軍司令部で取調べを受けた時、米軍も知っておりました。谷本氏がこの作業に参加したか否かは不明です」

モミが主陣地内に一粒もなかったことはなかったと赤松元大尉は言う。しかしそれは村民から「まき上げた」米《もみ》ではなく、正当に軍が一部を貰う権利のあるものだった、ということであろうか。

第二の点は、降伏の時、赤松元大尉が愛人を連れて山を下ったといわれる件である。当時、軍の記録係であった谷本候補生によれば、その時、隊長は兵だけを連れて下りたのだから、女などいる訳はなかった、という。しかし赤松氏によれば、その時、三人の民間人がいるにはいた。三人はいずれも集団投降せずに、村に残っていた人たちの一部で、一人は駐在巡査、もう一人は女子青年団長、もう一人は校長先生ではなかったかと思うが、それは記憶上はっきりしない。だから、女子が一人いるにはいました、と赤松氏は伝えて来たのである。彼ら三人の非戦闘員は投降後の処置を米軍と協議するために行ったのだという。谷本候補生にとって、民間人などは員数外であったか、とにかく氏には、それらの人々は目に入らなかったようである。

当時、「軍人さん」に対する一種の憧《あこが》れが、民間人の間にあったことは日本中どこでも同じだから、村の乙女たちが、軍人に近づきたがり、それも亦《また》、きわめて「愛国的行動」となって表れたとしても、それは決して異常なことではあるまい。それは国家に対する忠誠が、個人への好意と癒《ゆ》着《ちやく》した一種の一般的状況であったかとも思われる。

今迄《いままで》のところ、沖縄でこの問題に附属して必ず囁《ささや》かれる赤松元大尉に関する女性関係は、島民と、旧軍の関係者からは全く提出されていない。島民の一人の「うちの村では、女子たちはきちっとしていました。他の島のように、兵隊の子供を生んだひとなど一人もいません」という発言は浮き上がるかも知れないが、そのまま伝えるほかはあるまい。

しかし、女性関係がないからといって、その司令官が「武人」として有能であったということにもならず、女性関係があっても名将たる器《うつわ》が損なわれなかったという例もあるであろう。そのようなことは、事の本質とは、殆《ほとん》ど無関係であることを、はっきりさせねばならない。

「軍は国民を守るためのものでしょうに」

という発言を、私は沖縄で何度か聞いた。なぜ、一つの国家が戦争をするか。それは、自国の国民（の生命・財産・権利など）を守るためではないか、という答に現在の私たちは馴《な》れている。

しかしその場合も国民というものの定義は明確にされていない。恐らく、全体としての国民なのであり、「大の虫」を生かすことなのであろうと思われる。渡嘉敷島の場合、村民の中には日本軍の姿を見た時、「こんな小さな島にまで、守備隊の兵隊さんをまわして下さって、ありがたい」と言った老女と、似たような感慨を持った人も多かったであろう。何も知らぬ庶民の感覚としては当然である。

しかし、赤松隊は決して村の守備隊ではなかった。むしろ島を使って攻撃をするために来たのであった。出撃が不可能となり、特攻攻撃を諦《あきら》めざるを得なくなった日以降、彼らは好むと好まざるとに拘《かかわ》らず、島を死守することになったが、それとても、決して島民のためではなかった。村民は恐らく「小の虫」であって、日本の運命を守るために、犠牲になる場合もある、と考えられていたに違いない。

しかし、それは必ずしも、沖縄の、しかも小さな離島だから、「小の虫」として見放されたのではない。もし米軍が、鹿島灘《かしまなだ》に上陸して来たら関東地方に住む多くの非戦闘員は、日本軍の防衛線と米軍との間に置き去りにされて見捨てられたであろう。というよりそれらの住民を犠牲にすることを前提に、防衛の戦闘配置は決められるのである。

「慶良間《けらま》列島の渡嘉敷島で、沖縄住民に集団自決を強制したと記憶される男、どのようにひかえめにいってもすくなくとも米軍の攻撃下で住民を陣地内に収容することを拒否し、投降勧告にきた住民はじめ数人をスパイとして処刑したことが確実であり、そのような状況下に『命令された』集団自殺をひきおこす結果をまねいたことのはっきりしている守備隊長」(『沖縄ノート』大江健三郎著)を今の時点で告発することはやさしいが、それは軍隊という組織の本質を理解しない場合にのみ可能なことなのである。

軍隊が地域社会の非戦闘員を守るために存在するという発想は、きわめて戦後的なものである。軍隊は自警団とも警察とも違う。軍隊は戦うために存在する。彼らはしばしば守りもするが、それは決して、非戦闘員の保護のために守るのではない。彼らは戦力を守るだけであろう。作戦要務令綱領には次の一文が明確に記されていた。「軍の主とする所は戦闘なり、故《ゆえ》に百事皆戦闘を以て基準とすべし」。

渡嘉敷の村人たちが、軍に保護を求めて陣地になだれ込んだ気持ちも自然なら、軍が非戦闘員を陣地内に保護するなどということも亦、ありえなかったのだ。それは、軍の機能として拒否するのが当然であった。

国際法によれば、戦闘は、正式な軍服を着た軍人によってのみ、行われねばならない。もし民間人が、戦闘を行った軍の陣地内にいて、万一捕虜になった場合は、これはゲリラ要因とみなされ、その場で射殺されても仕方がないことになる。闘う人間が民間人の服を着てゲリラをすることが一般化して来たのは、ベトナム戦争以来のようにみえる。それは戦争が、国家間のものではなくなり、国家対或《あ》る非国家的組織との間にでも行われるようになったからである。

しかし第二次大戦までの日本人の考え方の中に、民間人を軍と近づけては危険だという考え方が一般になかったといい切ることも又、不自然である。渡嘉敷の人々は心理的に軍に庇護《ひご》を求めたが、軍側にはそれに応えるだけの何ものもなかった。僅《わず》かな機関銃と弾丸、一人一挺ずつもない小銃は米軍の強力な砲火とは太刀《たち》うちできるしろものではなかった。おまけにその時には、敵の砲撃を防ぐだけの壕《ごう》さえもまだ掘られていなかった。民間人の安全を守るために、軍側は彼らを追い払った、という見方さえなり立つ、かも知れない状況である。

もっとも私は、この間の心理的なものに関して、何ら断定を下せる立場にはない。正直なところ、軍の意識の中には、民の存在はきわめて稀薄《きはく》であったろうと思われるふしが見られる。いやむしろ、全くない、と言うべきであったかも知れない。戦いを優先するものが、つまり軍であるからだ。戦いを優先しないものは、軍ですらあり得ない。

もし軍が市民の生活を守ることを優先し、戦闘や殺人を拒否するものならば、何で今さら反戦を叫ぶ必要などあるものだろう。

昭和四十五年十月十四日、私は那覇《なは》市役所に山田義時氏を訪ねた。そして、氏から戦争責任問題委員会というものの設立の趣意書を得た。

「前略

一九七〇年、安保体制は国民にとって極端な抵抗もなく確定され、沖縄県民の意思に反する返還が行われようとし、国家全体が再び軍国主義化への道を歩んでいる感の深い歴史的時点に立っています。今こそ、過去の事柄として、思い出(なつかしさ、あるいは強いて忘れ捨てようとする）という心情的な枠の中にとじこめられようとする、あの太平洋戦争下の悲惨、酷迫（ママ）を掘り起こし、それを反戦へのよすがとする必要性を痛感いたします。そのことがまた、わたしたち各人の意識の深層にひそむ、体制への迎合という無責任への罪性（ママ）を克服する契機ともなり、真に、祖国人類への貢献につながると思うものであります」

実はそこで、私はこの山田氏から、赤松隊の「残虐」の全貌《ぜんぼう》に加えて、「米軍遊泳許可事件」「愛人を連れて太りかえって山を下りた件」などを初めて教えられたのであった。山田氏がその時に触れたことで、今回、私が手をつけられなかったのは、朝鮮人軍夫の処遇に関する件のみである。

当時、渡嘉敷島には、二百十名の朝鮮人が軍夫として連れられて来ていた。彼らについて、赤松隊側には、ろくろく記憶もないことを山田氏は非難した。

「ぼくたちは『あんたたちは朝鮮人軍夫を殺したそうだが』『殺しはしません』というわけです。朝鮮人の殺され方は全く悲惨です」

私は故意にこの問題を避けたわけではなかった。しかし山田氏の言う通りであった。赤松隊員の誰彼にきいても、皆記憶を絞り出すような表情はしたが、明確な記録や思い出を持つ人は殆《ほとん》どいなかった。

第一の理由は恐らく、軍夫たちの殆どが、日本語が話せなかったことにあるらしい。いいにも悪いにも、彼らとは意思の疎通が行われる余地がなかった。「彼らはひどいもの食わされとったよ」という候補生もあった。彼らと仲よかったという戸次《べつき》候補生のような人なつっこい若者もいた。数人が、収容所に入ってからも「朝鮮人」から私刑を受けなかったのは赤松隊くらいなものだった、という意味のことを言った。

しかしこれとても、勤務隊第三小隊所属の曽根元一等兵のように、彼ら軍夫たちをかたらって逃亡させた立場の人に訊《き》いてみれば、又、別の視点があり得るだろう。曽根氏は私が今も会いたいと思っている人の一人である。

朝鮮人軍夫に関する記録は、少なくとも赤松隊からは出て来ない。軍夫たちが直接所属していた——つまり彼らを直接使っていた——特設水上勤務第百四中隊の斎田小隊にならば、多少データはあるかも知れないと思うのだが……。

山田氏との会見で、私は一つきわめて沖縄的な見方にぶつかった。それは山田氏が、赤松氏が商家の出であることに関して、一種の侮蔑《ぶべつてき》的な口調を洩《も》らしたことである。「商売している商人というものは、どういう精神構造ですかね。たとえば要領の良い、自分が生きるため、自分が儲《もう》かるために、人を何とも思わない、そういう境遇で育ったものが、或る極限状態でポッンと現れて来るのではないかと、僕は思ったりするんです」

商人であるが故に、人を売る、という発想をきかされたのは、沖縄へ来て二人目であった。沖縄ではまだ士農工商の身分的階層が、今でも根強く残っているのだろうか、と私ははっとした。本土では、たとえば或る人間が、サギをしようが強盗を働こうが人を殺そうが、それが商人の習性のせいではなかろうか、というふうには誰《だれ》も思わない。本土の中にもさまざまな考え方があろうが、少なくとも私の生まれ育った東京では、市民の多くが商人だから、卑《いや》しい根性が商業から惹起《じやつき》されるという発想は、全く体験したことがなかった。それだけに、それは一つの新鮮な発見であった。

私は山田氏に、もし戦争の責任を問うというのなら、たとえば沖縄の多くの先生たちが生徒たちを戦争に加担させたという点でも責任を問われなければならないのかと尋ね、山田氏はそれに対して、できれば総ての人に自己批判して貰いたい、と答えた。赤松氏に対しては、資料が揃《そろ》えば殺人罪で告訴したい、又できるのではないかと考えている、と言った。私は法律的なことはわからないので、山田氏の話を聞いていた。

只、私は限りなく憂鬱《ゆううつ》であった。その憂鬱の結果については後で触れる。

その年(昭和四十五年)の四月二十八日付の『琉球新報』には、「おち穂」というコラム欄に、崎原恒新《さきはらこうしん》氏が「鎮魂」という題でエッセイを発表している。

その中に次のような文章がある。

「隊長である赤松氏には責任を充分とってもらう必要があるし、渡嘉敷村民も沖縄県民も彼に責任をとらせる責任をもつものであると思う」

又、三月二十七日の『琉球新報』の「話の卵」欄には、「赤松氏は『集団自決を命じたのは私ではない』と釈明しているが、当時、同氏が渡嘉敷島の日本軍の、防衛隊長の地位にあり、軍の最高責任者であったことは事実である。同氏が直接、集団自決の命令を下したかどうかのせんさくはともかく、軍の責任者としてなんらかの形で、これに関与したことは否定できない」という(樹)氏の文章がある。

この「責任」という言葉が新聞でしきりに使われている背後には、赤松元大尉の来島の際にとられたさまざまな言動が関係して来ていると見るべきであろう。新聞によれば、赤松氏は「渡嘉敷島の集団自決の真相は他にある」と言いながらその真相なるものを話さず、「集団自決の命令は下さなかったが、私にも責任がある」と支離滅裂《しりめつれつ》のことを言い、「部下の霊を弔《とむら》いに来ました」と言いながら村の犠牲者に詫《わ》びる気はない、と言ったというふうに書かれているからである。「真相」に関係のありそうなことについては、既に長い頁数を使って書いた。部下の霊だけを弔いに来たと本当に赤松氏は語ったかどうか。三月三十日付の『沖縄タイムス』には、赤松氏の言葉として、

「私に対する抗議の内容は、私の知らないことが大部分だが、いくつかの不祥事件については責任者である私が責めを負うのは当然だし、遺族や島の方々に心からおわびしたいと思う。いろいろ事情があって、渡嘉敷島に渡れなかったが、私としては、自分の口からおわびとお世話になったお礼をいいたかった。私は自決命令は下さなかった。（中略）私は自決をきいて早まったことをしたと怒ったほどだ。また隊は陣地の中にいたと言われているが、艦砲を避けてはいった山で、陣地、壕などあるはずがない。糧まつの強奪なども事実ではない。島の悲劇をつくった原因は、わずかな兵員と村民が小島の中で、米軍の猛攻を受け、膠着状態に追いこまれたことだ。

当時の島の責任者として、あの惨劇を目のあたりにしたもののひとりとして、戦争

は二度とあってはならないと思う。私どもの来島が、日本の再軍備体制につながるという人もいるようだが、私の気持ちは反対だ。再びああいうことがあってはならないと祈るからこそ、沖縄を訪れたのだ」

という記録がある。

あの際、誰が何を言ったか、という責任を追及しても始まらない、という大局に立った考え方が、当時の新聞の紙面にも多く見られるが、その前に「責任」という言葉は、いったい誰の何としての責任をさすのかという点について考えてみたい。

赤松元大尉の場合、いったい人々は彼に、軍人、最高指揮官としての責任を問うているのだろうか。個人的に、ゴウマンであったとか、恐怖政治をしていたとか、女がいたとか、そのようなことはかりに全部その通りだとしても、それを以《もっ》て軍人としての赤松氏を判断することはできない。個人的に嫌《きら》うのは自由だが、軍隊という組織の中の一機能としての赤松氏を判断する要素にはならない。

軍人としての「責任」とは何か。それはたった一つ、命令を守ることである。勿論《もちろん》、この場合、命令の判断が正当であるかどうかということが常に重大な問題であろう。

島を「死守」すべき赤松隊が生きて降伏したことに対して、「死守」ということは死ぬことだったろう、という人もいるが、それはやや感情的判断であり、作戦上使われる言葉の解釈としては正確ではない。「死守」とは必要があればいつでも死ぬ覚悟で陣地を守ることで、彼らはそのつもりでいたと見なされる要素はいくつかある。候補生のうちには「もうアカン」から早く総攻撃に出るべきだと思っているのもいた。貯蔵してある米を横目で見ながら、「食わぬ、決して食わぬ」と心に誓った別の候補生は、その米は最後の出陣の時に腹一ぱい食うためのものだから、と思っていたのであり、米軍側の悪意のある資料としてしばしば赤松攻撃に使われた「この指揮官（赤松大尉のこと）は天皇の終戦の詔勅の写しを与えられて、初めて降伏した。しかもあと十年は保てた、と豪語した」という文章にもつながるのである。できるだけ長く、敵の戦力をこちらに引きつけることを目標にしたことは、彼らが命令を誤解したことになるであろうか。

作戦がうまく行けば、勿論、「敵」を追い払い、住民の安全をはかることもできる。しかし住民の安全は、当時、全日本軍の目的の外にあった。

赤松隊は結果としては死ななかったが、それは八月十五日の降伏の命令によって、途中から命令そのものが変えられたからと見るべきであろう。もし、命令の解釈に逸脱があったとすれば、それは、例の投降勧告に来た非戦闘員に対する処刑に関することであろう。この点に関しては、軍事司法裁判にかければ誤想防衛になるかも知れない、と元法務官であった阪埜《ばんの》弁護士も認めており、今からでもそれに代わるべき権威ある専門家の判断があれば、軍人としての赤松元大尉の「責任」は果たして果たされていたか、結論は案外、簡単に出るのかも知れない。

ついでに触れれば、赤松元隊長に、その組織の最高責任者としての責任をとらせる場合、同時に、村の指導者たちの行動も考えねばならなくなる。

戒厳令をしかない限り、軍は民に命令権を持たなかった。軍は民に、作戦上必要なことを依託《いたく》したり、危険が迫った場合指導を与えたりすることはできた。しかし命令権はなかった。勿論、当時は軍人が何よりも偉く、恐ろしかった時代だから、軍から頼まれたことは、即《すなわ》ち命令としか聞こえなかったであろう。日常の生活の中でも、いい、

「軍から頼んで来てよ……」

とは言わず、

「軍の命令でよ」

という言い方をした時代であった。

しかし、村民全体が自決せよ、というような重大な命令がでた、ときいたとしたら、村の指導者の中に、それは軍の越権である、と思う人がいてもよかったのではないか。女子供や、若い人だけならば別として、少なくとも、大陸で戦争を体験して来た人がそこに一人でもいたなら、そこにいささかの疑念を持たないというのはおかしいことである。

赤松大尉が抜刀して、今にも切りつけんばかりであっても、村の指導者は、それに抗議を申し込む責任がある。

もし古波蔵元村長が言うように「間接的に強制された」のであれば、その間接的などというあやふやな状態を、なぜ確かめに行こうとしなかったのであろう。村の指導者としては、たとえ、途中で弾に当たって倒れようが、隊長に斬り殺されようが、数百人の命のかかっていることであり、しかもその命令が不当と思うなら、自らそれを調査し、越権行為に対して身を挺して抗議することは可能だった筈である。

私は、しかし、このようなことを、本気で可能だと信じ、それをしなかった村長を非難しているのではない。それは豪雨の後であった。軍の本部も混乱の中でやっと深い森の一部に辿《たど》りついたばかりであった。

何かを整然と、理論通り行えないのが戦争であった。赤松隊側では、住民の自決した場所の話がでる度に地図を拡げて、「ここだろう」「いや、現在の自決場はこの辺の筈だ」などと論議ばかりしている有り様である。古波蔵元村長の、皆が自決し始めた後、自分は自決に失敗して、軍陣地にかけ出した、という発言があるくらいだから、軍の所在は知っていた筈である。知らなかったから聞きに行けなかったことはないとも言える。しかしそれだからと言って、弾雨《だんう》と、恐怖のために半狂乱になった人々、正規の兵でありながら手榴弾を勝手に家族に配った防衛召集兵の只中にほうりこまれた人に、指導者だから、と言ってそこに神の如き冷静なつじつまのあった行動を要求すべきなのであろうか。

赤松氏には、過去に対する悔悟《かいご》の情がない、という一部の世論がある。彼は「責任」を感じていない、という言い方もある。しかし軍人としての赤松氏の責任を追及する限り、「住民に対してうしろめたい気持ちはひとつもない」という赤松氏の発言もかなり妥当性のあるものになって来る。

なぜなら、当時の状況は多くの場合、論理の二重性をともなっている。島の先生・

大城訓導《くんどう》を殺した、という告発の形は、あくまで非戦闘員側の論理であった。大城訓導は、軍側からみれば正規兵として戦線を何度も離脱したので、彼らはそれを敵前逃亡とみなしたのであった。武器もろくにない彼らはそれでも大君《おおきみ》の命令のある限り戦って、再びその命に従って整然と山を下りた、という意識を持っている。その間に過失がないわけではないが、軍人としての「責任」を問われるのならば、できるだけやりました、後は、陸軍刑法の適用等に関するまちがいはお裁き下さい、と出て来るだろう。

悪い、と思え、と言われても、何をどう悪いと思ったらいいかわからない、という気持ちになるだろう、と思われる。

このあたりで、私はそろそろ沖縄のあらゆる問題を取り上げる場合の一つの根源的な不幸にでくわす筈である。

それは、常に沖縄は正しく、本土は悪く、本土を少しでもよく言うものは、すなわち沖縄を裏切ったのだ、というまことに単純な論理である。沖縄をいためつけた赤松隊の人々に、一分でも論理を見出《みいだ》そうとする行為自体が裏切りであり、ファッショだという考え方である。

或る人間には一分の理由も見つけられないとする思考形態こそ、私はファシズムの一つの特色だと考えている。一人の子供が道で転んだ。なぜ転んだか。石がそこにあったからだ、と簡単に答えることが、私にはできない。石がなぜそこにあったか。なぜその子の母親は、その子が転ぶように手を放していたか、ということに始まって、凡《およ》そ、考えられる限りの、深い、思いがけない物ごとの関係と、異なった立場の洞察《どうさつ》をなし得るのが、人間理解というものなのだと私は考えて来たのである。たとえそれが、悪そのものであっても、私は作家として、それを（容認するのではなく）理解することをやめはしないであろう。

勿論、人々が赤松氏に「責任」を要求する場合、それが単に、赤松氏に軍人として作戦上のあやまちがあったかないか、などということを言っているのではない、ということを私は知っている。

軍人としての赤松氏にかりに何一つ過誤《かご》がなかろうと、「責任」の本質は実はそこから始まるものなのである。あの一つの島で、あれだけのことが起きてしまった、その現場に居合わせたことは、確かに赤松氏の「不運」でもあったであろう。しかし、そこで起きた現実の前に改めて、人間として感ずべきものが本来の「責任」なのである。

しかし、私はそこで又もやごまかしのきかない壁にぶつかって暗澹《あんたん》とする。この第二の、人間としての責任は他人が、「感じろ！」と強いることができないものなのである。感じないことを非難して悔い改めさせることでもない。どのように感じたかを表明させる権利は他人にはない。それを強いることのできるのは——たった一つの、人間ではない存在——私流に言えば神だけである。

赤松氏は、どのような戦後を生きたか。赤松氏ばかりではない。あの事件に、多かれ少かれ、戦争責任の雛形《ひながた》を感じたものは、誰に問い詰められなくても、それぞれに内面でその答を出して行くのである。そして、或る人間の戦後が、かりにどのように厚顔《こうがん》で破廉恥《はれんち》で鈍感で無感動で貧しく利己的な精神風土を持っていようとも、それを他の人間が裁くことは不可能である。彼はその貧しさの故に、人生を深く感じる恩恵をも得なかった、ということで、既に自ら罰せられていると思うほかはない。水を飲もうとしない野生の鳥に、むりやりに水を飲まそうとして、コップの中に嘴《くちばし》をつっこましてみても鳥は口をつぐむばかりである。責任の本質を摑《つか》めない人間に、どのような方法を用いても、それをわからせることはできないと私は思う。どうしても思い知らせたかったら、後は只、その人間をリンチによって殺す以外に方法はない。しかし私は少なくともそれほど他人に親切ではない。

他人が要求し答えさせることのできる人間の「責任」は職業や法律の範囲にとどまるだけである。それ以上の、神の前の人間としての高度な、或いは複雑な道徳や責任は、厳密に言えば、神を認めぬ人にはどのような形で存在するのであろうか。新聞などで「赤松の責任」という言葉が使われる時、我々はいったいどちらの責任をどこまで追及する気なのか。

赤松告発は同時に自らの内部に向けての告発でもある、という言い方を私はよく読みもし聞きもする。しかしそれは本当であろうか。本当に自分の内面の弱さと醜悪さにも目を向け、告発すべき相手に関して深い調査をし、ユダヤ教のように、告発者はもしその告発がまちがいであった場合、自分が死刑になることさえも覚悟の上だというほどの命がけの告発ができるのであろうか。

この問題に限らず、総じて調べれば調べるほど、事は複雑にわからなくなって来る。目撃者は、殆どの場合、一人一人異なった記憶と思いを持っているからだ。そのどれを取り、どれを捨てるかということは考えれば考えるほどむずかしくなって来るから、物理的に成り立たないことのほかは、どれも取り上げざるを得ない。

そして往々にして、人間の心は物理的に合わないことでさえも、或る必然から、そう思い込むのである（それさえも、少なくとも小説家として、私は捨て去ることができない）。

そして、或る悲観的な心理状態になると、明確なものほど、非常に多くの場合、真実とは程遠いのではないかと思われる局面にぶつかる。私は明確にするために知ろうとするのだが、実は知れば知るほど混沌《こんとん》に陥《おちい》るという皮肉な状況をつきつけられる。赤松事件は神話のように根も葉もないものだというのではない。むしろ私が当惑したのは、それが神話のように、あまりにも明確すぎる貌《かお》を持っていたことである。

大江健三郎氏は『沖縄ノート』の中で次のように書いている。

「慶良間の集団自決の責任者も、そのような自己欺瞞《ぎまん》と他者への瞞着《まんちゃく》の試みを、たえずくりかえしてきたことであろう。人間としてそれをつぐなうには、あまりにも巨《おお》きい罪の巨塊のまえで……（後略）」

このような断定は私にはできぬ強いものである。「巨きい罪の巨塊」という最大級の告発の形を使うことは、私には、二つの理由から不可能である。

第一に、一市民として、私はそれほどの確実さで事実の認定をすることができない。

なぜなら私はそこにいあわせなかったからである。

第二に、人間として、私は、他人の心理、ことに「罪」をそれほどの明確さで証明することができない。なぜなら、私は神ではないからである。

私は、赤松隊長が正しかったというわけでもなく、三百余人の人々が死んだ事実を軽視するものではない。しかし、三百人はタダでは死なない。かりに一人の隊長が自決を命じても、その背後にある心理がなければ、人々は殺されるまで死なないことを、私は肌で感じて知っているように思う。それが人間の本性である。


自らの内部に向けての告発ということに関して、私の小さな体験を語りたいと思う。

前述の戦争責任問題委員会の山田義時氏に第一回に私が那覇市役所で会ったのは、昭和四十五年、十月十四日であった。私はまだ、事件について、あまり知らない時であった。その時の録音テープに次のような会話が残っている。

山田「たとえば赤松はデップリ肥っていて臆病者だったと皆みとめている」

曽野「本当ですか、私はすごい痩せた方だと」(この私の答は会話として乱れている。私

は現在の赤松氏のことを言ったので、返事としては全くトンチンカンなことを口走った訳である）

山田「たとえ赤松がいい者だったと言っても（いい者だったという人がいても、の意味であろう。――曽野註）、其の辺は（前後の事情からみると『皆の言うことには』という意味になる。――曽野註）共通するものがある。彼は臆病者でヒステリックにどなりつけるとか。最近ではこういう問題が保守とか革新とか、変なところに発展する可能性があるので、ぼく達は非常にそれを警戒します」

曽野「この問題（戦争責任の調査）は、沖縄対本土の人間という問題で扱われますか？」

山田「先程も申したように、そうではないのです。自分たちの内部に刃《やいば》を向けるのです」

それから、私は、本土の人間に対しては別としても、沖縄でそれをやったら、改めて傷つく人がでるのではないか。それをやって意味があるのだろうか、というような功利的なことを述べている。

山田「傷つくと言いますが、此の人たちは傷ついてはいないんです。たとえば、戦争中教職員でいちはやく本土に疎開した連中が帰って来て、今度の戦争は大変だったなあ。俺なんか□□（一語不明）を専攻して損したよ、と言った校長先生がいた。その人なんかが、今何言っているかというと、やっぱり反動的なことを言っている。そういうものに刃を向ける……意味ないことでしょうかなあ」
曽野「（ひどく考え込んだあげく）いいえ、やらなければいけないんですけど……私はやっぱり本土でいざとなったら自決しようと思ってた……追いつめられたことはないんですけど……最後には逃げるかも知れないんだけど……自決しようと思っていたわけですよ。私の中にもそういう弱さがある。卑怯《ひきよう》さもある。自決しようということは自分が死ぬくらいなら人を殺すのも平気ということになるかも知れないんですから。そんな要素が全くない人というのは　何人いるでしょうか。沖縄も本土も、総て人を裁くというのなら、それはわかりますが……それは……つまり……山田さんは戦後お生まれですか？」
山田「いや、僕は違います」
曽野「失礼しました。若々しくお見えになるものですから……（山田氏は三十代の中頃であった）ごめんなさい。私は終戦の時十三歳でしたけど、私たち戦前派はそれをやると、自分が必ず戦犯になると思うんですね」

山田「しかし、あの……」

曽野「山田さんは御自分も戦犯だとは思われませんか。あ、そんなことはないか。あなたはその頃まだ小学生の子供さんだから、そんなことはないですね」

山田「僕は子供で分からなかったけれど、しかし、僕は自分が生きる為に、人をあのように傷つけたということは許せない。自分もそういう風に弱い者であり、向こうも弱い者であるのに、自分が生きる為に人を殺し、窮地に追い込んだというのは、実際に赤松の問題である」

曽野「たとえば、船が難破《なんぱ》して漂流したとしますね。私は必ず、自分が他人から、水や食糧を強奪しそうな気がするんです。山田さんはなさらないですか？（そういうことを）なさらないという自信はおありですか？」

山田「僕はそういうことは考えていないです」

私が二度目に、再び山田氏を訪問したのは昭和四十六年の七月である。

山田氏はその時、一種の寛大さから、私のお喋《しゃべ》りを許してくれたのだが、その時、私が言ったのは、現代において、被害者と加害者は分けて考えられなくなった、ということであった。

渡嘉敷島で、父母をナタで殺した少年は加害者であったか？　彼らはむしろ被害者だという人が多いであろう。金城重明氏の手記にもある通り、彼らはれっきとした加害者であり被害者であった。

自己に刃を向けるという言い方は、実は恐ろしいものである。正確にそれを行おうとしたら、それはあまりに恐ろしく辛《つら》いものだから、多くの人はそれをやらないに違いない、と卑怯者の私は思う。私は少なくともそれに耐えられるとは思わない。だからその代わり、私は自分と他人を許してしまうという形で逃げるのである。

曽野「私はこれでも、罪意識の塊《かたまり》なんですよ」

私は笑いながらテープの中で言っていた。

山田「罪意識というと、ぼくは罪を犯したかなァ」

山田氏も笑いながら答えた。

私はかつて山田氏と話をして憂鬱であった。しかしその瞬間、ほとんど絶望的な明るさを、谷底から垣間《かいま》見たのである。自己の内部に刃を向けるということは、それは嘘《うそ》なのである。山田氏の、意識しない嘘なのである。山田氏は自分が生まれてこのかた罪を犯したことがあるかも知れないなどと考えたこともない人なのである。山田氏は誠実な市民であり優しい夫であり、父であるように見えるから、氏がそう思ったとしても、それは当然のことかもしれない。ただ、そのことについて、自分は罪を犯していないという意識があるからこそ、ひとは他人を告発できるのだ。

明るさ、と言ったのは、その時、私にはやっとこの論法がわかったからなのである。罪がないと思う人がいれば、罪を犯していると思う人間は当然、告発され裁かれなければならない。これは自明の理ではないか。只、そこで嘘を言ってほしくはない。自らをも裁くためにだれそれを告発するというような論理はマヤカシである。本当に自己に向かって告発する人は、自己の中に彼らの考える、赤松元大尉の姿でも、そのほかの誰でもいい、最も無責任でグロテスクなものの姿を見るのだから、自分を告発するだけで、既に充分なのである。もしも自分の中にそれらの要素はない、というのなら、彼らは「自らに刃を向ける」などというポーズはやめて、自らを正しきものとして、厳然とそうでないものを、責めればいいのである。前にも言ったように罪がないと思う人に罪を感じさせる方法はないのだし、私は罪がないという人の感覚を犯すような思い上がりをしてはならないのである。

職業・法律上の責任と、神に対する人間としての責任と、この二つから、そこに係り合った人々のことを考えて行っても、私は、この小さな島の上の悲劇の解決のいとぐちとなるようなものを発見できるとは思われないのである。それは私の眼が昏《くら》いからであろう。それと、私は恐らく、他人に充分な尊敬を払わないので、誰も彼もが、主役ではなくて端役《はやく》、大物ではなく小物だと思っているせいかも知れない（私は無論、自分をもこの論理で許してしまうのである）。むしろこれらの悲劇の原因は、全く無人格なものの責任として別のところに放置されていたのではないか。

十二

明治二十九年七月、『琉球教育』第八号に「本県児童ニ日本国民タル精神ヲ発揮セシムベシ」という論説があるということを、私は吉原公一郎氏編著『沖縄・本土復帰の幻想』の中で初めて読んだ。

「若《も》シ心中ニ日本帝国ナシトセンカ、即《すなわ》チ日本国民ニ非《あらざ》ルナリ、日本国民ニ非《あ》ラズトセバ則チ我ガ国民ニ非ラズ其ノ人我ガ沖縄ニ棲息《せいそく》セバ其ノオハ即《すなは》チ日本国民ニシテ、其ノ飲ムノ水ハ、即チ日本ノ水ヲ飲ミ……而《しか》シテ日本国民ニ非ラズトスル者ハ何ゾヤ其ノ心中ニ日本帝国ナケレバナリ」

吉原氏は、それが更に、明治三十七年一月には、

「我帝国の光輝は、歳と共に、滋々《ますます》宇内《うだい》に発揚して万国に宣布する気運に向ひ、国民

的性格の向上的発展年一年に、其必要を増すと同時に、教育の振張改良、愈々《いよいよ》益々、緊張凱功となれり。……軍国に欠くべからざる者は、勇猛なる将卒と忠良なる国民と、是なり。而して、之《これ》を育成し、之を陶冶《とうや》し、之が供給の任に膺《あた》るもの、会員諸君を措《お》いて、夫《そ》れ将《まさ》に誰にか之を求めん。国家の安危《あんき》、東洋の隆替《りゅうたい》、両《ふた》つながら繋《つなが》つて教育家諸君の双肩《そうけん》に在り。諸君の責任、偉大なる哉《かな》」

となり、翌年八月には、日露戦争の影響で、「一大事といふ場に於ては殆《ほとん》ど別人の様になりて、人生の最も難しとする生命をさへ棄《す》てて顧みず進むを知つて退くことを知らぬ」人物の養成を求めている、と書いている。

既にそれ以前の歴史から湧《わ》き上がり、明治十二年の琉球処分（尚《しょう》王家から統治権を明治政府の手に移したこと）によって、そのいしずえが築かれた沖縄を、日本にくるみ込もうという動きが頂点に達した、昭和二十年の空気を最もよくあらわした文章がある。それは新里恵二、喜久里峰夫、石川明の三氏によって『歴史評論』昭和二十二年一月号に書かれたもので、同じく吉原公一郎氏の「沖縄」に紹介されているものである。

「私たちは、ここで（戦場へ）かりだされたと書いておきました。それは事がらの本質においてそのとおりでした。然《しか》し、私達はこみあげてくる悲憤をおさえつつ、次のように書きとめておかねばならないと思います。これらの行為は、その殆どが、特に青年層の場合には百%までが『自発的な意志』に基づいてなされていた、と。軍隊の中でも、沖縄出身の初年兵は、『斬《き》り込み』の先頭に立っていました。『護郷』『郷土防衛』、それが当時、帝国主義戦争の本質に関する認識は欠きながらも、自らの生まれ育った地を荒らす兇暴《きようぼう》な戦争に抗議するために、沖縄県民がとりえた唯一つの態度だったのです。この合言葉の下に、多くの若い生命が惜しげもなく捨てられ、有為《ゆうい》の人々がむざむざと非命に斃《たお》れてゆきました。……歴史の上で常に異民族でもあるかのように扱われ『忠君愛国の志乏《とぼ》しき』ことを、ことごとにあげつらわれ、一種の劣等感、民族意識における特殊のコンプレックスをすら抱かされていた沖縄青少年にとって『醜《しこ》の御楯《みたて》』たることに疑問を持つのは道徳に反することでした。沖縄戦は『吾々《われわれ》もまた帝国の忠良なる臣民である』ことを、身をもってあかしする格好の機会とすら考えられたのです」

この、てらいのない平明な文章の持つ訴えに私は恐ろしさを感じる。本土からはるかはなれた、異質な歴史を持たされた人々が、現実生活においても、信じられぬ差別を受けて来た。沖縄県人は能力のある人間なのだ、ということを示すためには、彼らは死を代償にそれを示すほかはなかった。

前にあげた文章をタテにとって、私は渡嘉敷《とかしき》の島の人々もまた一〇〇パーセント「自発的な意志」に基づいて死んだなどというつもりはない。精神病的な疾患を持たぬ限り、どこに自ら好んで死ぬ人がいるであろう。しかし、沖縄にも、日本全体にも、あの頃《ころ》、自発的な意志によって死んでも国を守らねばならぬという素朴な思いがなかったと言ったらこれもまた嘘《うそ》である。ヨーロッパにも、生命をかけてレジスタンスの戦いに参加した人々はいた。私はその人々の精神的状況と日本人のそれとを正確に比較することはできない。ヨーロッパのそれは、人道的な正義の戦いであるなどと簡単にいい切ることもできない。ドイツ人がとにかく嫌《きら》いだから、一人でも多く殺してやりたい、というフランスのレジスタンスの闘士もいたことであろう。レジスタンスが盛んだった頃、レジスタンスをよそおって物盗り強盗をした人間もいた筈《はず》である。しかし、日本のそれは、そもそも、一つの精神的な道義感——祖国愛、郷土愛——に端を発しながら、それが末端まで浸透して来た時は、もはや、それは社会的な約束事になった面もある。一個人の哲学、或いは宗教が、その中に真理や美を見つけて或る行為を選びとるのではない。日本全体が大きな島国根性を持っているから、一蓮托生《いちれんたくしょう》を愛するのである。自分だけが或る運命を選び、それによって、不幸になってしまうことはどうしても損である。しかし他人もまた、共に貧乏くじを引くなら、何とかガマンできる。実際には、それはさまざまな脅迫的な強制となってあらわれる。皆が、勤労奉仕に出るのにそれに出ないこと、皆が御真影《ごしんえい》におじぎをするのに、それをしないことは、許すべからざる「非国民」であった。

「非国民」とは、運命共同体への裏切者という意味である。

私は戦争中、その手の「裏切者」を何人も知っていた。私の家の裏に住んでいた、さる大きな製薬会社の若旦那という人は（今から考えると、そこはどうも妾宅《しょうたく》であったらしい）、空襲が激しくなってからもよく昼間から、家にいて、清元《きよもと》の練習ばかりしていた。又或る紳士は、何の商売か私にはわからなかったが、昭和二十年のひどい生活の中でも、まだ、一日に下着を三回とりかえ、家へ帰ってくると、まず羽ぼうきで体の埃《ほこり》をはらわなければ落ちつかないのだ、ということを、さも重大なことのように話していた。

都会ならば、この程度の「裏切り」は、何とか見逃されて済んでいた。しかし、あらゆる法則は湾の中の津波と同様、末端へ行くほど、強固なボルテージの高いものになる。渡嘉敷の村の中でも運命共同体の網の目から、賢く脱け出して難をのがれた人々もいた。しかしそのような行動をするためには、独自の眼を持たねばならない。周囲と同じ行動をしないという勇気を持たなければならない。島は閉鎖された社会であった。平時ならばともかく、その時の渡嘉敷は、全くの孤島であった。しかもそこに、軍隊という、一つの善悪を超えた組織を持つ強力な集団がいた。

日本全体の、特に沖縄のそうした人間の心情を規定して行った教育と言論の指導者たちがなかったら、渡嘉敷の悲劇は起こり得たであろうか。少なくとも被害はもう少し少なく、しかも形の変わったものになったろうと思われる。教育の根本的な姿勢を作って行った人々、それを末端にまで行き渡らせた行政官、そして現場の教師たち、一人として、自分はまちがったことをしていると思ってやったことはないのであろう。吉原氏はやはり同じ著書の中で伊波普猷《いはふゆう》氏の『中学時代の思出』という本の内容を紹介している。私の手許《てもと》に同氏のその本がないので、吉原氏の著書からその部分を孫引きすることになるが、それは当時の中学校長・児玉喜八氏の行動についてふれたものである。この人は明治二十八年に起こった中学校ストライキの原因になった人物だが、その言行には信じがたいほどの、沖縄県人に対する蔑視があった。伊波氏は当時、中学生だったが、ある日、児玉校長がこういう意味の訓話をしたのを聞いたのである。「私は皆さんに同情する。諸君は普通の日本語さえまともに使えないのに、英語まで学ばねばならぬというのは、二つの外国語を修めろ、というのと同じことだ。それはあまりに気の毒だから、これからは英語を廃することにする」生徒も周囲も黙ってはいなかった。

この児玉校長の話も実はあまりにも完全な悪玉になりすぎているように思うが、かりにこれが本当だったとすると、もしかすると、この人は、私たちから見れば信じがたいような、こういう残酷さを、本当に教育的な配慮だと当時信じていたのかも知れないのである。なぜかと言えば、この児玉校長に近い程度の狂信的な非人間的な教育理念を押しつけ、その伝達に力を貸した人々はかなりあるのだから、決して児玉校長一人が、無責任な教育者だったということはできない。そしてそのような人々が、全く自分の行為の結果を少しも見極めえぬままに、多くの所で、人々を破滅させたのである。

教育と共に、もっと決定的だったのは、軍隊の組織であった。すでに述べたように、沖縄戦は大陸や南方と違って戦場のまわりが、自国民だったという特異なケースである。しかもそこで防衛召集兵というれっきとした正規軍でありながらあたかも警防団のように見える名称の現地召集兵を狩り集めた。

太平洋戦争中、沖縄は日本領土で、たった一つ地上戦の舞台になった所であった。そのような状態を軍当局は、当然、仮想していた筈である。しかし彼らが、二十五歳の特攻隊長——後に結果的に守備隊長になった——に持たせて出したものは、周囲が全部敵性国人と仮想される土地において初めてその正当性もなり立つと考えられる作戦要務令や、陸軍刑法そのものであった。普通の言葉で言えば、軍が敵地にあり、非戦闘員も又、敵であるという時に、初めてそれらは、一種の軍事上（道徳上ではない）やむを得ない効力を発揮する、と考えられていたものであった。しかし渡嘉敷の場合、軍の周囲にいたのは、紛《まぎ》れもない日本人であった。

投降勧告をしに来たのが、かりに満洲人や支那人であったなら、それは利敵行為として明瞭《めいりょう》なのである。陣地内に入ってしまったのが敵なら、陣地の内容を敵側に知らせるいわゆる通敵の恐れあり、と見るのも、軍事上はやむを得ないのである。しかし、それらの相手は米軍の捕虜とはいえことごとく日本人であった。

たとえば大城徳安先生の職務離脱などについて、それが平時である場合、戦時である場合、敵前である場合、とそれぞれに刑法上の罰則の程度は違うのだが、少なくとも当時島にいた人々が受けとっていた心理的状況は、「戦時」などという生ぬるいものではなく、「敵前」であった。全体の危急存亡《ききゅうそんぼう》の時にその体制をくずすものは、軍にあっては断乎《だんこ》処罰することこそ当然と考えて疑わなかった状況の中に彼らは主観的にいたのであった。

あくまで職業・法律上の責任を問おうとするならば、赤松元隊長に法的解釈のまちがいがあるかどうか、ということと共に、何よりも大きな責任を持たねばならないのは、そのような軍事上の法規を、平気でそのまま日本領土内の戦場に持たせて出した軍当局である。この最大の怠慢を考えずに、渡嘉敷島の悲惨な事件の本当の原因は考えられないのである。

それともう一つ、赤松隊の責任を問う場合、多くの場合、忘れられているのは米軍のことだということもつけ加えておかねばならない。

米軍は、この島に、非戦闘員が住んでいることを充分知っていた。すでにサイパンで追いつめられた日本人の婦女子がどのような最期《さいご》を遂げたかも知らないではなかった。それを知りつつ、米軍は島の山容が変わるほど艦砲を撃ち込んだのである。誰《だれ》が悪いかと言えば、最も残忍なのは米軍であろう。彼らは、日本人の非戦闘員がいるなどということに、何ら道義的なものも感じないでいられたのであろう。なぜなら、その島に、ほんの少数の土人《ネイティブ》がいて（日本全土には数千万の土人《ネイティブ》がいる訳だが）、そんな連中の生命や家をふっとばしたからと言って、何ら心の痛みなどを覚えることはないのである。

実に、渡嘉敷のあらゆる問題は、日本軍、米軍共に、人間の死を恐れない、というところから始まっているのであって、それはいわば広範な意味での集団発狂そのものと言ってもいいかも知れない。そして改めてつけ加えれば、その集団発狂の症状は、特に醒《さ》めていた少数の人を除いて、全日本のあらゆる人間を満遍《まんべん》なく犯していたのである。渡嘉敷はその発火点であった。しかし油は既にまんまんと満たされており、火さえつければ、日本中のどこででも、それは渡嘉敷と同じように燃え上がった筈であった。

赤松隊の事件の中に自分のいかなる姿を見るか、ということについてきわめて警告的な文章のあることを私は忘れることができない。それはトーマス・マンが『非政治的人間の考察』の中で描いている部分である。

「いかにも絵にかいたような、血まみれで悽愴《せいそう》そのもののような悲惨が、この世で最もどん底の、ほんとうに最も怖《おそ》ろしい悲惨ではない。義眼《ぎがん》を投げ合うような気持さえ失せてしまうほどの苦しみや悩みが、たましいの凌辱《りようじよく》が存在する。だれひとり介抱《かいほう》してくれない、いかなる公共的博愛事業もかまってくれない負傷が、名誉も鉄十字勲章ももらえず英雄扱いもしてもらえない内面の不具化が存在する。このような内面的負傷者は、秋の日ざしの中を手を引かれて散歩しながら、世間の人々に教訓的な感動をあたえたりするようなことは決してないが、われわれが永遠のデモクラシー的国際平和の祝福を享受《きようじゆ》するときが到来しても、この世界は、これらの内面的不具者で充満していることであろう。世界は、戦争になる前には『人間の品位にふさわしくない』悲惨で充満していた。シチリアの硫黄坑《いおうこう》における囚人労務者たちの生活や、ぞっとするような貧困の中で堕落し、虐待のために不具になるロンドンの東部貧民街《イースト・エンド》の子供たちの生活――これが一九一四年以前の世界であった。破廉恥《はれんち》きわまる不正行為がおこなわれながら、加害者は罰せられることもなく、大きな顔をして歩き廻り、被害者にはなんの補償も与えられない。骨盤骨折や火傷をともなったような肉体的苦痛、病気、放蕩《ほうとう》、情事、悔恨《かいこん》、老齢、そして苦しい死――これが戦前の生活であった。苦悩を目的論的に解し、困窮のみが文化をうみ出す、苦悩がなければ同情もありえない、不正のみが正義感をめざめさせる、苦痛がなければ道義心は地に墜《お》ち、人間の生活は無為徒食《としょく》に終始することになるが、そのような生活を幸福と呼ぶことはできない、苦痛こそが快楽を引きたたせるのだ、とほざくのもよかろう。あるいは、キリスト教徒流に、彼岸《ひがん》への期待でみずからを慰《なぐさ》めるのもよかろう。それとも、厭世《えんせい》主義者となって、人生を罪にけがれ、罪過《ざいか》そのものであるこの生を――人間どうしたがいに狼《おおかみ》であり、自分がよじ登ろうと思えば他人を蹴《け》おとすしかないこの人生を、改善の見込みがないとして告発するのもよいし、生の批判者となって、殲滅的《せんめつてき》な言葉で生を糾弾《きゅうだん》し、懲罰《ちょうばつ》にかけるのもよかろう。芸術を炬火《たいまつ》に仕立てて、存在のすべての怖ろしい深みを、恥辱《ちじょく》と痛恨にみちた奈落《ならく》の深淵《しんえん》をのこるくまなく慈光で照らすのも結構だろう。精神を炎と化し、それで、世界のあらゆる隅々まで放火し、世界を燃えあがらせ、救済しようとする同情の念をもって世界をそのすべての汚辱《おじょく》や責苦もろとも滅ぼし去るのもご自由だ。だが、戦争反対という政治的・博愛主義的な悲歌《ラメント》を得々としてうたうことだけは、やめてもらいたい！　まるで戦争が地球の顔を汚したかのような――戦前には子羊のそばで虎《とら》が平和に草を食《は》んでいたかのような態度をとることだけは、やめてもらいたい。こんどの戦争で博愛主義者になった文学者は、この戦争を畜生道《ちくしょう》におちた恥辱であり汚辱であると感じない者はすべて反精神的人間であり、犯罪者であり、人類の敵であるなどと吹聴《ふいちょう》してまわっているが、わたしはこの宣言ほどたわけた出鱈目《でたらめ》を知らない。

愛！ 人間性！ わたしはそれを知っている、自分の民族に嫌悪《けんお》をしめすために、もそもそと口にされるこの理論的愛と教条的人間性を。わたしは、知っている、当節の文学のはやり文句を。そのはやり文句が吐かれる芸術作品をも。こういう作品に出て来る人間性は、知的要請、文学的教養、意識的なもの、意図されたもの、受け売りものにすぎない。つまるところ、そこには人間性などかけらもありはしないのだ。これらの作品は、一般読者や批評家たちが修辞的政治的な人間性の要請を人間性そのものと取りちがえてくれるおかげで、かろうじて生きながらえているにすぎない」（前田敬作・山口知三訳）

私は時折りこの文章のことを考える。そして単純に、あまりにも単純に、一つの典型的な事件に関心を持ったことを愧《は》じる。トーマス・マンが言うように、戦争《それ》は今さらのことではないのかも知れない。人間の問題はそれよりずっとずっと古くから綿々《めんめん》と続いていることなのだから。

それにも拘《かかわ》らず、私は文章を書く者として、渡嘉敷の問題に関する限り、実に多くの感情的表現にぶつかったような気がする。ことがことだから当然だということもあろう。しかしここでは、現代でもまだ、アカかクロか、という色分けが先行する。ある人間は、このことを語る時、赤松派かそうでないかのどちらかに帰属を決められる。赤松元隊長を良くいう人間は、男なら利害関係があり、女なら肉体関係があった、ということになる。そのような一時代前のような反応が未だに至る所に生き残っていた。

感情的表現の一つの典型として、『サンデー毎日』創刊五十周年記念特集の中から「渡嘉敷島住民集団自決の真相」という記事をとり上げてみたい。これはI氏によって書かれたルポルタージュである。

「ところが無事、生きながらえて本土へ引き揚げてきて、本土の『平和と民主主義』と高度成長の中で市井《しせい》の商家の主として暮して来た赤松大尉は、七十年三月、再度の『国家のお召し』にあずかった。日米共同声明以後たたみかけられた沖縄への再編攻撃の一つとして、自衛隊派兵の〝つゆはらい作戦〟のために赤松大尉は渡嘉敷島の二十五周年の慰霊祭に出席するため沖縄を再訪した。自衛隊の本格的沖縄派兵にさいして一つの障害は、皇軍の住民虐殺への怨恨《えんこん》であり、その恨みの的の一つにしぼりあげられている慶良間《けらま》の集団自決の慰霊祭に赤松大尉がおもむき、島民ともどもに追善供養の涙をこぼし、既往《きおう》を水に流したという既成事実をつくりあげることが必要だった（中略）もとより赤松大尉には戦中の自分の責任の感覚と罪の意識が全く欠如しているように、自分がどのような状況の中にはめこまれて渡嘉敷におもむくかという認識などは全くない。ただ彼の思想は、この国家の居直りとぴったり重なっている」

とＩ氏は書き、島の人々のことについては、

「渡嘉敷島の遺族会は祖国復帰をひかえて、あの戦争に尽し、犠牲になった島の存在を押し出すことによって、常日頃省みられることの少ない離島の位置を『体制』に近接させ、生活を向上させたいという願望にもとづく苦肉の策として、仇敵《きゅうてき》、赤松ともどもに慰霊祭をおこない、『新生』の転機としたいといったところだろう、と当時私は遺族たちの心のうちを忖度《そんたく》したが、戦死者たちの靖国神社へのまつりあげ、遺族年金の支給、渡島した山中総務長官の『集団自決場跡に、学生用キャンプ場を作る』という発言等によって、この貧しい島は、日本国家の、とりこみ政策に組織されつつあっ

た。そのような島の変容が、赤松大尉の慰霊祭参加招待にも活用《(ママ)》していたことは否めまい」

とふれている。

I氏の肩書はルポ・ライターとなっているから、書かれたものはルポルタージュ、つまり報告と見なすべきであろう。S・I・ハヤカワの『思考と行動における言語』によれば、報告の文章は次の二つの規則に従う必要がある、という。第一に、それは実証可能でなければならず、第二にできるだけ推論と断定とを排除しなければならない。

「報告は直接の経験についてでなければならぬ。自分が自身で目撃した光景、自分の出席した会合や行事」とハヤカワは規定する。

赤松神話は、第一歩からこの最も根本的な要素に欠けていた。『鉄の暴風』の編纂《へんさん》の時に、もし一人でも直接の体験者が加わっていたなら、問題はもっと素朴に、本質的な点に絞られて来ていたかも知れない。

I氏の報告のこの部分は、第一に実証が行われていない。もちろん、自衛隊が赤松を派遣したということを文書で実証することは不可能だろうから、それならそれで、そのことについて、周囲の誰がどこからそういう考えを引き出して言っているかという点についての実証がいる。第二に、推論とは、「知られていることを基礎に、知られていないことについてなされる叙述」であるが、それは非常に慎重になされねばならない。I氏は自ら「忖度した」ことをはっきり書いているが、「忖度」は信ずるに足る報告の内容とはなり得ない。さらにハヤカワは断定について、もっともはっきりした制限を加えている。断定は、「書き手がのべている出来事、人、事物について自分の好悪《こうお》を言い表すこと」であるが、この節度が保たれないと、報告は内容を失ってアジテーターの文章になる。「ジャックは私たちに嘘をついた」というべきではなく、「ジャックは自分の自動車の鍵《かぎ》を持って来なかった、と言った。けれど、二三分後、ポケットからハンケチを出した時、自動車のカギの束が転がり落ちた」と書くべきである、とハヤカワは言う。何事によらず、一つの事件に好悪の感情を抱くのは人間としてやむをえないが、それをこえて報告者は、冷静なデータを提供することを考えねばならない。I氏が「……していたことを否めない」と断定するからには、私たちはその断定を裏づける具体的実証を読みたいのである。

ジャーナリズムが、一つの社会現象、人間像を造る上での責任は大きい。私自身の好みから言えば、「決定的とは言えない、小さな、感情移入のないデータが、できるだけたくさん与えられること」が望ましい、と思う。というのは、神の如き正しいデータというものは理論上ありえないので、データが多くありさえすれば、多少とも、その誤差が縮まるのではないか、という程度の期待である。そして更に高度になれば、ハヤカワが痛烈に指摘しているように、「自己の先入観を発見すること」が書き手にも読み手にもモラルとして要求される。

「我々自身の利害と背景とによって、我々に課せられている選択と抽象の過程によって、経験というものはすでに『含ませられた』ものとして我々の総《すべ》てに届くのだ。（中略）『両方に含ませる』という試みの重要さは、人の考えや文章に神さまのような公平さに達することが望みなのではなく、我々の多くがいかに貧弱な報告者であるかを知ることにある――すなわち、我々は必ず自分の見地から世の中を見るために、いかに世の中をよく見ていないかということを知ることに。自己の偏見を発見することが、智慧《ちえ》の初めである」（大久保忠利訳・傍点筆者）

集団自決というような異常な、さし迫った人間の状態を考える時、私なども、ともすれば道徳的な反応を示そうとする。そしてこの問題の共通の理解の基盤は、道徳であるという点に関してだけは、（私の甘さのせいかも知れないが）多くの人々と意見の一致を見そうな気がしたりする。しかし、それは裁判における、裁判官の予断というものと同じで、報告者が最初から、或る種の道徳を持って調査にとりかからねばならないことはないどころか、むしろさまたげになることすら多い。なぜなら、道徳というものは、私たちがすんなりと考えているほど、統一的なものではない。道徳は少なくとも社会的なものと個人的なものと二つに分かれる。死刑についての考え方など、社会的な道徳反応と個人的な考えとが、しばしば対立するのを私たちは経験するのである。これは西欧のキリスト教社会を考えれば、もっとはっきりとわかるであろう。キリスト教社会は通常、市民法と教会法と二つの（一種の）道徳律に照らして生活するのである。市民法でできる離婚も、教会では許さない場合があり、逆に市民法では許されない伯父《おじ》と姪《めい》の結婚でも、教会はごく稀《まれ》にだが許す場合もあった。更に教会の中においても、個人の道徳は底なしの深淵の前に立つ。告解《こっかい》をして、神父が告解室の格子ごしに「ご安心なさい」と囁《ささや》いてくれたからと言って、それで本当に罪が許されたかどうかはわからない場合がある。聴罪司祭《ちょうざいしさい》はごまかせても神はごまかせないのである。

一億の人間が、共通の道徳的地盤に立てると思うしあわせを私たちは持っている数少ない甘い国民であろう。私はその虹《にじ》の輪をいとおしんで自分も又その輪の中にいる実感を信じていたい。西欧の冷厳な個人主義、神と人との間の全く他からはうかがい知れない血を流すような対決は、道徳に関する定型などという安易なものを許容しない。道徳はみんなで歩く公園の遊歩道と違い、たった一人の眼前にひらけた荒野《こうや》の貌《かお》を示す。或る人間には許されたことも、自分には許されないかも知れないのである。軍人として、教師として、母として、というような立場からの判断などは、その荒野の入口に過ぎない。

卑怯《ひきよう》な私は、一つだけまことに真実に近いであろうと思われることを忘れずに書いておかねばならない。私よりはるかに沖縄をよく知っていると思われる先輩の言葉である。

「島の人は、とにかく何も話さんでしょう」

そうだ！　と私は思った。それが正しいのだろう！　私は島の人たちが話していてくれた、と思っていたのだが、実は誰も、何も喋《しやべ》ってくれなかったのかも知れない。それは私が島の人たちからあっさりと拒否された、ということでもなければ、村人たちがイジワルだった、ということでもない。人々は事のあまりの大きさにそれを表現する方法を初めから失っている、と見るべきなのかも知れない。そしてそれほど、慎《つつ》ましい真摯《しんし》な人間の反応と表現はない。

私は明瞭《めいりよう》にするべく歩きだしたのだが、事ここに至って、どんどん背景がぼやけて来るのを感じる。老眼と乱視と近視に一度にかかったようだ。島は、そこで死んだ人と生きた人とをのぞいては、誰もそれを語る資格はない、とでも言うように、優《やさ》しい拒絶の微光に包まれているように見えてくる。

しかし拒絶する人間ばかりではない。牧師の金城重明氏はそこに居合わさなかった人々のために、自分の苦しみを次のように書いている。

「戦争の一切の不安と恐怖から解放されて、いよいよ八月十五日、日本の敗北と共に平和を迎えた。戦争終結により、心理的にも不安と緊張感から解放された。しかし私にとって、心理的解放は、かえって醒《さ》めた目で集団自決の生々しい惨事を想起せしめる事であり、それは正に苦悩の始まりでしかなかった。しかし私の心理を支配したものは、悪魔的行為をしたと言う罪悪感ではなく、家族を異常な方法で失ったという絶望感と集団自決の惨事そのものであった。そこには殺すという加害者意識は全く働いてなかったからである。むしろ人間的にも大人になり、あの惨事の真相を見ぬき、それを思想化出来る段階になって初めて、罪悪意識が生じてきた。という事は集団自決を冷静に見つめれば見つめる程、私はますます苦悩しなければならないと言うことを意味する。そしてその苦悩はもはや人間的には持ち堪《こた》えられないであろう。しかもいくら苦悩しつづけても人間的解決の道はないであろう。人間的にはまさに生きる事が絶望であり、死が望みとなる。キリストとの出会いがなければ私は生き続けえなかったであろう。

十字架と復活によって人間の死の問題を解決されたキリストが、新しい望みとなり、生きる力を犠牲にして背負われた苦難の意義を理解する契機となった。人間は自らの罪の故に苦しむ。キリストは他者の罪の故に苦しんだ。人間は自らが生きる為に他者を犠牲にする。キリストは他者を生かす為に、自らを犠牲にした。このキリスト以外には私が新しく生きる道はなかったし、将来もない」

もう一つ、私は、島の若い人たちが、あえてその人間理解の絶望を承知の上で語ってくれた会話の一部を忘れられない。昭和四十六年七月八日のことである。金城武徳、小峯幸雄、小嶺幸信、座間味毅の四氏は当時、まだ十代の少年たちであった。彼らは自分や、自分の妻たちの体験をのびのびと語ってくれた。

玉砕の直後、死に損なった人々のところへアメリカ兵が来た。母親を失った十二歳の少女がいた。一番下のきょうだいは、二歳の乳呑子《ちのみご》だったが、死んだ母の乳房《ちぶさ》にすがっていた。アメリカ兵は生き残った三人の姉妹に黙ってチョコレートをくれた。それを見ていた年上の女たちは十二歳の少女に、「食べてはいけないよ。毒が入っているから」と言った。十二歳の少女はじっと考えていた。どうせ皆死んだのだ。お母さんも死んで弟にはおっぱいもない。死ぬならこの毒入りのチョコレートを与えて死なせればいい。

十二歳の少女は、チョコレートを取り、死んだ母の乳房にすがっていた弟に与えた。その時、それを見守っていたアメリカ兵は突然、激しく泣き出したのであった。少女はその涙を、後々まで決して忘れなかった。

往年の青年たちは、傷ついた村民たちが、日本軍の衛生兵の治療を定期的に受けていたと語った。兵隊の中にはいろいろな人間がいた。そうして住民を助けた兵もあり、大陸の戦線をへて来て人間を切っても何とも思わぬ兵もいた。大陸帰りの兵隊の心の荒れ方はすさまじかった。

「総《すべ》て戦争がやったものであるから、そういうことはなすり合いをしたくないというのは私の考えです。そういう教育を受けたんだし」

そのような考えこそ、問題を明確にしないのだ、という言い方を、この知的な四人は知らない訳ではあるまい。しかし、それでもなお、その場に居合わせた当の人々はそういう。

外側にいる人間は、それを自己肯定のためのごまかしだ、とか、エセ・ヒューマニズムだ、とか言う。そうかも知れぬが、そうだと非難する力は私にない。

「真実とは、けっして論証されないものだ。他の土地ではなく、この土地の中で、そのオレンジの木が丈夫な根を張り、たわわな実をつけるなら、この土地はそのオレンジの木にとって真実である。この宗教、この文化、この価値基準、この活動形式が、そして、ほかならぬそれだけが、人間の中に充実感を与え、彼の中に知られずにいた王者を解き放つに役立つとしたら、その価値基準、その文化、その活動形式が、彼にとって真実であるからだ。論理だって？　論理は人生を説明しようとして勝手なことを言っていればよい」(サン＝テグジュペリ『人間の土地』山崎庸一郎訳)

私は加古川《かこがわ》で下りて、或る日赤松家を訪ねたことがあった。赤松氏は赤松肥料店の経営者だが、家は店と別になっている。比較的新しい、明るい住居で、娘さんのように若い小柄な夫人と、二人のお嬢さんがいた。

上のお嬢さんは関西の大学を出て、今はお勤めをしているということだった。数学が好きで、コンピューター関係の仕事をしているという。このお嬢さんが、父のことを聞いて、一時はひどく悩んだのであった。お父さんはそんな残忍な人だったのかと、学校でも居たたまれない悲しみを味わった。下のお嬢さんはまだ学校で、ギターが好きである。二人とも、のびのびとした体つきで、お父さんっ子のように見える。

私は、二人のお嬢さんに、何の返答もできる立場にない。かりに噂《うわさ》が真実であっても、それに耐えて、父を愛して行くほかはないのだから、噂が嘘である場合もそれに耐えて、やはり父を愛して行ってほしい、と願うだけである。これは赤松家だけに対する答えではない。誰にも同じように答えるほかはないことであろう。

前述のI氏のルポルタージュをついでにもう少し引用させてもらうと、「沖縄への差別支配の一つの象徴が『赤松大尉』だとすれば、その沖縄の犠牲の上に成り立ってきたこの国家に安住するものは、少なくとも『赤松隊』が自己の分身であるという確認が必要であり、それであるが故にこそ『赤松隊』を居直らせてはならないのだ」という文章がある。しかし赤松氏は決して私の目の前で象徴などではない。彼は生身の人間であった。責任の追及を受けることは当然としても、象徴としてかたづけてはいけない平凡な市民であった。

昭和四十五年四月三十日づけの『沖縄タイムス』で、仲尾次清氏は次のように書いている。

「抗議団の責任追及に対して、赤松氏は『私は集団自決を命令した覚えはない』とこれまで一般に信じられていた赤松命令説を否定した。そのことによって、集団自決は歴史的な事実であるが、誰の命令で自決したかということの真実はなぞに包まれてしまった。

二十五年を経過した今日、その真実の究明は至難であろう。また究明したところで、今更どうということもないであろう。究明の結果、赤松氏に黒星がついたとしても、彼にどういう責任をとって貰《もら》うのか。赤松氏は国家の作り出した異常な状況の中にほうりこまれたのであり、国家によって動かされた将棋の駒に等しい。赤松問題をとらえようとする場合、その視角から国家問題が欠落したなら、重大なミスを犯すことに

なると言わねばならない。（中略）

赤松氏の来島によって戦争の傷痕《きずあと》が鋭くえぐり出された。『いまさら古傷にふれても仕方がない』と遺族の人は言う。しかし筆者は、遺族にとっては酷な言い方であろうが、あえて言う。傷痕から目をそらせずに凝視《ぎようし》してほしい。血を吐くような苦痛を伴うだろうが、その痛みに耐えてほしい。身悶《みもだ》えするような苦悩をするだろうが、それと真剣に戦ってほしい。なぜなら、そこからしか真の反戦平和の思想は生まれてこない。戦争の傷痕こそ反戦闘争の原点であるから。（後略）」

そしてそれをいかにあらわすか。

赤松氏が渡嘉敷島に行こうとした時、偶然那覇《なは》にいた島尾敏雄氏は、「ふと、（赤松氏は）そこに死にに行くのではないか、と先走って、不吉な考えを私は起してしまったほどだ」と書いたが、前述のＩ氏は「そんな心はかけらだに持っていない」と明らかに非難の口調で断ずる。Ｉ氏は赤松氏の死を望んでいるのか。あれほどに血を流した上で、更にもう一人死んで貰えば、Ｉ氏の論理は満足させられるのだろうか。

赤松隊員の一人が、かつて私に言った。

「曽野さん、私たちはいったい、どうすればよかったのですか。もし隊長を初め我々が島へ全く行かなければ、あれほどの迷惑をかけ、恩を受けておきながら、墓まいりにも来ない、線香一本もあげに来ない、と言われたと思います。私たちはいったい、自分たちの心を、どう表したらいいのですか?」

私は何も答えなかった。それに決定的に答えられる人は、恐らくどこにもいまい。

この作品のために次のものを資料として使わせて頂きました。

『沖縄』比嘉春潮・霜多正次・新里恵二著　岩波新書
『沖縄ノート』大江健三郎著　岩波新書
『沖縄問題二十年』中野好夫・新崎盛暉著　岩波新書
『沖縄・現状と歴史』饒平名智太郎《よへなちたろう》著　三一新書
『沖縄・この現実』石田郁夫著　三一書房
『沖縄教職員会』関広延著　三一書房
『沖縄奪還'68〜'70』波照間洋著　三一書房
『沖縄・本土復帰の幻想』吉原公一郎著　三一書房
『沖縄戦記・鉄の暴風』沖縄タイムス社
『日米最後の戦闘』米国陸軍省編・外間正四郎訳　サイマル出版会
『沖縄戦史』上地一史著　時事通信社
『沖縄県史』8沖縄戦通史　琉球政府
9沖縄戦記録Ⅰ　琉球政府

『**沖縄方面陸軍作戦**』防衛庁防衛研修所戦史室著　朝雲新聞社
『**渡嘉敷島住民集団自決の真相**』石田郁夫『サンデー毎日』五十周年記念特集号
『**沖縄は日本兵に何をされたか**』『潮』昭和四十六年十一月号
『**那覇に感ず**』島尾敏雄　朝日新聞　昭和四十五年五月十五日夕刊
『**慶良間戦況報告書**』渡嘉敷村
『**慶良間戦況報告書**』座間味村
『**慶良間列島・渡嘉敷島の戦闘概要**』昭和二十八年三月二十八日　渡嘉敷村遺族会
『**秘録沖縄戦史**』山川泰邦著　沖縄グラフ社
『**悲劇の沖縄戦**』浦崎純『太陽』昭和四十五年九月号　平凡社
陣中日誌
星雅彦エッセイ　沖縄タイムス　昭和四十五年四月三日付
崎原恒新氏エッセイ『**鎮魂**』琉球新報　昭和四十五年四月二十八日付
『**沖縄戦記**』戸次《べつき》寛（未発表）
『**手記**』赤松嘉次（未発表）
『**修親**』第十五巻第六号　昭和四十七年六月号

『**旧陸軍刑法**』昭和二十六年十一月　陸幕法務課
『**サン＝テグジュペリ　愛と死**』ジュール・ロワ著　山崎庸一郎訳　晶文社
『**思考と行動における言語**』S・I・ハヤカワ著　大久保忠利訳　岩波現代叢書
『**非政治的人間の考察**』トーマス・マン著　前田敬作・山口知三訳　筑摩書房
『**OKINAWA, Victory in the Pacific**』Nichols Shaw TUTTLE
『**こわれたパーソナリティ**』カール・メニンジャー　草野栄三良・小此木啓吾訳　日本教文社

解説

石川　水穂
（産経新聞論説委員）

先の戦争末期、住民を巻き込んだ地上戦となった沖縄戦（昭和二十年三月～六月）をめぐり、さまざまな悲劇が語り継がれている。慶良間《けらま》諸島の渡嘉敷《とかしき》島と座間味《ざまみ》島で起きた住民の集団自決もその一つだ。いずれも、旧日本軍の命令によって自決を強《し》いられたと伝えられてきた。今も、多くの教育現場では、そう教えられている。

この〝定説〟に初めて疑問を投げかけたのが、曽野綾子氏の『ある神話の背景』（昭和四十八年、文藝春秋）だった。二つの島のうち、渡嘉敷島の集団自決に着目し、徹底検証したノンフィクションである。改めて読み返し、取材力のすごさに驚かされる。

当時、渡嘉敷島に駐屯していた日本軍は、赤松嘉次《あかまつよしつぐ》大尉が指揮する海上挺進隊第三戦隊だ。ベニヤ板製の小型舟艇《しゅうてい》（長さ五メートル、幅一・五メートル、深さ〇・八メートル）に爆雷を積み、敵艦に体当たり攻撃を行う特攻部隊だったが、出撃の機会がないまま、終戦を迎えた。〝定説〟では、赤松大尉の命令により住民三百二十九人が集団自決したとされていた。

曽野氏は、このことが書かれた多くの資料や本を調べ、いずれも、昭和二十五年に沖縄タイムス社から発刊された『沖縄戦記　鉄の暴風』の記述から孫引きされていることを突き止める。沖縄タイムスの当時の担当者や取材協力者にもあたり、『鉄の暴風』の記述が集団自決の直接の目撃者ではない二人の伝聞に基づいて書かれたことを知る。

さらに、曽野氏は赤松元大尉をはじめ、その部下たちや集団自決を目撃した渡嘉敷島の住民から丹念に取材した。その結果、集団自決は起きたものの、赤松氏が自決命令を出したという証言は得られなかった。

その取材経過をまとめたものが、『ある神話の背景』である。曽野氏がとった手法は、時間と労力を要する足を使った取材だ。今も昔も、ジャーナリストの常道とされる。だが、当時の新聞記者たちは、ほとんど赤松隊の元隊員や渡嘉敷島の住民に会っていなかった。『鉄の暴風』の記述をうのみにし、赤松氏ら旧軍関係者を糾弾《きゅうだん》し続けたのである。

『鉄の暴風』には、こんな記述がある。

「（昭和二十年三月）二十七日、地下壕内において将校会議を開いたがそのとき、赤松大尉は『持久戦は必至である、軍としては最後の一兵まで戦いたい、まず非戦闘員をいさぎよく自決させ、われわれ軍人は島に残った凡《あら》ゆる食糧を確保して、持久態勢をととのえ、上陸軍と一戦を交えねばならぬ。事態はこの島に住むすべての人間に死を要求している』ということを主張した。これを聞いた副官の知念少尉（沖縄出身）は悲《ひ》憤《ふん》のあまり、慟哭《どうこく》し、軍籍にある身を痛嘆《つうたん》した」

曽野氏の取材を受けた知念朝睦元少尉は、地下壕や将校会議の存在を否定した。曽野氏はこう書いている。

「神話として『鉄の暴風』に描かれた将校会議の場面は実に文学的によく書けた情景と言わねばならない」「現実は常に語り伝えられたり書き残されたもののほど、明確でもなく、劇的でもない」「現実が常に歯ぎれわるく、混沌《こんとん》としているからこそ、創作というものは、そこに架空世界を鮮やかに作る余地がある」「歴史にそのように簡単に形をつけてしまうことは、誰にも許されていない」

十分な裏づけを取らずに書く日本の一部ジャーナリストらに対する痛烈な批判である。

曽野氏の批判は、『鉄の暴風』の記述に基づいて集団自決を書いた大江健三郎氏らにも向けられる。

大江氏は『沖縄ノート』（昭和四十五年、岩波新書）で、集団自決の責任者（赤松氏）を「自己欺瞞《ぎまん》と他者への瞞着《まんちゃく》の試み」「あまりにも巨《おお》きい罪の巨塊《きょかい》」などと指弾《しだん》していた。曽野氏は「このような断定は私にはできぬ」としたうえで、「私はそこ（集団自決の現場）にいあわせなかった」「私は神ではない」という二つの理由をあげる。

旧文部省による教科書検定の違法性を訴えて故家永三郎・東京教育大名誉教授が国に損害賠償を求めた「第三次家永教科書訴訟」では、沖縄戦での集団自決が「軍の命令によるものか」（家永氏側主張）「住民の自発意思によるものか」（国側主張）も、争点になった。曽野さんは昭和六十三年四月、国側証人として東京地裁に出廷し、『ある神話の背景』の執筆経過について「できる限り直接資料にあたり、ご存知の方がいればお目にかかるやり方をとった。推論や断定を避け、矛盾《むじゅん》した証言があっても、統一は図らないことを心がけて執筆した」と証言した。

私自身、産経新聞で歴史問題や教科書問題に携《たずさ》わる記者の一人として、肝に銘じなければならない言葉である。

曽野さんが触れなかったもう一つの座間味島での集団自決についても、真相が明らかにされつつある。

同島を守備していた日本軍は、梅沢裕少佐が率いる海上挺進隊第一戦隊だ。沖縄タイムス社の『鉄の暴風』はこう書いていた。

「米軍上陸の前日（昭和二十年三月二十五日）、軍は忠魂碑前の広場に住民をあつめ、玉砕を命じた」「村長初め役場吏員《りいん》、学校教員の一部やその家族は、ほとんど各自の壕で手榴弾《しゅりゅうだん》を抱いて自決した。その数五十二人である」「隊長梅沢少佐のごときは、のちに朝鮮人慰安婦らしきもの二人と不明死を遂げたことが判明した」

だが、座間味島の集団自決から三十二年後の命日（三十三回忌）にあたる昭和五十二年三月二十六日、生き残った元女子青年団員は娘に「梅沢隊長の自決命令はなかった」と告白した。梅沢少佐のもとに玉砕のための弾薬をもらいにいったが帰されたことや、遺族が援護法に基づく年金を受け取れるように事実と違う証言をしたことも打ち明けた。

また、昭和六十二年三月、集団自決した助役の弟が梅沢氏に対し、「集団自決は兄の命令で行われた。私は遺族補償のため、やむを得ず、隊長命令として（旧厚生省に）申請した」と証言した。

これらの事実は神戸新聞が取材し、昭和六十年七月三十日付、六十一年六月六日付、六十二年四月十八日付で伝えている。

その後も、昭和史研究所（代表、中村粲《あきら》・前獨協大学教授）や自由主義史観研究会（代表、藤岡信勝・拓殖大学教授）などのグループが、曽野氏の調査や神戸新聞の報道を補強する研究を続けている。

後に、この問題に興味を持った私は平成十五年三月、中村教授とともに、厚生労働省援護課を訪ねた。担当者は「昭和三十二年の現地聞き取り調査で、軍命令によって集団自決したという裁定を下し、犠牲者全員を援護法の対象にした。最近、一部報道などで、軍命令がなかったという話も聞いているが、再調査はしない」と回答した。行政側がいったん下した決定を容易に変えようとしない日本の官僚の姿を思い知らされた。

不確かな取材で「軍命令によって集団自決が行われた」とした沖縄タイムス社の

『鉄の暴風』は、その後も版を重ねている。「梅沢少佐が朝鮮人慰安婦らしきもの二人と不明死を遂げた」とした明らかに事実に反する記述以外、ほとんど修正されていない。

大江氏の『沖縄ノート』も記述を変えないまま、四十八刷を数えている。家永三郎氏の『太平洋戦争』（岩波書店）や中野好夫氏らの『沖縄問題二十年』（岩波新書）も大江氏と同様、旧日本軍が集団自決を命じたとしていたが、いずれも絶版になっている。

集団自決から六十年後の平成十七年八月、赤松氏の遺族と梅沢氏は、大江氏と岩波書店を相手取り、名誉を傷つけられたとして、損害賠償と謝罪広告を求める訴訟を大阪地裁に起こした。裁判の結果がどうなるかは分からないが、「旧軍の命令で、渡嘉敷島と座間味島の住民が集団自決した」とする従来の〝定説〟は、曽野氏の検証取材やその後の学問的な調査により、ほぼ否定されたといえる。

しかし、現在、日本の中学校や高校で使われている歴史教科書には、依然として、次のような記述が残っている。

「軍は民間人の降伏も許さず、手榴弾をくばるなどして集団的な自殺を強制した」（日本書籍新社の中学社会）

「日本軍によって集団自決を強いられた人々……」（実教出版の高校世界史B）
「犠牲者のなかには、慶良間諸島の渡嘉敷島のように、日本軍によって『集団自決』を強要された住民や虐殺された住民も含まれており……」（三省堂の高校日本史A）
「戦陣訓によって投降されることを禁じられていた日本軍では、一般住民にも集団自決が強いられたり……」（東京書籍の高校日本史B）

いずれも、文部科学省の検定をパスした記述だ。軍命令の有無は、国の名誉にかかわる問題である。少なくとも、歴史教科書の記述の誤りは正すべきである。曽野氏の単行本（文藝春秋）はその後、ＰＨＰ研究所で文庫本化されたが、いずれも絶版となり、入手が難しくなっていた。今回、ワックから『沖縄戦・渡嘉敷島「集団自決」の真実』と改題され、再び、文庫本化された。沖縄戦の集団自決に関する誤った歴史を独り歩きさせないためにも、この文庫本が一冊でも多く教育現場で使われることを期待したい。

新版あとがき

あれは、何年のことであったか、私はエジプトのカイロのホテルの広々としたテラスで、日本の全国紙のカイロ特派員と会っていた。まだ私がずいぶん若い頃のことだった。

私は今でこそ、中近東やアフリカの問題に関して、少しは体験も重ねたけれど、その頃はほとんどアラブ諸国の文化に関しても無知だったから、私に会った紳士的な日本人は、誰もが、私を少し教育してやろうという気になってくれたのかもしれない。

エジプト情勢と、その人の仕事上のテリトリーでもあったらしいアラブ諸国の話をしてくれた後で、この人はイスラエルのことをこう言ったのである。

「ほんとうにイスラエルなど、取材しようとも思いませんね」

この言葉を聞いた時の私の衝撃はかなり大きかった。私は幸か不幸か、その時まだ、イスラエルにもほんの数回しか行ったことがなかったし、新約聖書の勉強も終わってはいなかった。しかしそれでも私の中で、「この人の言うことは違う!」と無言で囁《ささや》くものがあった。

それはアラブ諸国とイスラエルと、どちらの国の肩を持つか、という判断において違ったということでもなければ、私がどちらかに対して身贔屓《みびいき》と思われるような感情移入をしたことがあるということでもなかった。私はどちらかというと、一律に「外人拒否」型の精神構造を持っていて、日本人以外の人と会って、外国語で喋《しゃべ》っても、基本的には相手を理解できる、とも思っていないのである。

私はその時、相手に一言も反対せず、穏やかに彼の教えを感謝して別れたのだが、私が内心、彼の言葉に関してかなり激しい拒否反応を起こしたのは、日本のジャーナリズムの主流に立つ人が、これでいいのか、という点であった。

外交や政治は、相撲やサッカーとは違う。気楽に贔屓をつくって、夢中で一方を応援すればいいというものではない。それでもある人が、人間として、どちらかの国民性を好きになることは当然あるだろう。付き合う外国人として、ドイツ人気質のほうがいいか、イタリア人とのほうが楽しいかという問題と似ている。

しかしジャーナリストとしては、簡単に態度を決めてはならない。贔屓に対して、嫌いな方があれば、なおさらそちらも同等に取材しなければならない。また記事の中では、贔屓そのものを匂わせてはならない。好悪《こうお》、正邪《せいじゃ》の判断は、最終的には読者に委《ゆだ》ねるという聖域を残さねばならない。

このカイロの出来事は、爾来《じらい》、私の中で一つの姿勢を支える支柱になったような気がしている。もし状況が対立したものなら、私はそのどちら側からも取材するという原則を、この人は私の中につくってくれたからである。

本書を書くに当たっての、これが私の第一の基本的な姿勢であった。

第二の姿勢は、私が自分の中で、やはり対立と分離ということを深く戒《いまし》める姿勢が昔からあったということだ。私の見る限り、純なものは現世になかった。人間は実に複雑な意味で、雑多な要素を内蔵している。正義や善のみの代表という人もいず、悪の要素以外に持ち合わさなかった人というものもいない。いないから、前者を神として、後者を悪魔として、(幼稚な)人間は認識するほかはなかった。神と悪魔以外の中間がつまり人間なのである。

本書が出た後、何年かして、赤松命令説は、一応否定されたという話題が沖縄で流れたことがあった。その時、私は沖縄の新聞記者に言ったことがある。

「そんなことをなさって、明日にでも、どこかの洞窟から、『自決せよ』という赤松の命令書が出て来るようなことはありませんか。そうなったらまたお困りでしょう。私たちは、赤松氏が命令を出したとも言えない。出さなかったとも言えない。むしろその曖昧《あいまい》さに生涯耐えることが、私たちの義務なんじゃないでしょうか」

当時、この言葉を、私があちこちで行なった講演の中で聞いた人はかなり多いだろうと思う。覚えている人がいるかどうかは別として、今に至るまで、私は同じことを言い続けている。

しかしあらゆるものの上に、時は流れて行く。そして二〇一四年になって、私はおもしろい発見をしたのだ。

今まで本書はよく絶版になっては、また再版され、また別の出版社から出された、という経緯が重なった。その時、何度か、実に奇妙なほど同じ箇所に誤植が出た。大江健三郎氏の『沖縄ノート』が私のこの作品を書くきっかけになったのだが、その引用部分に、大江氏は、赤松隊長のことを「罪の巨塊」と表現している。実に「巨塊」という単語が私の心を引いたからこそ、この作品が生まれたようなものだが、その部分が、なぜか誤植を繰り返すのである。

私は今、誤植の種類をすべて調べ上げる体力もないが、間違いとして「巨魁」もあれば「巨魂」となっているものまである。私自身が厳しくチェックしなかったのはいけなかったと言われれば、その通りだが、私自身ははじめから大江氏の言葉を「巨塊」として理解している。

その誤植の理由が今年初めてわかった時、私はほんとうに笑い出しそうになったのである。

私は約三十年ほど前から、自分でパソコンを使って原稿を書くようになったのだが（当時はワープロと言っていた）、先日「きょかい」と打ち込んで変換してみると「巨魁・渠魁」しか出て来ないのを発見したのである。びっくりして『大辞林』（三省堂）、『日本国語大辞典』（小学館）、『広辞苑』（岩波書店）、『日本語大辞典』（講談社）を引いてみたが、そのいずれにも、「巨魁・渠魁」はあっても「巨塊」はない。だからパソコンの漢字変換に出て来ないのである。

「巨塊」が大江氏の造語であることははっきりしているが、作家が造語をして悪いことは少しもない。しかしパソコンを打ち込む段階では、機械は、今でも「きょかい」を「巨魁・渠魁」としか変えないのである。

今、私のパソコンには、大江氏用の特別な用例として「巨塊」という単語も変換できるように登録されているが、「巨塊」の代わりに「巨魁」を使っても常識的には意味が通じてしまうところに、この誤植は起こり続けたのであろう。

また、「巨魂」は、「巨魁」が持つにふさわしい魂として、印字をする人も編集者も特に不思議に見えなかったのか。それともかつて乱視と強度の近視ですべての物が見えにくかった弱視時代の私のように、「塊」と「魂」の字の違いがよくわからなかった人がこの本作りに携《たずさ》わってくれたのかもしれない。読者に旧版の誤植のお詫びを申し上げる気持ちは変わらないが、私は視力に問題のある人のことを、あまり厳しく言えない状態で五十年間も暮らして来た人間なのである。

最近不定期にだが、私のノンフィクションやエッセイが、ワック株式会社から隠れたシリーズのように出版され始めているが、発刊の順序、時期、部数など、私は希望を述べたことがない。書いたのは筆者だが、出版という分野に、なぜか筆者はあまり立ち入らないほうがいいように思う姿勢も、昔からそのままである。

平成二十六年七月

曽野綾子

本書は、「曽野綾子著作集」発刊にあたり、二〇〇六年五月に
弊社より出版された『沖縄戦・渡嘉敷島「集団自決」の真実』
を改訂した新版です。

曽野　綾子（その・あやこ）

作家。1931年、東京生まれ。聖心女子大学文学部英文科卒業。
ローマ法王庁よりヴァチカン有功十字勲章を受章。日本芸術院賞・恩賜賞受賞。著書に『無名碑』（講談社）『神の汚れた手』（文藝春秋）、『貧困の僻地』『人間関係』『風通しのいい生き方』（以上、新潮社）、『野垂れ死にの覚悟』（ベストセラーズ）、『人間にとって成熟とは何か』（幻冬舎）、『人間になるための時間』（小学館）、『夫婦、この不思議な関係』『悪と不純の楽しさ』『私の中の聖書』『都会の幸福』『弱者が強者を駆逐する時代』『この世に恋して』『想定外の老年』（以上、ワック）など多数。

曽野綾子著作集／時代①
沖縄戦・渡嘉敷島
「集団自決」の真実
—日本軍の住民自決命令はなかった！

2014年8月18日　初版発行

著　者　曽野　綾子
発行者　鈴木　隆一
発行所　ワック株式会社
東京都千代田区五番町 4-5　五番町コスモビル　〒102-0076
電話　03-5226-7622
http://web-wac.co.jp/
印刷製本　図書印刷株式会社

ISBN978-4-89831-427-2